JN320412

お前、おもろい芸をする

出雲の神と僕の八十八日

川村誠一

文芸社

この書を最愛の父に捧げる。

お前、おもろい芸をする

出雲の神と僕の八十八日

本書はフィクションであり、登場する人物名、
団体名等は、実在のものとは関係ありません。

事の始まり

「奇跡？」

　そんなもん、存在なんてしない。

　この三十三年間そう思って来た。東京の池袋にある、決して有名と言えない大学を受験した時も、近くの神社でお払いを受けてお守りをもらって、そこの神主からこれで大丈夫だと、太鼓判を押されたが駄目だったし、就職も三十社近く受けたけど、唯一合格したのはいつ潰れるか判らないような新宿にある中堅建設会社の営業職だった。それも手取りで十六万円程度しかない。一応基本給はあるものの、成績に応じた歩合制で支払われるため、残業手当も付かずに成績が悪いと減らされる。この十年、自分なりに努力はしたつもりだが手取りは初任給と変わらず、いっそフリーターにでもなろうかとも思ったが、厚生年金につられて決断もできず、現状維持のまま。生活にも何の刺激も変化もない。給与の中からワンルームの家賃、七万二千円を払い、一万円の水道光熱費を支払う。携帯電話は控えめにして三千円。バイクのガソリン代でさらに二千円が消え去り、義理で入った保険代に一万円。残りの四万何がしが昼食代と夕食に消える。母からの仕送り、と言っても米と鰹節《かつおぶし》であるが、それがなければ到底やっては行けない。この歳になって情けない話である。

母は若い時に離婚して、女手一つで僕を育ててくれた。僕が三歳の時である。それまでは、父が京都で、「西川造園」という小さいながらも名前の通った会社をしていた事もあり、人の出入りも多くて、幼稚園から帰ったら職人の誰かに遊んでもらおうと良く会社に行ったものである。思い起こせば、近所にさして遊ぶ友達もおらず、人付き合いが下手糞なのもこの時期に始まったのだろう。

日曜日になると、家族三人で近所にできたばかりのレストランでビフテキを食べた事、奈良にある「あやめいけ遊園地」に車で行った記憶もあるから、経済的には不自由をしていなかったと思う。

父の事はあまり覚えていないが、大阪の大丸デパートに、二人でゼロ戦のプラモデルを買いに行き、最上階のレストラン街にある鮨屋で上にぎりを食べさせてもらった後で、黒い財布から一万円札を自慢げに取り出した父の事が今なお記憶に新しい。しかし、心に深く残る父との想い出はそれ以降ない。

ある日、幼稚園から帰って来ると、父がいなかった。母は泣いていたのか、テーブルの前で両手で頭を抱えて何か悩んでいたが、僕が帰って来たのを見ると慌てて台所で顔を洗って、「おやつにしようか」と元気そうに言った。が、目を真っ赤にしていた母の顔が忘れられない。

それから暫くして、父と一緒に住んでいた京都の田辺から引っ越しして、母の生家のある奈良県の五條市に移り住んだ。人口が二十年経っても三十年経っても三万五千人と変わらない位の町だから、母の就職先と言ってもさほどなかったが、元来気丈夫な性格も手伝ってか、一、二ヶ月もすると、職安で紹介された学校の給食室で働き始めた。が、小学校の四年生の時に給食センターが町に出来ると失業し、生活パターンが変わった。どうしても収入が維持できなくなって、母は朝は早くから新聞配達し、昼間は給食のまかないをし、町に唯一あるファッションホテルの掃除のパートをして帰って来るのは何時《いっ》も八時過ぎだった。それでも母の教育方針からか、どれだけ帰って来るのが遅れてもいつでも夕食は一緒に食べた。日曜日以外は、夜も十時になる頃には疲れからか、好きなテレビを見ようともせずに床に入り、うずくまるように布団に包まって寝ていたものだ。

高度経済成長期に建てられたという色あせた市営住宅の部屋は、台所を含めて三部屋あったものの、壁が薄く、時折僕が夜更《よふ》かしをしてテレビを見ている間も、時々うめくような母のイビキが聞こえて来たが、日頃の苦労を思うとそれも気にならなかった。早い事社会に出て少しでも母を助けたかったから、僕も中学生になると新聞配達をするようになったがそれは苦痛ではなく、むしろ、自分も大人の仲間入りができたと思えたのは、当時「あまえた」だった僕にとって忘れられない出来事の一つである。

　みんなが高校進学を考える頃、僕も年頃のせいか進学したいと思い、経済的に無理なのは判っていたが、母に言ってみたら、「かあちゃんが何とかするから。学歴は大切やから」と太った胸をトンと叩き、地元の公立高校に進学させてもらった。高校時代は、クラブ活動もせずに家計を助けるために近くのコンビニで一生懸命働いたせいで成績は下から数えた方が早かったが、何としても卒業しないといけないと思ってそれなりに勉強をした。高校二年も秋口になると、進路相談があって就職か進学かの担任との面談の場で、母が意外にも大学進学を口にした時には驚いた。自分が高校しか出てないので苦労したのか、それとも大卒の父への意地だったのか、それは今でも良くは判らない。ただ、それでもどうしても大学に進学してもらいたいという母の気持ちは強く、就職先を考えていた担任は、「本当に大丈夫ですか」と驚いたぐらいだ。で、その時から僕も真剣になって勉強した。奨学金を取るのと働く事が絶対条件だったから、その一年はなりふり構わず頑張り、何とか大学には現役で私立の夜間大学に合格できた。たぶん人生で頑張った時期だろう。大学時代も勉強というよりは真面目に働いた。生活費も稼がないといけなかったし、それにもまして働くのが基本的に好きだった。コンビニのアルバイトも、高校時代の時給と比べて僅かながら増加したから、月末の給与明細を開く時は何とも言えない快感があった。風呂なし、便所共有の安アパートではあったが、東京で始めた一人暮らしはなんとなく嬉しくて、ワクワクした記憶がある。生まれも育ちも田舎町だったから、「東京」と聞くだけでも何となくハイカラなイメージがあって、そこで暮らす事自体ブランドだった僕にとって、一番満足したのはこの時期だった。

働かなくなったのは何時《いつ》の頃だろうか。僕にも将来を夢見た時期があって、入社当初は頑張った。仕事に行くのが嬉しくてたまらなく、飲めない酒を付き合いで深酒した時でも公園のベンチで寝て、朝一で出社した。パソコンを覚えたのも会社員になってからである。注文書を入力するキーボードの操作が嬉しくてたまらず、他人の注文書まで入力し、気が付いたら朝になっていた事も何度かあった。研修で羽田の現場に出された時も、「これぞ男の仕事」と同僚と朝まで語り明かして寝不足がたたり、事故に遭いそうになって、現場所長から目が飛び出す位に殴られた時もあったが、毎日毎日激務で帰宅するのが遅くても楽しかった。

それなのに何時《いつ》の頃なのだろう、やる気がなくなったのは。今思い出そうとしても良くは思い出せない。ある日、新宿の会社に出社したら、急に働く意欲がなくなった。これといった理由はない。突然やる気がなくなった。朝早く起きるのが苦痛になり、会社にいて机の前に座るのが嫌になった。何とかしようと思ったが、すればするほど、会社にいるのが嫌になり、上司に文句を言われても、有給休暇を使い切った。それでも、給料を稼いで母親に仕送りしてやろうという気持ちはどこかにあって、自分なりに頑張ってみたものの、仕事は一つも取れず、さっきも話したけど情けないながらも仕送りに頼っている。

「あんたは、一回でも借金したらあかん。お父さんと同じで、借金した感覚がなくなるから。気を付けないとあかん。これはおかあちゃんの遺言やと思うて聞いといてな」と物心付く頃から念仏のように聞かされたためか、その教えを素直に守っていて、どうしても借金する事ができずにここまで来たので、消費者金融からも友人からも借金が一円もないのが奇跡と言えるのかもしれない。友人と言っても特に親しい友はおらず、電話の話相手すらこれと言っていない。携帯電話のアドレスにも、会社、母、末永課長の三つだけ登録しているのみである。友達と言えば、唯一、行きつけの居酒屋のアルバイトが「先輩、お願いしますよ。先輩こそ本当の親友です」と擦り寄って来た時だけで、そいつと一緒に駅前のそばやに安酒を飲みに行く事もあるが、いつもおごらされてばかりだから、最近になって利用されている事を薄々感じ始めている。

学生時代から男のみならず女性にも「良い人だね」と言われ、やたらと受けは良いが、それ以上の事もなく、ましてそれ以下でもない。多分頼まれれば嫌と言えない性格なのか、利用されやすいのかどうかも判らないが、可もなく不可もなくなんとなく過ごして来たような気がする。

追い出しコンパの席上で、「お前は良い奴だから何をやっても大丈夫」と学部の先輩に煽《おだ》てられ、酔いに任せた勢いで警察官の拳銃をむりやり借りようとしたら、そのまま交番に連行された。長々と説教を受けて、逮捕や書類送検もされずに夜明け前に釈放され、「何と運の強い奴。逮捕されないなんて、奇跡だぞ」と先輩から煽てられもしたが、そう言われるとそうなのだろう。

占いも信じない。

一度、酔った勢いで見てもらった事がある。どう見てもオタクに毛の生えたような変な笑い方をする赤縁めがねをかけたおばさんの道端の霊感占い師に三千円払うと、「あなたは勝負運が強い。こんな強い人なんて見た事ないわ。そうそう、四と言う数字が中山の電光掲示板に見える。特に一点買いよ。第五レース」と言われ、翌日財布に残っていた、なけなしの一万円を中山の第五レースの一点買いに突っ込んだが、カスリもしなかった。九番の馬がゲートを嬉しそうにくぐった時、目の前が真っ暗になった。

こんな事もあった。

テレビの朝のワイドショーの占いで、黄色い色を着て行くと金運が上がると言うので、色がおかしいかなと思いつつも、ベージュのワイシャツに黄色いネクタイをして会社に行ったが、部長から営業センスがないと文句を言われ、営業がそんな格好で出来るのかと課長から文句を言われ、挙句の果てにその日は外出禁止になり、一日中机の前で営業部の書類整理をさせられた。その日は二日酔いのせいか極めて気分が悪く、普段ならどこかの公園のベンチで昼寝でも出来るのだが、この日に限って一歩も外には出る事ができずに机の前で目を開きながら眠った。人間おかしなもので、目を開いたまま眠るなんてできないと思うだろうが、そうではない。できる。慣れとは怖いもので、やってみると意外と簡単にできる事に気が付いた。上のマブタが圧《お》しかかってくるのを、その上の筋肉で押しとどめる。そうすると意識が少々なくなっても、誰からも判らない。ちょうど、半眼の目の状態を想像してもらいたい。急に半眼になっても無理があるので、それ以降パソコンの前に座ると半眼の眼差しで無言のまま座るようになった。他人から見ると、どうもその姿は修行僧のようで、同僚から「坊主、坊主」と言われたが、やがてそれにも慣れた。

まあそんな事はどうでも良い。それ以来占いも信じない。無信仰家であり、無信心であり、かつ目に見えないものは信じない、極めて現実主義者である。

いや、だったと言った方が良いかもしれない。

ある出来事が起こるまでは……

今から三ヶ月。

そう八十八日。

もう八十八日近く前の事になる。ある秋の日。その事が起こった。たぶん今から話す事は誰にも信じてもらえないだろう。信じる事自体不思議なもので、それは経験した者にしか判らないだろうし、世の中を探してもそんな経験をした者は誰もいないだろう。だけどその方が都合が良い。こんな事を記録に残す事自体どうなんだろうと、書きながら迷っている。この事が許されるのか許されないのか、それは僕にも判らない。

九月二十八日の金曜日の事、いつものように朝六時の目覚ましで起きて、襟元に汗じみのできた半そでのワイシャツに手を通し、三本しかないネクタイの一本を急いで首に巻き、朝飯代わりに昨日スーパーの特売で買ったロールパンをまるで飲み込むかのように、冷たい牛乳で流し込んで八王子駅にバイクで急いだ。道は意外と混んではいなかったが、少しでも遅れると課長に一日中嫌味を言われるのが嫌で、朝は何時《いつ》も全速力で走る事にしている。特に趣味と言うのは持たないが、趣味と言えば中古で買ったこれに乗る事である。古い250ccのバイクであるが、このタイプのバイクが最近どこかのドラマで使われたらしく、今でも中古にしては三十二万とインターネットで買うとかなりの値段がするらしい。バイク好きも手伝って、昔から知り合いの「なかの屋」の主人に勧められ、就職した時の記念にと、なけなしの貯金をはたいて買った僕の唯一の財産である。天気の良い休みの日になると綺麗に掃除して、時間があれば八王子郊外まで目的もなく走る。それが好きだった。

バイクで混んだ車をすり抜け、まるでサーキットのように全力で飛ばし、お気に入りの赤いヘルメットは頭に乗せるだけでまともに被らず、風を感じながら渋滞の道をぶっ飛ばす。スロットを全開にすると百キロはゆうに出るから、ストレスの発散と言えば発散にもなる。自宅のワンルームを出て、およそ十分の距離であるが、駅の駐輪場までそれを満喫する。その日はエンジンの音も悪くなく、全てが快調だった。明日は休みという嬉しさも手伝ってか、渋滞している車の列を高速ですり抜けたし、長い交差点の信号も黄色でも少々無理してでも突っ込んだが、警察に捕まる事もなかった。

そしてその途中、自動車事故に遭った。

怪我したって？

いいや、死んでしまったんだ。

不思議に聞こえるかも判らないけど、これが真実である。

四車線道路を左折して、いつもの駅前近くの交差点を通る時、三トントラックが右手から急に出て来て僕のバイクにガシャンとぶつかった。へこむ音がして、鉄が焼ける臭いがして、体がフワッと宙に浮いた。まるでスローモーションのようである。ヘルメットがはじけ飛ばされ、頭に冷たい風が当たった。身体が地面を打つとグシャッと骨が砕ける音がして、それから温かい液体が、頬にへばり付くようにゆっくりと流れ、同時に熱い錆《さ》びた鉄のような匂いが鼻を衝《つ》いたが、それが自分から流れ出ている血液であると感じるまで時間はかからなかった。

不思議と痛みはない。子供連れの、そう登校途中なのか赤いランドセルを背中に担いで、黄色い帽子を被った七歳ぐらいのお母さんに連れられた女の子が心配そうにこちらを見ている。それを見て深刻そうな表情で母親がその子の目を覆うようにした。口を覆いながら、この世の終わりのように悲鳴を上げている女性もいる。好奇心からか、こちらを怖がるように見て、持っていた携帯で写真を撮っている人もいる。車のバタンというドアが閉まる音がして、スニーカーの走って来る足音がした。近くまで来ると様子を見るかのように顔を覗き込み、恐れながら後ずさりすると、「俺は悪くない」とスニーカーの主がつぶやくように言ったが、僕はその声を聞いて自分の置かれている立場がよほど悪いと感じつつも、もう目の前が暗くなって、周りを見る事さえできなくなっていた。が、音だけはまだ聞こえていた。


「事故だぞ。事故。一人死んだぞ」

　野次馬の一人が叫ぶ。

「即死だ。即死」

「バイクが、一時停止せずに交差点に突っ込んで来たのよ」

「ひどいね。初めて死体を見たよ。ほらあそこに横たわっているスーツを着た青年。赤いヘルメット被ってた奴だよ。何か、急いでいたからね。赤信号無視して飛び出したみたいだね」

　これはサラリーマンの声だろうか。自分が悲劇の目撃者になった感動を噛み締めている。

「怖ーい。本当に死んじゃったの？　ねえ本当に？」

「ガシャンって音がしたものね。こんなの経験したの初めて」

　どこかで通学途中の女子学生が騒いでいる。好奇心だろうか。僕が逆の立場だったらきっとそうしたかもしれないが、残念ながらその時の僕は当事者で、血が流れ過ぎたのか体も指先も感覚がなかった。指先を頑張って動かそうとしたがそれもママならず、やがて意識はなくなった。真っ白な雪の中に入り込んだ、そんな感じかな。


「心肺停止です」

心電図のモニターがツーという単調な音に変わると、手術室は静かになった。手術台の周りにいた医師と数人の看護師達は、それまでの慌ただしさから解放されて一旦放心したように見えたが、やがて落ち着きを取り戻し、無言のまま手馴れた手付きで後始末にかかった。

「七時十分。死亡確認。ほとんど即死だからなあ。打つ手がなかったよ。あれだけ体を激しく打って耳から血を流されると、こっちも手の打ちようがない」

心臓マッサージを続けていた外科医が、汗ばんだ額を拭おうともせずに手袋を外しながら、言い訳がましく傍にいる二十代半ばぐらいの看護師に話しかけた。

マスクを外しながら小さな溜息を吐きながら半ば慣れた、それでいて残念そうな小さな声を出した。

「まだお若いですのにね。救急隊員が言ってましたけど、赤信号なのに交差点に突っ込んだんですってね。トラックもそんなにすぐには止まれませんし」

「犬死にだよ。犬死に。だけどこういう風に目の前で死なれると、やっぱり気持ちの良いものじゃない。手の施しようがなかったからね。どう見ても負け戦《いくさ》だよ。助かる希望もないのに全力を尽くす。医者の義務と言えば義務だが、何かやるせないな。ところで家族や子供はいるのかな？　いれば可哀想だね。後は頼むよ」

そう言い放つと、助けられなかった怒りからか、疲れていたからか、手術室の観音開きの扉を手で重たそうにしながら強く押し広げると、朝日のせいで色あせた蛍光灯の光の中をだるそうな足取りで歩き出した。

「そうですね。見たところまだ若いですから。奥さんとか子供とかはいないんじゃないですか？　そこまでお気になさらなくても。先生は全力でやられたんですから」

看護師の川崎清美は、苛立ちをこめて、速く歩く医師の後ろを遅れないようにと小走りに走りながら声をかけた。が医師は、まるでそれを聞いていないかのように、振り返りもせずに大きな声を張り上げた。

「今から僕は部屋に戻るけど、死体検案書を作成しないといけないから、氏名・住所・年齢とか詳細はいつものように調べておいて。免許証か何かがあると思うから。まあ勝手に見ると個人情報とかで警察も五月蠅《うるさ》いけど、緊急連絡先を調べたとか言えばなんとかなるから。それから一旦手術室に戻って何時《いつ》ものように霊安室に運んでおくように。誰かに手伝ってもらったらいいから。たぶん手筈は済んでると思うけど。何時《いつ》もの事だから大丈夫でしょ」

「判りました。先生も徹夜でお疲れでしょうから。早く休憩してください」

その声に反応するかのように突然、歩みを止めて廊下の真ん中に立ち止まると、振り向き、思い付いたように疲れを押し切るように大きな声を出した。手術が上手くいかなかった事と、寝不足とで出来るだけ早くソファーの上に横になって何時《いつ》ものようにメンソールのタバコを吹かしたかった。体に悪いと他の医師から注意を受け、またタバコの害に付いては良く知っているのだが、どうしてもその悪癖から逃《の》がれられないでいる。

「死体検案書を書いてから直ぐに帰るよ。しかし長い一日の最後が死亡事故なんて、嫌なものだね。見慣れていると言っても。そうだろう」

「はい。でも仕事ですから。取り敢えず免許証か名刺を探して見ます」

川崎は伏目がちになった。夜勤疲れなのか、助けられなかったのを気の毒に思っているのか、目の下にだけ隈が出来ているのを、医師は、川崎に認めたが、それには何も言わずに自室の方に踵を返した。

部屋に入ると、疲れが出たので黒いソファーの上に倒れ込むように寝ころがると、横にあったタバコに火をつけ勢い良く煙を吐くと、それは一旦空中に舞い上がりやがて消えてなくなった。昨晩は喧嘩、事故と急患が重なったせいか、昨日から仮眠できずにいた。眠くてしょうがない。それに最後の事故があまりにも悲惨だったから、早く病院から帰ってベッドの上で眠りたかった。検案書を書き上げないといけないと思いつつ、このまま眠り込む訳にもいかず、くわえタバコのまま、きちんと片付けられた机の前に座ると、時計の針はもう九時近くを指していた。

木村有吾は、五年前にこの八王子総合病院に赴任して来た。専門は外科。大学時代から脳外科をやって来たが救急病院のせいもあり、なんでも一応はこなしている。初めてここに赴任した当初、看護師と恋愛し結婚したがすぐに離婚した。理由は性格の不一致だとか、多忙だとか価値観の違いだとかいろいろと言う人はいたが、その理由を聞いたものは誰もいなかった。幸い子供がいないせいか家庭に束縛される事はなかったが、医師不足のせいか急患のたびに呼び出され、休みも家でゆっくりする事もできず、ストレスだけが増して時々どこかに行きたいという衝動に駆られる事もあるが、それもできないでいたし、たまに取れる休日の時には、結婚してから購入した八王子郊外の三ＬＤＫのマンションからほとんど外には出ず、家に籠って好きなクラシック音楽を聴くのが唯一のストレス発散の手段だった。妻が出て行ってからガラーンと広くなった部屋を眺めてはどっかに引っ越しをしたいと思う事もあったが、それも面倒だし、結婚当初わざわざ音を楽しむために、改造迄したこの部屋を売るのも躊躇《ためら》いがあった。

結婚当初は、彼女もこの部屋を気に入っていた。部屋の間取りは彼女自身が決めたもので、クラシックが好きな者同士だったから、部屋の改造にも何ら躊躇いもなく、休みになると二人で聴いたものだ。学生時代からオーケストラをやっていた彼女にとっては、クラシックの音楽を聴きながら休日を過ごすのが夢だったらしく、特に大音量で鳴るマーラーは彼女のお気に入りだったたし、彼女が出て行った時もその音楽が部屋の中で鳴っていた。

煙をもう一度空中に吐き出した時、ノックの音がして先程の看護師が一礼をしながら入って来たので、手に持ったタバコを灰皿の上に擦り付け慌てて襟元を正した。

「死体は霊安所に移送したの、ありがとう。免許証によると、住所は八王子市暁町《あかつきちょう》で、歳は今年三十三歳。俺と同じ歳か。名前は加藤真一。会社には警察の方から電話入れてくれるけど、ここに名刺があるから、直接会社に電話して家族がいるかどうかも確認して。そうそう遺体を早く引き取るようにも指示しといて、葬式の関係もあるから。遺品は財布とヘルメット。財布には現金で五千円入っているから、受け取りの印鑑も持って来るように伝えといてね」

「一応会社の方には連絡入れておきました。部長が電話に出られて、突然の事で驚いておりましたが、すぐにこちらの方に誰かを遣《よこ》すとの事です。田舎は奈良だそうで、すぐに親御さんに連絡入れておくとの事でした。昨晩からの激務お疲れ様でした。早く帰ってお休みください。検案書さえお作りいただきましたら、後処理は私の方でしておきますから」

木村は、少々疲れた表情で顔を緩めた。彼女に任せていれば間違いはないという安堵感と、一つの仕事が完結したという満足感が、そのような表情となって表われた。日頃から、彼女の事後処理の速さには感謝していた。この病院に移って来た時には、彼女はすでに働き始めて三年で、それから何かと一緒に仕事をこなして来た。以前ここに勤めていた前妻とは同期で、結婚して前妻が退職した後を良くこなしてくれたし、夜勤ではブツクサと小言の多い年配の看護師長より、良く動いてくれる事もあって、いつの間にか全面的に信頼を置くようになっていた。歳は二十八で、茶色の長い髪の毛を後ろ手に結んでボーイッシュな感じを出していたからか、歳のわりには若く見えた。この病院の看護師の平均年齢は普通の総合病院より若干若かったせいか、離婚した後、病院内の若い看護師の間で何かと彼女との間が噂になった事もあるが、付き合う気持ちはないし、彼女に女性を感じた事もない。が、時々示す女性ならではの気遣いは本当に嬉しく、食事にでも誘おうかなと思った事もあったが、院内の人目を気にしてそうはしなかったし、離婚直後の事もあってか、できるだけ誤解を招くような言葉を交わさないようにしていた。

「まだ時間がかかりそうだから。清美ちゃんこそ休憩して来なよ。午後まで仕事でしょ。ずっと働き詰めだから、終わればナースセンターに連絡するから。気遣いありがとう」

「じゃご連絡ください。コーヒーでも入れて持って来ますから」

そう言うと一礼をして、ドアを静かに閉めると、彼女のコロンの匂いが微かに香った。ふと時計を見ると、時計の針は九時十分を指している。ロビーは患者の受け付けで込み合い始めている頃だろう。昨日は夜の八時出勤だからもう十三時間になる。日頃から慣れているとは言え、肩の奥にはりを感じていた。《昼過ぎぐらいには帰りたいな。それより早く書類を仕上げて少し眠るか、運転に差し障るかもしれないからな》と思って万年筆の動きを早めると、眠気は僅かに治まったが、それでも体中が何となくだるかった。最近眠りが浅いせいか、疲れが取れないでいるのが自分でも判る。

「お疲れさまです」

暫くして、川崎がブラックコーヒーを持って来た。

「ありがとう。ずっと休んでないだろうから、休憩したら。昨日の晩からぶっ通しで働いてるでしょう。食事は摂った？　お腹空いてないの？」

「大丈夫です。昨日の晩におにぎりを一つ食べましたから。それに見慣れてるとは言っても、朝からあんな悲惨な事故死を見てしまうと、何か食欲がなくて」

「そうだよね。僕もそんな時期があった。医者になりたての時、電車に飛び込んでバラバラになった死体を見たけど、あれはきつかった。そんな時に限って、先輩達が喜んで焼肉食べようなんて言うから。医局のいじめと言うか、洗礼と言うか。外科医にはありがちだよね。最近は僕が連れて行く立場になったから、偉そうには言えなくなったけど」

木村は笑った。

「意地が悪いですね。ナースの間でも評判ですよ。意地が悪いって」

「そうかな」

「ただ、先生は言葉は悪いですが、その実優しいし、また独身ですし。顔もそれほど悪くないですし、背も高い方でしょう」

「酷い事言うな。仕事熱心だって言ってよ。それに独身と言ってもバツ一だから」

「何で離婚されたんですか？　今お医者さんのお嫁さんで離婚する人なんていないですよ。まして条件は揃っているじゃないですか。看護師の間では噂になってますよ」

「それは秘密。なんでも良いんだよ。人それぞれの人生があるんだから」

「まあそうですけど。もう結婚はしないんですか？」

「今のところは考えてないな。疲れたよ。結婚というものに。それよりこんな話してないで早く休憩してよ。疲れてるのは判ってるから。仮眠室ででも横になったら。もうすぐ他の看護師さん達も出勤して来るから、誰かが代わりにやってくれるよ。体がもたないから」

「それが駄目なんです。もうすぐあの加藤さんの上司がお来しになるとかで、さっき電話ありました。取り敢えず、遺体の引き渡しだけでもしておかないといけませんから」

「大変だね。看護師長の八谷さんがもうすぐ出てくるでしょう。任せたら。出来るだけ早く、帰るようにしないと」

「それはそうなんですが。昔からの習慣で、自分が最期を見届けた人だけは、遺族にご遺体を渡さないと、何か気分がすっきりしないんです」

「その気持ちは良く判る」

木村は、残念そうな面持ちでそう話した。その時、机の上の電話が鳴った。慣れた手付きで取り上げると、一言、二言早口で話した。

「清美ちゃん。彼の上司が来たらしいって。じゃ、上司の方にはくれぐれも宜しく伝えといてね。これを仕上げて、休んでから帰るから」

そう言うと木村は熱いコーヒーを口に含むと、苦味を楽しむように喉の奥に流し込み、再びペンを走らせた。

天界の戯《ざ》れ事

「退屈。退屈以外の何物でもない。おい、判るかこの意味が？　多分お前には判るまい。望むものは何でも手にし、長い長い永久という名の時だけが何事もないように進んで行く。歳を取ることもなければ死ぬ事もない。暇つぶしと言えば、神有月《かみありづき》の祭りと伊勢での宴会。それから、時々やってくる天災、悲劇。否、それらとてワシにとっては喜劇に過ぎぬが。故に退屈。何とかならぬのか。なあ不動よ」

と、白い土器《かわらけ》に並々と注がれた酒を美味そうに口に運びながら、一緒に酒を飲んでいる唐《とう》冠《かむり》を被った不動明王に話しかけると、長く伸びた黒い口ひげを伝って、酒が地面にぽとりと落ちた。杯を何杯も重ねて酔っているのか、麻と楮《こうぞ》で作られた真っ白な上半衣は、こぼした酒で大きくシミになっている。

「御《おん》もまだ血の気がお盛んでござる。戦《いくさ》がのうなって、早、数万年も経ちましたが、まだまだ戦われるのがお好きのようじゃ。まあ、我等も戦は望んではおりますが、やはり平和が一番。いやはや、天を割り、地を裂くような戦と申すのは、神話の世界だけじゃ。はははは」

不動明王が大きな声を上げて笑うと、その声が何十本もの光になった。その光は、縁側から朱色の柱となって整然と立ち並び、何千畳もあろう神殿の奥まで一気に届き、それからうっすらとした紅色の霞になった。

「お前は平和主義者でよかろう。そんなイメージじゃ。そじゃが、ワシなんぞ、嫌われモンよ。昔から残酷じゃ。悲劇じゃ。慈悲がないとか、アマテラスオオミカミを天岩戸に押し込めた原因とか、まともに言う奴は誰もおらぬ。人間どもはそこまで言わんとしても、神々の間ではそう思うておるやつも幾らかはおるはず。悪い事は全部が全部ワシのせいじゃて」

おもむろに杯を差し出すと、横に控えた姫が静かに白酒《はくしゅ》を注いだ。それをまたグビリと音を立てて飲み干すと、胸のシミがさらにその面積を大きくした。

不動明王も酔ったのか、顔を赤らめながら隠岐から取り寄せたあぶった《登り鯛》を酒の肴《さかな》にして、手酌でやっている。話を軽く聞き流しているようにも見える。

「お前、話を聞いとるのか?」

あまり語気が強くなったのを悪く思ったのか、勾玉《まがたま》で作られた酒の入った徳利を胡坐《あぐら》のまま無粋に差し出した。

「いやいやすまぬ。まあ飲め。悪いが酔うて来た。まあ酔ったついでじゃ、聞け。人間どもはどうもワシの事が嫌いらしい。以前、京で疫病が流行《はや》って何万人も死んだ時も、ワシのせいじゃった。まあ、そん時は奴らも畏れ入ったのか、京に社《やしろ》を立てて祭ったのは評価する。が、それ以降はどうじゃ。夏祭り以外は、近くの悪ガキが鬼ごっこしにやって来るのと、もうすぐ死にそうなババアが、どうぞ長生きさせてくれ、と言うてくるだけ。昔は綺麗な舞妓《まいこ》どもが、商売繁盛にと毎日、押すな押すなとやって来た。じゃが、そのままの舞妓が、未だに来るから、どう考えても年齢層が高い。いや、高過ぎる。お前も良く知っておろう、ワシの美意識の高さを。周りの女は若くて美しい者だけよ。それ以外はどうも性には合わぬ。実に寂しいではないか。棺桶に片足突っ込んだババらの長生きや、無病息災などという戯言《たわごと》を、何で聞かないかん。それでも神社に拝みに来る以上、一応の話は取り次ぎからここまで上がって来る。上がって来るとムゲにはできぬ。嫌でも一度は耳にする。故に、酒の量が自然と増える。酔わなきゃやってはおれん。一回あいつらの前に出て、『お前らは皆無理じゃ、写真審査と年齢制限でアウト』と、よっぽど言うてやろうとも思ったが、まあそうもいかぬ。そんな事言いに出たら、驚きのあまり心臓でも止まりポックリと死んでしもたら、無病息災どころか神社で死人を出す事になる。なあ不動よ、ワシの担当知っとるじゃろ。癌、災害、疫病、祟り、そして婚姻。人間どもにとっては全部悲劇よ。天上天下合わせて皆の者が『大魔王』と呼ぶには誠に相応《ふさわ》しい。が、知っての通り、その中でも婚姻だけの評判ばかりが良うて、次から次にとようけ拝みに来よる。そやけど、来る者はほとんど婚姻に縁がない奴らか、婚姻の時期を遥かに過ぎた奴ら。自力で結婚できそうな奴らはほとんど皆無よ。そんな奴らが、『どうぞ結婚できますように』と言うて来ても、それはお前らの勝手、ワシの知った事か。したかったら勝手にせい。その歳になるまで選び過ぎじゃ、選び過ぎ。自分の顔鏡でジーっと見れば、何で結婚でけへんかすぐ気の付きそうなものを、それを祈願しにわざわざやって来る。『困った時の神頼み』か何か良くは知らぬが、そんな事頼まれてもこっちが困る。不可能は不可能、無理は無理。自らの分を知れと言いたい。まあそれでも、たまには酔った勢いで結婚させれば、すぐ離婚しおる。ほんだらまたワシのせいや。『神様なぜ私と彼が知りあったんですか？』と来る。知らんがなそんなもん。頭に来て、『お前が騙されただけ。いや騙したんじゃろ。ワシらの前で永遠の愛を誓うたではないか。あれは嘘か。ワシに文句の言える筋合いか』と、目の前に出て言うたら、これまた問題。『あら出たわ！』と腰でも抜かし、救急車で運ばれる事あれば、それまた一大事、唯一の収入源の婚姻依頼もなくなってしまう。そうなりゃ神社の運営にも関わる。ここ出雲に至っては、正月の初詣と婚儀以外はトンと誰も拝みにも来んからの、奴らとて大事な客。最近は神社の経営も大変じゃろ。客がなかったら、神殿の奥の雨漏りも直せはせぬ。昨年の台風の折にでけた、神殿の奥の間《ま》の雨漏りがまだ修理中じゃ。問題はそこよ。なんでワシが神社の経営にまで気を遣わないかん。おかしいやろ。神のワシが、そこまで考える理由がない。そうは思わぬか。それに比べて昔は良かった。信仰心と言うものがあった。米ができたら米。魚が取れたと言えば持って来た。酒が出来たと言えば、一斗樽の一つも持って来て感謝をしたものよ。神社の雨漏りがあれば、黙っておっても大工が飛んで来たし、壁が崩れたら左官が走って来た。それがどうじゃ、今は誰も来ぬ。いったいワシらが作った人間どもはどうなっておる。全く判らん。今や、我々神々への崇拝や信心という気持ちあるのか、ほんに何という時代よ」

と熊野弁で言い立てると、手元にあった酒を一気に空け、大きく溜息を吐き、黙って杯を差し出すと、隣に座っていた桜の小袖を纏った十七、八の姫がそれを白酒《はくしゅ》で一杯にした。勢いよく注いだのか、酔ったためか、注がれた白酒はゆっくりと縁側の板の間に落ちて、砕け散ってなくなった。麹の香りが仄かに舞った。

「よう言われる。今まで、初詣も婚儀も皆の前に御立ちなさった事は一度もございますまい。人間を無視するかのようにこの縁側で、季節の庭を肴に、酒を呑まれておられるだけでござらんか」

不動明王は日頃から、神仏というものは人間の助けをしないといけないと考えているせいか、不機嫌そうに視線を庭先に向けた。天宮の庭には、春先らしく色とりどりの花が咲き乱れている。

「正確には十回じゃ。十回は立った気がする。酔ってはいたが」

その視線に目もくれずに、同じく庭に目をやりながら不動明王に独り言のように話した。

「何時《いつ》からですか？」

「この社が出来てからじゃから、もう五千年にはなるかの」

「五千年で十回でございますか！」

不動明王は驚きの声を上げた。自分の統括する、比叡山、成田山等々は眷属《けんぞく》に任せてはいるものの、暇を見ては出雲より出かけ、直接人間からの奏上を聞く事もあるし、それが自分の義務だと思っている。

「そうじゃ、当たり前やろ。なんでワシが人前に出ないかん。ワシが前に出るのは、伊勢のアマテラスが、神有月と旧正月にお越しの時。その時ばかりは、お迎えにと二の鳥居まで出て待つ。帝の行幸の際には一の鳥居。それが昔からの決まり事で、運が良い奴だけがワシのその立ち姿を見る事になる。それは皆がよう知りし事じゃろ。人間どもになぜ気を遣う必要がある。ワシらは拝まれ、尊敬される対象ぞ。違うか」

語気が強かったから、不動明王は苦笑した。

愚痴は続く。

「じゃが、なんぼ酔うても、戦が一度起これば、出雲の軍百八十万の兵を率いて真っ先に駆けるだけの覚悟はあるぞ。伊勢の姉ありてのワシじゃ。まあ神界と魔界の両方合わせても黄泉《よみ》の国、しいては地獄の統括のこのワシに刃向かう奴はおらぬがの」

「御意《ぎょい》。遥か昔に、ヤマタノオロチをなで斬りにし、統括されてからは魔界もおとなしくなり、幾つかお持ちになられる剣の一つをお見せなさるだけでも、敵は誰でも四散いたしもうす。霊体にいたしましても、現存する全霊体数九兆のその十倍を、一瞬にして壊滅させるほどのお力をお持ちでございます故、歯向かうものはいまや皆無でございまする。さらにはそのお名前は地獄の端々まで行き届き、御《おん》のお名前を聞くだけでも、卒倒するものが出ると言われておりまする。いやはや誠に恐ろしい方。大魔王と呼ばれる理由も判るかと」

神世では、身分の高い神には敬称として《御》という言葉が遣われる。《御》と言われた神は満足げに頷いた。酒に酔ったのか顔が赤みがかっている。

「それもまた面白うない。ワシら神は悪を淘汰してナンボではないか。悪に対しての善。陰に対しての陽が必要じゃろう。その中でワシらは陰担当じゃ。すなわちゴミ溜担当。そじゃが、あまりにも治まりすぎている。やはり悪がないと、我々も善にはなれぬではないか。それとも、そう望むワシこそ悪かの。この頃、何が善で何が悪かも良う判らぬ。これも、戦がないせいか、酒が体中に染み込んでいるせいか、少々ボケがまわって来たわ」

そう言うと半ば自嘲気味に笑った。それでも話を続ける。

「お前自身も考えて見よ。暇な時には、地獄の亡者ども相手に刀稽古じゃ。判るか？　五十億の人間の霊体を、瞬時に粉にするだけの力を持っておるお前がじゃぞ。それを、僅か数百の悪人どもの首を刎ねるのに丸一日かけてその力を使っておる。面白うないはず。そうであろう。以前、天空界が乱れた時、お前の先駆け、誠に天晴れ。その時の事を今でも覚えておる。お前も覚えておろう」

「はっきり覚えておりまする。いやはや凄まじき戦でございました。相手は数万の反乱した神々に率いられた魔将数十万でしたが、南二重門の一ノ門が破られ、守っておった持国天の軍が囲まれ、窮地に陥った時の話でございましょう」

満足気に顔を立てに二、三度上下させて、大きく頷くと大きな目を細くした。

「奇襲じゃったからな。残る十一神将に指示して、援軍に向かわせたが、途中で大軍に阻まれてしまった。ワシの軍も、正月の警固にと、伊勢に置いて来た故ままならず、僅かの手勢を率い出兵はしたものの、数万の魔将に率いられた一千万の鬼どもに囲まれ、南門に行き着くのが遅れた時じゃ。そうよ、一ノ門が破られ、持国天の部下の竜が、およそ半分まで数を減らした時。南海の竜王と恐れられておるあの神を、あそこまで追い詰めた唯一の戦じゃった」

「そうでしたな。万一、南門破られる事あらば、全ての『魔』は力を増し、天界になだれ込み、天上天下は乱れに乱れた事になったでございましょう。懐かしい話でございます。あの頃はまだ黄泉の国が治まってはおらず、しかもお父上のイザナギ様も手こずっていた時代でございましたから」

不動明王も、昔を懐かしむように遠くを見つめると、細い目がさらに細くなった。

「あの時はまだ『魔』が力を持っておって、天と地は神と魔が力を二分しておった。それが証拠に、ふとしたきっかけでワシのおかんが黄泉の国に取り込まれての。おとんが救いに行ったら、奴らに返り討ちに遭いそうになって、黄泉比良坂《よみひらさか》で地に生えておった桃を頼りに撃退した頃の話よ。奴らにはそこまで力があった。思えば実に懐かしい話じゃ」

と、左手の杯を板間に置いて、目を瞑り、何かを思い出すような仕草をした。それから右手を握ると、透明な輝きをした二メートル位の剣がスーッと現われた。それを懐かしむように二度三度手の上で動かすと、冷たい風が手の上に起きた。

「それが十握剣《とつかのつるぎ》でございますか？　今でもお持ちでございましたか。一度御自身でお砕きになられたと、伺った事がありますが」

以前、姉のアマテラスオオミカミに反抗した《御》が、父イザナギから貰ったこの剣を砕いた話を聞いてはいたが、目の前で見るのは初めてだった。

「そうよ、ワシもいろいろ剣を持っているものの、これがあの伝説の剣じゃ。これこそ天上天下無敵の剣。全ての者がこの剣の前に平伏す。確かに一度は砕いたものの、姉の好意で、お返し頂いた。『やはり、アマテラス筆頭侍大将故、天上を治めるにはこの剣はなくてはならないものである』と、言われての。誠にありがたい話じゃ」

そう言うと、もう一度手の平でその風を感じるように、一、二度緩やかに動かすと、風はその温度を変え、冬の風から夏の風へと変化した。不動明王はそれを心地よく感じながら、杯を床に置くと小さく礼をした。伝説の剣を前に、その風を感じるだけでも幸せに思えたが、自分がその攻撃対象になったら、と思うと心の中で僅かではあるが怖さもあった。

「反乱を起こした奴らもこの剣の前にはまるで、塵芥同然。逃げ惑う暇すらなかったわ。あれは実に面白かった。これを一振りするだけで、魔将は千切りになり、鬼は粉になった。その速さが鋭かったのか、反乱軍を率いた神は呆然としたまま体を二つ、三つに裂かれて、そのまま炎熱地獄送りじゃ」

再び剣を持つ手を上下させると、今度は手の上で地獄の業火のような熱風が舞い上がり、庭の木々から時々鳴いていた鳥はその鳴くのを忘れ、辺りの音を一瞬奪った。が、剣がその姿を消すと、やがてその声を取り戻した。

「そうでございました。正月の宴に乗じて、伊勢様に反逆を加えようとした、あの馬鹿どもは今でも炎熱地獄の火の中でその身を焼かれてはおりますが、まだ御の恐ろしさを充分には知ってはおりますまい」

杯を一旦一気に空けて、朱塗りの膳の上に置くと、今度は隣の《迷い鮪》の腹身に益田の醬油を付け、大山で取れたワサビを上に載せると美味そうに口に運び込んだ。口の中で魚の脂身が音を立てて弾けるのを楽しんでいる。

「今となっては、ワシの恐ろしさも判っておるであろう。ただ炎熱地獄の業火の中で考える余裕があれば、であるが。あんなところで百万年もおれば誰でも気が狂うぞ。それより恐ろしいのはお前じゃ」

「急に何をおっしゃいます」

不動明王は思わず箸を置くと、驚いたように言った。

「この剣で魔将を全部滅ぼし、鬼を全部粉にするのに、さほどの時間もかからなかったが、南門においてはあまりにも多勢に無勢、陥《おち》たと思うておった矢先、お前からの報が入っての。確かあの時は、お前の手勢の百八名で奴らを蹴散らし、撃退したのではなかったか？」

不動明王はそれには答えず、表情も変えずに黙ったまま手元にある酒を飲み干した。今度はそれを左隣にいた姫が白酒で満たすと、不動明王は黙って頭を軽く下げ、目礼を送った。

「お前が生まれる遥か昔の事じゃ。こいつとはその時からの深い付き合いでの。まさに武勇の神。あれこそまさに軍神中の軍神。我が侍大将だけの事ある。もう一献じゃ。スサリ、ワシにも注いでくれ」

そう杯を目の前に持ち上げると、左手に、正座をし控えていた娘のスサリ姫は、今度は手元にあった翡翠《ひすい》の徳利を静かに持ち上げ、桜の小袖の袂を右手で押さえゆっくりと、差し出された杯を白酒で満たした。

それを溢《こぼ》す事なく、静かに口を付け美味そうに飲み、今まで見せた事のないような笑顔になった。

「やはり、お前に注いでもらう酒が一番美味い。我が娘だけある。注ぎ方も他の女どもと違い、誠に上手。それにその気品と気立て、やっぱりワシに似たのかの」

と自慢気に言った。スサリ姫が黙って微笑むと、庭にある桜の蕾がひとつ、ふたつほころび、やがて花を付け、思い立ったような香りを辺りに撒き散らした。

「こいつは自慢の一人娘での。昔、オオクニヌシがこの娘を欲しいと言うて来た時にはアイツを殺そうと思ったが、まあ姫の優しい事。ワシに内緒で助けおった。最初はあんな奴になぜ惚れるのか、とんと理解ができんかったが」

不動明王は、思わず笑いながらスサリ姫の方を見た。

「そうでございます。あの時は御がお怒りになり、たった一人の神に対して出雲全軍に出撃準備の命をお出しになられて。我々の間でも、ここまで親馬鹿だと、まあ姫も大変じゃと話しておりました」

不動明王は大声を出して笑った。

「お前らそんな事を話しておったのか。しょうのない奴らよ。まあそれほど可愛いんじゃ。なあ姫よ」

スサリはその声に反応せず、少しだけ怒った顔を見せて、笑みを浮かべながら無言のまま睨み付けると、そのしぐさに困惑したのか《御》は黙って下を向き、大山のつくしの煮付けに箸を付けた。

「本当に迷惑でした。あまりにも頭に来ましたから、あの方と出雲を離れてどこかで暮らそうと申しておった矢先です。お父様から《許す》との勅旨が得られまして」

「そうじゃの。そんな事もあったかの。まあ昔話じゃ。お前も一献飲め」

そう言うと自分の手元にあった勾玉の徳利を差し出したが、スサリ姫はまだ怒っているのか、不機嫌な表情を見せて首を横に振った。

「うちの姫は昔からこれじゃ。ワシの気持ちが判らぬ。母に似たのか、教育が悪かったのか。一度機嫌を損ねると頑固でいかぬわ。代わりにこの酒でもどうじゃ」

行き先の失った徳利を不動明王に無愛想に向け、板の間に置かれた杯に不愛想に満たした。顔は赤らんだまま笑っている。不動明王はそれを両手で重々しく受け取ると、少しだけ口に付けた。

「この酒は秘酒でございまするな。何時《いつ》いただいても見事なものでございます」

注がれた酒は、杯の中で水中から見る太陽のように、いろいろな色に変化しやがて小さな虹を作った。

「そうじゃろう。二の間《にま》の酒じゃ。ワシの杜氏《とうじ》に命じ、神有月の祭りにと特別に造らしたが、見事な出来ばえじゃ。酒と言えば酒、水と言えば水。香り、風味といいこんな酒、どこにも存在しておらぬ。退屈しのぎに、庭の縁側でお前相手に草花を愛《め》でながら飲む酒には誠に良い。ところで地獄の件じゃが、なるほどお前の気持ちも良く判るが、たかが四、五百のどうしようもない霊体相手に、そいつらの話を聞きながら時間をかけて処分するなんぞ、そんな馬鹿らしい事はするな。すぐに粉にせよ。地獄の印象が悪くなる。地獄とは、罪を犯した者が落ちる場所。恐怖が支配しておる場所でなければならぬ。それを刀稽古と称し、炎熱地獄に落としつつも、話の内容では恩赦を渡す事もあると閻魔より聞いておるぞ。良いか、地獄に恐怖があるが故に地獄じゃ。恐怖がなかったら地獄ではなかろう。何事にもイメージが大切。一旦落ちてきたボケどもに何の恩赦があろうや。でないと人間共が喜んで来よる。来ればまた閻魔の仕事が増えて、奴と酒を飲む機会も自然と減る。飲み相手が少なくなるというのもこれまた寂しい。お前、まさかワシから飲み友達を減らす気ではあるまいな」

語気は強いが、目は笑っている。

「何を、戯言《たわごと》をおっしゃる。何事もないのが一番。平和が一番でございます」

不動明王は、笑いながら軽く頭を下げた。

「平和か、お前も進歩したの。前まではワシと同じで、《悪》や《邪気》に対してはあれほど敏感であった奴が」

笑った顔が、黒い髭の中に姿を隠した。

「いえ、《悪》や《邪気》は今なお討伐対象。あれば瞬時に叩き潰しましょう。ただし不必要な戦は望んではおりませぬ。地獄に落ちた者ども同じでございます。改心の心起きれば、更生の機会を与えてやればと」

不動明王は、黒鉄の胴具足に描かれた唐草模様が目に入る位胸を張った。地獄に落とされた人間を助けるのは自分しかいないと思っている。

「まあお前じゃからそれが許される話。一旦地獄に落とした者を救うなんぞ、お前しかできぬからの。役目柄とは言え、志が良い。それに比べワシなんぞ敵を見ればすぐに滅ぼす。滅ぼすのは簡単じゃが、いかに残虐にやるかが味噌。お前みたいに情けをかけるつもりは毛頭ない。ましてや地獄に落ちた霊体なんぞ、気にする事もない。罪を償う以上、とことん償わせる。何とお前の優しい事。さすがに人間どもの信仰を集めるだけある」

目は据わっている。酔ってはいるが怒りでもなく、悲しみでもないその涼しげな眼《まなこ》には、何気ない力が湧き出て光になり、それが言葉にならない威厳を醸し出している。

「それは身に余るお言葉。辛口の御のお言葉とも思えませぬ。『いつもはワシみたいにやれ、恐怖が全て』と、日頃より頂くお言葉と違い実に珍しい事、酔っておられるのか、それとも何ぞ企みでもあるのかと思いますが」

不動明王は子供のような笑顔をした。いつでも無理を言う時には何かしら誉める、別の方法もあるかと思うが、今回は余りにも露骨であったから思わず噴き出しそうになったが、それを我慢した。

「鋭いの。感心する。その通り両方じゃ」

そう言うと目じりに笑いを溜め、それから真剣な目付きになった。

「実はお前に頼みがあるのじゃ。お前以外には頼む訳にもいかぬ。これは内緒の話。されば姫、暫く席を外せ」

低く通る声が、神殿の中をさらりと走り抜けた。スサリ姫は横目でチラッと見たが、軽く会釈をして無言のまま姿を消した。春の花の香りと二神だけが大広間上座中央に残され、静けさが周りを取り囲んだ。

「耳貸せ」

誰もいなくなった広間を一瞥してから、不動明王を小さく手招きすると、兜越しに小さな声で何事かを話し始めた。

誰にも聞こえない。鳥達も鳴くのを止め、それを風越しに聞こうとしたが、物音一つ聞く事もできなかった。

暫くして、ものの数秒位か判らない。

「否」

突然不動明王の驚いた、嘆きとも取れる声が、誰もいない大広間に響き渡った。

「それは参りません。たとえ二日であろうと、御がこの地を離れる訳には参りません。まして熊野に帰られるなどという言い訳など、通じるはずございません。第一、熊野は面倒だから日帰りとお決めになられたのは、御ご自身では御座いませんか。それにそんな事伊勢のアマテラス様がお知りになられると、どんな事になるか、ご自身の問題ではなく我々出雲の神々の沽券《こけん》にも関わりまする」

「良いではないか。難しい事ではない。誰かが来着したら、お前が簡単にあしらうだけじゃ。熊野に帰るか、酒を飲んで昼寝しておるとか、何とかウンヌンカンヌン言うとけば良い。構わぬではないか。人間界では八十八日であろうが、こちらだと僅か二日に過ぎぬ。すぐに帰って来るわい。それまで何とかせい」

この二日間は高千穂の祭りであり、婿であるオオクニヌシが担当している。一年の中で唯一公務から外れる時期を考慮してとの考えは判ってはいるが、神と仏の橋渡しである不動明王でもどうする事もできない事であるし、そんなことはかつてない。それ故、重々しく腕組みをして目を瞑り考え、搾り出すような声を腹の中から出した。

「それに問題は、誰に移られるかとの事です。死亡した実力のある人間や、有望な人間であれば、たとえ八十八日でありましても歴史が変わってしまいます。頭の悪い奴や人間性の悪い奴でしたら何をしでかすか判りません。新興宗教でも設立する事になれば、我々神への否定になります。それこそ大罪。退屈のご様子は判りますが、たとえ退屈であられたとしても、その件ご容赦のほど、重ねてお願い申し上げます」

どうして良いのか判らずに不動明王は床に頭を擦り付けた。思わず唐冠の眉庇《まびさし》が床を打ち、その拍子に小さな稲妻が周りに散って、ほんの僅かだが温んだ空気を作り出した。

「だから探せ。歴史に影響の出ない奴じゃ。愚図、のろま、無能、女に持てず、金がなく、運も何もかもない奴が良い。くれぐれも何もない奴じゃ。それで我慢する。それなら影響なかろうが」

「しかしながら、それは私の一存では」

「五月蝿《うるさ》い。一存とは、ワシの一存を意味する。これは命《めい》である。探せと言えば探せ。さもなければ地獄の亡者を取り放ち、狩りをするぞ。退屈なんじゃ。退屈。取り敢えずこの退屈をなくすには、この方法しかなかろうて」

語気が荒い。

「なりませぬ。伊勢様に知られるような事がございましたら、我らはお叱りどころか反逆罪でございます。それに御がこの地よりいなくなると言う事は、たとえ僅かの時間であっても、出雲、ひいては地獄の統括者がおられなくなります」

不動明王は再び頭を擦り付けた。そうする以外方法は見付からなかった。

「それは大丈夫じゃ。我が婿がおるではないか。ここの国渡しはすでにしたぞ。統括はアイツじゃ。それに地獄の裁きは面倒臭い故、閻魔に任せておるではないか」

「そうではございますが、国渡しが終わられましたといえども、ここ出雲は所縁の土地。我々に取りましては、御は今、なおこの土地の『統括者』でございます。さらに、地獄を含みます黄泉の国に至っては、まだ直接統括にあらせられます。いかに閻魔大王でございましても最終決済者の方がご不在でありますと、お困りになられましょう。それに御婿様のオオクニヌシ様も、御公務にお忙しい様子で、高千穂より一歩も動く事あたわず、不在の時にはやはり大御所にいていただかないと、治まりはつきませぬ」

今度は頭を擦り付ける不動明王の方をじっと見ると、面倒臭い表情をして諭すように言葉を続けた。

「なあ不動よ。頭を上げよ。エエか、オオクニヌシは今高千穂の祭りで動けぬ情況、行くなら今しかないではないか。アイツがおったら絶対無理や。生まれ付き真面目、めちゃくちゃ堅い奴。真面目を絵に描いたような男よ。我を通して無理にでも下界に行くとなったら、娘との関係が悪化するやもしれん。これまた不味《まず》い。だから今しかないんじゃ。なあ、昔からの馴染みじゃろ。これくらい融通が利《き》かんのか。柔軟に考えられんというのが、お前のいかんところじゃ。お前がうんと言わずば勝手に行くぞ。エエい、もう知らん。ワシが行くと言えば行くぞ。なあそれに僅か二日ではないか。ちょっとや、ちょっと」

不動明王は困った顔をした。言い出したら聞かない性格は、長い付き合いで知っている。唯一辞めさせる事ができるのは伊勢様ぐらいしかいないが、これ位の事で相談するのは、目付としての自分の力のなさを問われる事にもなり、そうはできない。

「誠に御は困った方でございます。一度言い出されたら、お止めになる術《すべ》を知りませぬ。それでは秘密裏にそれなりの人間探しましょう。ただし必ず次の事はお守りください。八十八日後には必ずこちらにお帰りください。その時までその死人を生かしますから。宜しゅうございまするな。たとえ面白いと言って、それ以上いられても困りますので。後、その者の生き方にはあまり口出しせぬようお願い申し上げまする。口出しされますと、その者の人生が変わりまする。歴史に影響が出るやもしれません。つまり、神としてのお力をくれぐれもお出しなさらぬようにお願い申し上げます。話しかけるのも、極力お控えくださいますように。あくまでも乗り移られた後は、その者と行動を共にしていただかないと困ります。その者の生活を一緒に送る事で退屈を凌いでいただきたい。一切の我が儘言われる事なきようお気をつけくださる、それで良いでございまするか？」

「そんな事は重々判っておる。馬鹿な人間どもがどのように暮らしておるのか知るのも面白かろう。まあ八十八日と言わず、飽きたら帰って来る。心配せんでエエわい。適当な人間が見付かったら声をかけてくれ。裏山で酒でも飲んでおる」

そう言うと手許にあった酒を一気に喉に流し込んで立ち上がり、嬉しそうにふらふらした足取りで、一段と高くなった奥の間に引き返した。樹齢一万年もあろう、節くれだった床柱のところで、霧が晴れるように自然と姿が消えてなくなった。

大広間に一人残された不動明王は、手許にあった酒をおもむろに持ち上げると、床に置かれた杯に酒を落とすように注ぎ込むと独り言のように呟いた。

「一度言い出したら何も聞かぬ。それに、言われる事も判らぬでもない。何もなければ良いが。取り敢えず今より閻魔宮に行って適当な奴を探さねばならぬ。用意する人間は愚図、のろま、無能、金がなく、運も何もかもない奴が良い。歴史というプログラムを変える訳には行かぬ。それに特に女に持てない奴が良い。御も苦労が判るはずじゃ。恋愛の統括とて、現世では無力。あの方が女にモテナイ姿なんぞ、想像するだけでも面白い。特に最近はイメージアップとか言うて、天上界の姫君や巫女共の人気にやたらとこだわっておるし、女なくして一日も持つはずもない。なければすぐに帰りたいと弱音を吐くはず。その姿を見るのも面白い。ただ、あまり馬鹿であったりしても宗教を設立したり、性格が悪くても生き返った事を理由に金儲けに走ることもあるからな、この人選、ちと難しいかもしれぬ」

腕組みをして考え、目を庭に移すと、池の金色の鯉が勢い良く水しぶきを上げ一旦跳ね上がると、放物線を描き胴から水に落ち、波紋が自然と広がった。

「そうじゃ。それにこの事、伊勢様に知られるような事あれば一大事。念のために、この事熟慮せねば。あの方が下界にて暴れられると、どれだけの死人が出るか、想像も付かぬし、万事穏便にせにゃならん。兎にも角にもこればかりはプログラムにないので、どうなるかはよう判らぬわ。実にあの方も昔から我が儘だらけじゃからの。世話するのも一苦労。されど二日くらいなら大丈夫かもしれんな」

床に置かれた杯を一気に飲み干し、深い溜息を吐いた。

「今日の酒はやけに回るのが遅いわ」

赤ら顔をしながら不動明王は、胡坐のまま霧のように姿を消した。誰もいなくなった大広間には仄かに春の香りが漂っている。

消えた死体

「初めまして。いやはや驚きました。本当に加藤に間違いないんですか。あいつ昨日まで元気にしてたのに、こんな事になるなんて。すいません申し遅れました、末永です。彼の上司です。いやいや、京王線で府中からの通勤途中だったんですがね。早出してました部長から突然、携帯に連絡ありまして、何事かと聞くと事故との事、急ぎこちらに直行してきた次第です。で、状況はどのように?」

栄建設営業課長末永義男とある名刺を、落ち着きのない様子で慌てて取り出し、看護師の川崎に渡すと、綺麗に畳んだハンカチで流れ落ちそうな額と首の汗を丁寧にぬぐった。

「すいません。汗かきで。五十近くになると走るだけでもう汗だくです。運動不足なんですかね。昔はもう少し痩せていたんですが、歳を取るたびに腹回りが膨れて来てもう大変です」

そう擦れた声で冗談めいて言ったが、川崎はこんな時に言う言葉ではないと、不快感を覚えただけだったので、それには答えず黙って白衣のポケットにその名刺をしまい込んだ。スーツの上着を着ていないせいか、でっぷりと小太りした体型がはっきりと判るぐらい汗ばんだワイシャツが目に留まり、何となく不潔で嫌だった。

「今日は暑いですからね。大丈夫ですか。息を整えてください。加藤さんは霊安室の方におれます。幸い顔にはほとんど傷がありません。頭蓋骨骨折と脳挫傷です。耳から出血したようでしたが顔にはそれほど傷がなく、それも処置してありますので。ご家族の方にご連絡の方宜しくお願いします。警察にはこちらの方からしてありますので。後、保険や労災の申請があるでしょうから、死亡検案書はお持ち帰りください。こちらから送付しても構いませんし。まあ立ち話もなんですから歩きながら話しましょう」

そう言って二人は地下二階にある霊安室に向かって歩き始めた。十時半を過ぎたせいか病院の廊下は患者で溢れつつあった。

「霊安室までは階段で歩いて行きましょう。この時間は、込み合ってなかなかエレベーターが来ないですから。良い運動ですよ。空調も効いていますから、歩いて降りてもそれほど暑くないですし」

「何から何までありがとうございます。そこまでしていただければ、死んだ加藤も何にも思い残す事はないと思います。ここだけの話、仕事もできず、給料も安く、まあ最近弊社ぐらいの中堅の建設会社は、冬の時代で本当に大変ですが、その中でも群を抜いて彼の給料は少なかったですから。彼女もいないみたいですし、そうそう、奈良の実家には母親が一人いたように記憶しております。まあこんな事を言うのは何ですが、死んだ方が良かったかもしれません。死者には申し訳ないですが」

突然そう切り出されたので、川崎はどう返事したら良いのか判らず、言葉にならなかった。

生前はどうであれ、亡くなったのは自分の部下ではないか、そう思うと腹立たしく、こんな上司を持った彼の事が可哀想に思えた。

沈黙があった。

「ところで、末永さんは家族はおられるんですよね？」

地下二階の蛍光灯で明々と照らされた廊下を歩きながら、会話が途切れるのも何かと感じて川崎は他愛もない言葉を出した。無言のままこんな人と霊安室まで歩くのはバツが悪い。

「子供は一人です。小学校の五年生です。今野球をやらせてます。それがなかなか上手くってね。将来プロにでも進んでくれれば、親の老後も安泰なんですが」

末永の顔が思わずほころんだ。

「そうなんですか」

言葉を続けようと思ったがそれ以上続ける言葉がなく、気まずい雰囲気が流れた。

地下二階の廊下は上の階とはうって変わり、患者の姿もなく、静けさに包まれて、まるで別世界のように二人の歩く音だけが響いている。

「こちらが霊安室です」

扉をゆっくり開けると、カビ臭い部屋の中に線香の匂いが仄かにした。部屋の中は意外と明るい。死体を確認する際に困るからであろう。部屋の中央にはベッドが置かれ、そこに加藤は白いシーツで顔まで覆われ、体が何の反応もないまま横たわっている。検死のためであろうか、靴を履いたまま寝かされているのが気になった。

「こちらが加藤さんの御遺体です。本人に間違いありませんでしょうか？」

顔を覆った白い布を静かに半分ほど取って末永に見せると、顔を横に向けながら目を細めてこわごわ確認した。

「間違いありません。確かに加藤です。葬儀屋に連絡させて引き取らせます。気の毒に。さっそく会社に帰って手配させます」

と覆っていた白い布を、汚いものを隠すように急いで上に被せ、それから合掌し黙禱した。

「待合室でお待ちください。もうすぐ所轄の警察が検死にやって来ますから、時間はかかりませんので。警察が到着するまで待合室でお待ち頂けませんか。ここじゃ携帯の電波も通じませんし不便です」

川崎が気を利かした。

「そうですね。会社に連絡して必要書類の確認をしないといけませんから。でもまるで眠るように死んでましたね。なんか眠っているようで。声をかければ起きるようでした。人間の命なんてはかないものです。昨日までピンピンしてましたのに」

「私も職業柄、毎日何人かの人が死んで行くのを見ていますが、本当にあっけないものです。昨日まで元気にしていたおばあちゃんが急に死んでしまったりすると、なんか実感がなくて」

「そうですよね。だけど今日はお疲れのところ本当にありがとうございました。今から待合室で待機しております。警察の方が来られたら、呼んで頂くとありがたいです」

先ほどとは違い、末永は神妙な面持ちで礼を述べた。やはり死体を目にすると、何かが変わるのかもしれない。死体を見て「死」というものを実感したのだろうか。

「判りました。では待合室でお待ちください」

川崎は声を細めながら言った。

金曜日のせいか八王子総合病院の待合室は混んでいた。病院の中で電話してはいけないのも知っていたが、人込みを押し分けてわざわざ外にでるのも面倒臭いので、座る場所を探しながら、末永は一度会社に携帯から連絡を入れた。

「おはよう。部長いる。あ、武部長ですか、末永です。ええ、今病院なんですが加藤に間違いありませんでした。なんかトラックと出会い頭にぶつかったみたいです。即死だそうです。ええ、顔とかは大きな傷なんかなくて、眠ったように亡くなってました。それが不幸中の幸いですね。田舎のお母さんに連絡だけ入れといてもらえませんか。労災とか葬儀に関しての詳細は、会社に帰ってから打ち合わせしますので。今から警察の検死らしいので……。はい、午後には出社できると思います。ええ、午後の定例のミーティングには遅れないかと。はい、はい」

電話をかけ、空いていたベンチに腰をかけ、近くにあった古い雑誌をおもむろに取り上げて読むとなく見ていると、暫くして数名の警察官が病院に入って来るのが見えた。一人は証拠撮影のためか大きなカメラを持っている。検死が始まるのだろう。呼ばれる時間ももうすぐだと思いながらページを二、三枚ぺらぺらめくっていると、五分ほどして川崎が焦った様子でやって来た。

「末永さん」

「お疲れ様です。検死ですか?」

「いえ、それがちょっと問題がありまして」

「何か問題ですか?」

先ほどとは違う川崎の表情を見て、何となく嫌な予感がした。

「こちらに来ていただけませんか」

と川崎は辺りに聞こえないように焦ったように話しかけると、霊安室の方に向かって足を速めた。

「どうしたんですか?」

「とりあえずこちらにお越しください」

振り向き様に言ったものの、廊下を歩く足が自然と速くなり、地下に続く階段もまるで転がり落ちるような速さで下りた。末永の靴音がそれに従った。歩く速度が速かったので、霊安室に着く迄の時間が短く感じられた。

「何があったんですか？」

その問いかけに何も答えず、川崎は霊安室の扉を大きく開けた。開けると、そこに二人の制服姿の警官と医師の木村が、ベッドの前に不思議そうに佇《たたず》んでいるのが目に入った。

「いったいどうしたんですか？」

「死体がなくなったんです」

白衣を着た医師が末永の方を振り返ると、不思議そうな面持ちで空になったベッドを指差した。

「死体が？　加藤のですか？」

「はい……」


「おい！」

病院の帰り道。声がした。

「お前じゃ」

頭がクラクラする。痛みはなかったが、ここはどこだろう。見覚えのある町並みである。右はタバコ屋、喫茶店、目の前の線路。正面に見えるのが高島屋だから、八王子の商店街だ。そうだ、朝トラックに撥ねられた。そう、頭を打って、血が流れてた。じゃここは？　何で八王子の駅前を歩いているのだろう。バイクは？　どこに置いたのか判らずにもう一度首を二、三回横に振った。まだ打撲の影響か、頭の奥が重かった。

「お前じゃ。聞こえんのか」

今度は声が確かにした。自分の声のようだったけど、何か違う重たい声が頭中に響いてガンガンした。

「錯覚ではない。おまえの事じゃ」

もう一度確かに声がした。後ろから呼ばれたかなと思って、僕は慌てて左右を振り返ったが誰もいない。錯覚かと思い二、三度首を横に振ってから歩き始めると再び声がした。

「おまえやて」

今度はさっきより大きくて、明瞭な声である。

「僕の事か？」

疑問に感じながらも、僕は頭の中で問いかけた。

「やっと聞こえたか。アホが」

頭を打ったせいで幻聴が聞こえるようになったのか、最初はそう思った。

「幻聴ではない」

重くて低い声が、もう一度頭の中で囁いた。僕の声ではない。何か別人だと改めて思ったから今度は立ち止まり、今度は大きな声を出してみた。

「お前こそ誰だ？」

「お前だと。アホ。口の利き方も知らんのか。敬語は知っておるのか」

「敬語？　もちろん知っている」

「では使え」

「……」

「早く言え」

その声が急かした。完全に頭がおかしくなったと思ったが、その声から早く離れたかったから答える事にした。

「あなた様はどちらさまでしょうか？」

「ワシじゃ」

「ワシ？」

「ワシ」

大阪訛りの声が頭の中で響いた。

「ワシですか？　ワシとは？　あの鳥のワシですか？」

「アホ。鳥がしゃべるのか。ワシはワシじゃ」

「いったいどちらのワシ様ですか？」

「話の判らん奴じゃ。もう良い。お前と話しておったら、こっちまでアホが移る。まあ話を聞け。今より八十八日の間お前の体を借りる」

「借りる？」

「そうじゃ。借りる。今朝、六時二十八分四十二秒五三、お前は死んだんじゃ。その死んだ体を借りる」

「死んだ？　僕がですか？」

「そう。死んだ。見事に死んだ。さっきトラックとぶつかったやろ。あれじゃ。あれでは助からん。すなわち即死やな。しかし良かった、ワシが使う事になった」

「良くはありません。それより、あの事故で僕が死んだんですか？」

「訳の判らん奴やな。死んだ言うてるやないか。それでお前の体が空いた。すなわち空き部屋と同じやな。それで借りる」

「借りるんですか？　ところで、借りると言うのは、どういう事ですか？」

「ぐちゃぐちゃ判らん事を聞く奴じゃ。休暇じゃ」

「休暇ですか？」

「休暇じゃ。忍び。忍びの休暇よ」

「忍びの休暇ですか？　全然意味が判りません」

沈黙があった。と言ってもほんの数秒かもしれないけれど、そんなの計る余裕もない。

「もう良い。話を聞け。本日より八十八日の間は、お前の身体であると同時にワシの身体でもある。だから大切に使え、良いな」

「いったいどういう事ですか？」

「今朝、お前は交通事故で死んだ。それは判るか？」

「はい」

「その時、ワシは社《やしろ》の奥で酒を飲んでいた。そこまでは判るか？」

「良く判りませんが、『やしろ』ですか。そう言われても判るような判らないような」

「まあ言い換えれば、自宅で酒を飲んでいたのだと思え。そこまでは理解しろ」

「酒を飲んでおられたのですね。社でですよね」

「そうじゃ。やっと理解できたか。酔っておったら人間界に行きたくなった」

「人間界にですか？　人間界とはここですか」

「そうじゃ、ここじゃ。それで適当な奴を探させたらお前がいたと言う訳じゃ。判ったか？」

「正直言いますと、あまり理解できていないですが、ニュアンスは判りました」

「ニュアンスの問題ではない。現実の話をしておる。まあ、お前のアホさを考えれば、ニュアンスでも何でも、まあ判れば良い」

「良い、と言われましても、あまり理解は出来てないですが、八十八日経ったら僕はどうなるんですか？」

「死ぬ」

「死ぬ？」

「そう見事に死ぬ。即死じゃな。まあ痛い目には遭わせせんから心配はせんで良い。普通に死なせてやる。朝になったら目が開かん。それから、すでに意識がない。最高じゃろ。安楽死じゃ。エエやろう」

「エエも何も、何とか出来ないのですか？」

「無理。お前みたいな男、生きててもしょうがないじゃろう。第一、世の中の役に何にも立たぬ奴。綺麗さっぱり死ね。まあこの間しっかり勤めれば、次回は無審査で来世すぐに生まれ変われる事も考えよう。それでどうじゃ。ラッキーやったな」

「ラッキー？　ラッキーと言われましても」

「ラッキーやないか。このまま生きてても、どうしようもない奴が、何の審査もなしに次回は人間に生まれ変われるんじゃぞ。これをラッキーと言わずして何と言う。人間に生まれたくても生まれ変われぬ奴が山ほどおるんじゃ。中でも生まれ変われる奴はごく僅か。つまり、何万人のうちの一人くらいよ。それを無審査で人間にしてやろうと言う。判るか？」

「何となくは判りますが。全部判るかと言うと、やはり判るような判らないような……」

「お前は相当アホじゃの。まあ良い、そこまでアホであったら歴史が変わらんで済む。流石《さすが》に不動明王だけある。良い人選じゃ。とりあえず説明は以上。何か質問はあるか？」

質問？　そんなの判る訳なんてない。だって、小学校時代から、質問と先生に言われても質問の意味さえ良く理解できなかったぐらいだ。まして死ぬとか生きるとか言われても、そう簡単に答えられる訳もない。それでも何か話さないとまずいかなと思ったし、その声が錯覚かどうか試したかったから、遠慮がちに声を出してみた。

「質問しても宜しいのでしょうか？」

「なんじゃ？」

　声がした。

「もしかして、あなた様は悪魔でいられますか？」

「悪魔？　なんでワシが悪魔じゃ。悪魔がこんなエエ男か。その上の上のまたまた上のずっと上じゃ。自慢じゃないがこれでも天上界の巫女《みこ》どものファン投票では、春日《かすが》のタケミカヅチに続いて堂々の二位じゃ。三位はオオクニヌシじゃが。そんな事はお前にはどうでも良い。しっかりワシの体として八十八日の間、勤め上げろ。良いか。これがお前への命じゃ。心得よ。それと必要な時にはワシから話しかけるが、お前からは話をするな。身分が違う。話かけられても一切答えもせん。それにワシが、お前らの問いに答えると、歴史が変わる可能性がある。それはまずい。良いな。他に質問は？」

「最後に良いですか？」

「何じゃ？」

「やっぱり悪魔ですか？　小さい頃に、悪魔に身体が乗っ取られた話を映画で見た記憶があります。それですかね？」

「それはエクソシストの事か」

「はい」

「お前の理解力のなさは誠にあっぱれ。やはり不動おすみ付きのアホじゃ。ただし、もう一回同じ事を言うと、今度は不敬罪にて殺すぞ。いやそれはまずい。死んだ時地獄にたたき落とすぞ。以降、無礼な質問は許さぬ」


それから声が消えるようになくなった。病院から八王子駅へ行く道での出来事である。頭がおかしくなったと思い、駅への道を歩きながら、母の名前と生年月日と会社の名前を口に出して言ったが、ちゃんと言えたので大丈夫だと思った。が、母の誕生日が三月十八日か十九日かはっきりしなかったから、正直言って自信はなかったので、次に大学の卒業年度と社員番号を思い出そうとしたが思い出せない。覚えてなかったかなと思いつつも、やはり頭を打ったせいだと思った時、再びさっきの声がした。


「何を一人でごちゃごちゃ言っておる。まだ疑っておるのか。今後に関わる。お前、何が見たい?」

低く頭に入って来た。

「何とは何ですか?」

「何を見ればワシを信じる？　お前、何が見たいんじゃ？　疑いは今後に関わる」

「何を見たいと言われましても。出来るなら……」

「出来るなら何じゃ？」

「あなた様は神様でいられるんですよね。神様なら、ぜひ《奇跡》というのが見てみたい」

「奇跡？　お前が生き返ったではないか。それで充分じゃろ」

「それはそうですが。本当に今私が話しているのが神様かどうかという証明です」

「お前もまた理屈こねるのが好きじゃな。アホの考える理屈は何時《いつ》まで経ってもアホじゃ。奇跡な。見せてやろう。どんなのが見たい？」

「どんなのと言われましても……アッと驚くようなのが良いです」

「面白し。ワシに芸をせよと言うのじゃな。待て。見せる」

時間が経った。と言ってもほんの一、二分の事である。頭の中の言葉がなくなった。その時間がはてしなく長く感じられた。

「もうすぐ」

ワシ様の声がした。

「もうすぐ車いすに乗った婆が一人来る。そいつを歩かせよ」

「何ですか？」

「言うた」

「言うたって、何を言うたんですか？　そんなに早口で言わないでください。早口過ぎて理解できませんでした」

「アホ、一度しか言わんから良く聞け。もうすぐ婆が来る。娘付きじゃ。そいつを歩かせよ。判ったか！」

「その人を歩かせるんですか？」

「そうよ、歩かせよ。お前らの言う奇跡というのはそんなものではないのか。よくテレビとかで歩けない者が、突然歩いたりしたら喜んでるではないか？」

「それはそうですが。そんな事ができるのですか？」

「できるんですかだと。アホか。ワシは神やど。当たり前やないか。それがお前らの言う奇跡ではないのか。それより無駄口たたくな。小賢しい」

「判りました」

あまりにも言葉に勢いがあったので僕は思わず返事をしたが、そんなの簡単に信じれるはずもない。だからある程度いい加減に考えていたが、ほんの数分、駅までの商店街を歩くと、その言葉通りに向こうから、一人の老婆が車いすに乗ってやって来るのが目に入った。後ろは娘だろうか。初老の娘が、車いすを丁寧に押しながらやって来る。

「あの人ですか？」

「そうじゃ。あの婆じゃ」

「どうすれば良いのですか？」

「婆に言え。お前の信心は見事。そんなに早く起きて毎日毎日、挨拶に来んでもええ」

「挨拶って、どこにですか？」

「昭島の日吉《ひよし》じゃ。日吉神社にじゃ。お前はエエかしれんが、朝早く起こされる家族の者の事考えよ。迷惑そのもの」

「そんな事言うんですか。恥ずかしいです」

僕は躊躇った。そんな事を見知らぬ人に言えるはずもないし、その声が本当かどうかも確認できないのに、それは困る。

「恥ずかしいも何もなかろう。言え。お前が家で孤立するのはそのせいじゃ。信心の篤《あつ》さは良く判っておる、とも付け加えよ。それとじゃ、毎回毎回桃色の封筒に入れた賽銭はいらん。気持ちで充分。その千円は孫の梨紗の菓子代にでも使えと」

今度の声は鋭くそれでいて、威厳を含んでいたので拒否するのも、正直怖かった。しかし、本当にそんな事が起きるのかという好奇心も、まんざらなかった訳ではない。

「それから右の膝を触れ」

「右の膝ですか。向かって右ですね？」

間違わないようにとその答えを繰り返した。

「くどい」

「判りました。そういたします」

それでも疑った。そんな事を話して変人扱いされたらどうしよう。まあ会話にならなかったら謝ってすぐに立ち去っても良いし、それほどたいした事でもないから間違っても警察沙汰になる事もないだろう。そう思いながら言われた通りに、歩いて来る彼女達におそるおそる近付いて声をかけた。

「すいませんが？」

「はい？」

お婆さんが不思議そうに返事をした。

「突然こんな事を言うのは、ぶしつけですが」

僅かだが緊張で唇が震えてるのが自分でも良く判る。

「何でしょうか？」

代わりに、後ろにいた娘さんが警戒しながら返事をした。

「あなたを歩かせろ。という方がおりまして」

二人は不思議そうな顔をした。が、目の前の僕をあからさまに無視するのも何かと思ったのか、丁寧に聞いて来た。

「その方というのはどちら様ですか」

「実を言うと、私の頭の中ですが」

「はあ？」

二人が同時に素っ頓狂な声を上げるのを聞いて、僕は一刻も早くその場から立ち去りたかったが、勇気を振り絞るように頭を下げた。

「いいえ、信じてくれなくて良いんです。はい、信じられないのは判ります。頭がオカシイと思われるのも判ります。はっきり言って私も信じておりませんから。ただ確認したいんです、その声が正しいかどうか。迷惑なのは重々承知してますが、ほんの一、二分お時間をください」

「結構です。先を急いでますから。時間がなくて。別の人に聞いて頂けませんか？」

娘が怪訝そうな顔付きで隣から語気を荒だてて言った。会話をする雰囲気なんてない。そりゃそうである。そんな事を突然言われても、困るに決まっている。僕が同じ立場でもそうするだろう。

「すいませんでした」

僕は深く一礼をした。こんな事を言う事自体無理があるし、どんな人でも嫌がるだろう。だけどこのまま行かせてしまうのも《ワシ様》に悪いと思って、車いすを押しながら立ち去る姿を見ながら、後ろから大声を上げた。

「もしかして、お婆さんは毎日神社参りしておられますか？　日吉神社と言っておりました。違ったらすいません。お前の信心は見事。そんなに早く起きて、毎日毎日挨拶に来んでもええ。お前はエエかもしれんが、朝早く起こされる家族の者の事考えよ、です。それだけです。足を止めさせてすいませんでした。お気になさらないでください」

それを聞いた二人の動きが止まった。それからこちらを振り向き、

「日吉神社ですか？」

と驚いた声を出した。

「はい、昭島です」

僕はうなずいた。

「気にしないでくださいね。たわいもない事ですから」

「……」

「それとこれは言い難《にく》いのですが、まあお気になさらないでください。お前が家で孤立するのはそのせいじゃ。ただ信心の篤さは判った。そう言えと。あ、思い出しました、もう一つ、毎回毎回賽銭はいらん。気持ちで十分。その桃色の封筒に入れた千円は、孫の梨紗の菓子代にでも使えと」

そう言うと、そのお婆さんは僕の顔をじっと見つめ、涙を溢れさせた。

僕は僕で突然の事で戸惑った。

「そう言われたのですか？」

目の前に来た僕を見上げるようにして、お婆さんは唖然とした顔付きで言った。

「はい、信じてもらわなくても結構です。朝から奇妙な事ばかり起きましたから、はっきり言って自分でも信じてません。実は交通事故で頭を打ったせいでオカシイんです。そうそう、右の膝に触れろと、そうすれば歩けるようになるとも言われてましたが、本当の事を言うと僕も信じてませんので、忘れてください」

「そうおっしゃったのですか？」

お婆さんは、繰り返した。僕は黙ってうなずいた。

「頭の中の声です。はい。朝から訳の判らない事ばかりで。すいません、時間を取らせまして」

お婆さんと娘さんは思わず顔を見合わせると、こちらの方に近付いて、深々と頭を下げた。

「お手数ですが、私の左膝に触れていただけませんでしょうか？」

と言った。それを聞いて僕はさらに戸惑った。いったい何が起こっているのか判らない。

「すいません。冗談だと、思ってください」

「いえ触れて頂くだけで……」

お婆さんは、車いすに座ったまま真剣に、頭を下げた。娘さんもそれに従った。

半信半疑。

それでもまだ信じていない。小さい頃から良く騙されて来たので、それだけは自信がある。

《人はまず疑う、それが付き合いの第一歩だ》そんな一節をどっかで読んだ記憶があって、誰かに座右の銘を聞かれたら、多分そう答えるだろう。それほど疑い深い性格と言えば性格をしている。

「これでいいですか?」

僕はその場に跪いて丁寧に二度、三度触れるように摩《さす》った。それが正しい触り方かどうか、そんなの問題ではない。できるだけ早くこの場から立ち去りたかった。

「はい、ありがとうございます。楽になりました」

お婆さんが嬉しそうな顔をした。

「楽になった。本当に楽になったんですか?」

もう一度、頭の中でさっきの座右の銘がうろうろした。このお婆さんはもしかして僕をからかっているのではないか、とも考えた。だけど次の言葉を聞いた時、頭の中が真っ白になった。

「はい。痛みが嘘のように消え去りました」

「本当に? 痛みが? ちなみに歩けるんですか?」

「やってみます」

そう言うとお婆さんは、おもむろに立ち上がろうとした。娘も手を貸そうとしたが、お婆さんはその手を払いのけるような仕草をすると、長年歩いた事がないのか、おそるおそる立ち上がろうとする。その姿を見ながら、娘は諦めた声で僕に言い訳がましく話しかけた。

「すいませんね。交通事故の後、手術の失敗でこの二十年間ずっと車いす暮らしで。毎日神社に御参りに行ってるんですよ。歩けるはずなんかないんですが、ずっと母は小さい頃から日吉神社を信じておりまして。朝の五時になると必ず行くんです」

「そうなんですか」

僕は気のない返事をした。

その時、お婆さんの悲鳴とも取れる声が娘の後ろから聞こえた。

「立てる！　歩ける！」

そう言って僕の方を嬉しそうに見た。娘は何が起こっているか判らない。

「歩けるよ。ほら！」

娘はあっけに取られている。それよりも僕があっけに取られた。

「歩けるよ！」

お婆さんが涙ながらに繰り返し叫ぶように言う姿を見て、自分でもその理由は良く判らなかったけど、僕は驚いていた。

お婆さんは確認するかのように、歩道の上を行ったり来たりすると、今度は軽く飛び跳ねた。

「本当に歩けるわ。痛くないもん。水無子も見て。大丈夫でしょ」

「本当に大丈夫なの？」

今度は娘が不思議そうにその姿を見た。お婆さんは涙目になって声を詰まらせた。

「嘘みたいに痛みがないの……」

不思議そうに。それでいて恐々《こわごわ》と僕の方を凝視した。

「本当なのお母さん？」

娘は、確かめるかのように母の膝を手でそっとさわった。

「ところでお名前をお聞かせいただけませんか？」

「加藤ですが」

「いえ、あなた様に言われた方です」

「名前は判りませんが、ワシと名乗られております。はっきり言って『ワシ』とは誰の事なのか良く判りませんが」

お婆さんは、ハンカチで涙を拭きながら嬉しそうな、それでいて満足した表情をした。

「加藤さん、くれぐれもワシ様に宜しくお伝え下さいませ。朝早く起きて参拝には参りませんと。お賽銭も一切いたしませんと。その封筒に入れた金額は、娘には内緒にしていたものです」

「そうですか」

お婆さんの驚きや喜びの声とは裏腹に、無気力な返事をしながらも僕は内心驚き、混乱していたが、それ以上どうする事もできず、無言のまま彼女達に一礼してから商店街を駅に向かって再び歩き始めた。思い出したようにふと振り返ると、お婆さんと娘が深々と頭を下げているのが目に入った。僕も一礼をしたが、目の前で起こった現実と今までの経験と自分の価値観がごちゃごちゃと入り混じり、僕は半ば放心状態であったのは言うまでもない。

こんな事なんてありえない。

自分がまるで夢の中にいるようで、頰っぺたを二、三度つねってみた。それほど痛くはなかったが、絶対に夢ではない。人間おかしなもので、「奇跡」や「奇跡的なもの」が目の前に起こってもそう簡単には信じる事はできないものである。連続性のない非日常的現実には何ら説得力がないものだ。

またあの声がした。

「どうじゃ。判ったか？」

僕は信じられなかったが、黙って頷いた。

「あれが奇跡というもんじゃ。納得したか？」

「……」

僕は言葉を失っていた。はっきり言って、今起きた事を信じられずにいる。まるで狐につままれているように思えた。

「信じたか、と聞いておる」

「はい」

と疑うように、力なく答えるのを見て、

「お前も疑い深い奴じゃの。くだらぬ事を考えるな。ワシが狐か？　狐や狸のたぐいではないわい。エエか。事実が全て。そこには、お前の感情も考え方もない。起きた事全てが《正》なんじゃ。判ったか？」

「信じてますけど、どうしてもその事実がすんなりと受け入れられなくて。だってあれって奇跡ですよね。歩けるんだから」

「当たり前やないか。奇跡が見たいと言うから見せたまで。まあ、お前の能力からして、簡単に理解できないのは良く判っておる。アホじゃからな。まあ時間をかければ判る日も来るて。死ぬまでには」

「そんなもんですか？」

「そんなもんじゃ。まあ深くは考えるな。考えても判らんからな、ワシ等の世界は。オー、そうじゃそうじゃ。大切な事忘れておった。これなくしてはアカン。ここで生活できん」

「それはいったい何でしょうか？」

「おなごじゃ。おなごが欲しい」

「何ですか。それは？」

「お・な・ご。女じゃ」

「急に何を言われるんですか？」

「さっきも言うたやろ。今回はバケーションじゃ。まあ日本語で言うたら休暇やな。そんならオナゴやないかい」

「誠に申し難《にく》い事ですが、それは絶対不可能と」

僕はきっぱり否定した。そんなのは絶対に無理である。今まで高校、大学生活を通じて全力でやった経験は幾つかあるが、始まりの段階で全部挫折した。言い換えるなら、ゲートインする前の馬が突然痙攣を起こすようなものである。話そうとしても、極度の緊張からか、女性の前では一言も発せない。

「不可能だと？」

「はい。不可能です。この三十三年間、オナゴというものにとんと縁がありません、されば無理です」

「アホか。ワシは神じゃぞ。それも婚姻の統括。なんで不可能があろうか。さっき奇跡を見せたやろ。まだ信じとらんのか。まあ良い。ワシがやる。今から一分十二秒五二で、良きおなごが来る」

「はい」

「口説け」

「はい？　私が？」

「時間がない。口説け。エエか。今からお前みたいな不細工な男と八十八日も付き合わねばならぬ。女の一人もおらんでやって行けるか。退屈じゃ。実に退屈。あと五十二秒三二」

「どう言えばよろしいのでしょうか？」

「アホ、そんなんも判らんのか。女を口説く時は、茶じゃ茶。茶を誘え。三十二秒四六」

「判りました。茶ですね」

　僕は力強く答えた。

　ワシ様が言われたように、時間通りに彼女がやって来た。こんな綺麗な女性を見た事は、人生においてない。年は二十七、八ぐらいだろうか。身長は一六五センチ位、うりざね顔で中肉中背、ほりが深く、二重、目が大きく髪の毛が長い。最近の女性にしては黒髪が綺麗で、茶色のビジネススーツが良く似合っている。

「彼女ですよね？」

「不細工か？」

「とんでもない」

　そうは言ってみたものの、そもそも今まで近くの丘にピクニックに行っていた人間が、装備も持たずに冬のエベレストに無酸素登頂するようなものである。それを登れというようなもので、どうしたら良いか判らない。まして自分の歴史において、ピクニックに行った例《ためし》もない。恥ずかしさと躊躇いが心の中で交差した。

「何を照れておるのじゃ。お前もエエ歳しておるのじゃから、勇気の一つはあるじゃろ。それ

た。

強く急《せ》かす声が頭に響いたから、彼女を駆け足で追いかけ、後ろからおもむろに話しかけた。

「お時間があるようでしたら、お茶でもいかがでしょうか？」

「……」

言葉と膝がガクガクと震えているのが判る。

「すいませんが……」

を見せよ、はよせい。通り過ぎた」

「あのう……」

聞こえなかったのかと思って、僕は繰り返した。

「すいませんが、仕事で先を急いでいますので！」

彼女は僕をにらむと、吐き捨てるように言った。あまりにも語気が強かったので取り付く島もなく、「すいません」と小さな声で謝った。半ば残念さと、本当にこの声は神様のものなのかどうか疑ったので、頭の中に話しかけた。

「すいません、駄目でした」

最初は沈黙があった。あまりの沈黙の長さに、僕はもう一度頭の中で、「やっぱり、駄目でした」と繰り返した。すると、さっきより大きな声が怒鳴るように頭の中で響いた。

「お前、真に最低じゃの。初めてじゃ、有史始まって以来、ワシが女に無視されたのは、記録じゃ」

「本当にワシ様は神なんですか？　神なら完璧なはずでしょう。彼女、一言も会話なんてしてくれませんでした。それより軽蔑の眼差しで見られましたよ。もしかしたら誘い方が古かったんじゃないですか？　恥ずかしかったですよ。人生で初めての経験でしたから。神にも不可能ってあるんじゃないですか？　全然奇跡なんか起こらないじゃないですか」

余りのショックで、捲くし立てた。するとまたさっきの声が頭の中に響いた。

「下郎、愚弄する気か。記録じゃ記録。糞、なんでワシがおなご一人で苦労しないといけない。全部お前が悪い。顔、話し方、服のセンス。どうしてもモテる訳がない。ましてお前の言い方は怪しい。この意味が判るか！　もうちっと爽やかに声をかけれんのか。なんて暗い言い方じゃ。葬式の後の宴会の挨拶の方がまだましじゃ。その言い方で女が茶でも飲むと思うか？　言い方自体、気持ちが悪い。きしょい。最低じゃ最低。流石《さすが》に不動明王のお墨付きだけあるわ。よくぞこんな男を捜して来た」

他人に批判されようが、たかがしれてる。が、相手は「神」である。神様に否定された時のショックなんて口にできやしない。喩えて言うなら、最高裁判所の裁判官が百人いて、全員から死刑判決を受けた感じである。

「失礼しました。失敗したのは良く理解できます。だけど、そこまでめちゃくちゃに言う事はないじゃないですか。不可能を可能にするのが神でしょ。ワシ様の仕事でしょ。本当にあなたは神ですか？」

「まだ愚弄する気か。下郎、許さぬぞ。ワシも、正直このレベルの低さにショックを隠せん。お前は今日まで生きて来て人間的努力は一切せんだのか？　エエか、五十メートルを十秒でしか走れん人間が、百メートル五秒で走れるか？　不可能じゃ。それと同じ。じゃが、五十メートル十秒で走る人間が努力すれば、もしかしたら九秒位になるやろ。それが人間的努力と言うもの。しかしやな、お前にはそうしようという意志もなければ、努力しようとする姿勢も感じられん。まして経験もない。それが問題じゃ。ほんにアイツも、もう少しましな男選べんかったのか、それが不思議でならぬ。久しぶりの屈辱じゃ。もうちとましな男でも歴史は変わらんぞ」

ワシ様は吐き出すように言った。目の前にワシ様が現われて、そう言ったら僕も簡単に信じられただろうが、何せ頭の中の会話である。どうしても信じられない自分がいた。それで頭に来て、

「レベルが低くて悪かったですね。そう、女の子にもモテません。金も将来性も何もありません。それが僕なんです」

ワシ様は暫く黙った。

「本当にこんな男がいるのか」

その呟きを聞いた時、自分が嫌になった。だって相手は全知全能である。その神が一人の人

間に直接嘆く事自体ありえないが、それに嘆かれた自分はどれだけ無能かと思うと、このまま自殺しようかという考えが頭を過った。そんなに真剣に思った訳じゃない、頭の端を過っただけである。


「お前、自殺しようと考えたな！」

怒った声が、頭の中に響いた。

「言葉のアヤですから」

「それだけは間違えても考えるなよ。あれは罪が重い。死ぬのは人間の《自由意志》ではあるが、死んだらワシらの《自由意志》で処分するからの」

「自殺するとどうなるんですか？」

「運が良ければ畜生《ちくしょう》界じゃ。まあランクもあるが、高いのは犬と猫、低ければ鶏やな。死にたいから自殺するんじゃろ。死にたかったら勝手に死ね。満足するまで殺してやる。鶏に至っては、十八日で生き返らせ、殺す。それからしめる五分前に人間の意識を戻すんじゃ。人間も勝手でな、自分が望んだ事なのに、三十回くらい繰り返すと、身も心も鶏になる。恐怖から逃げたくなるのじゃな。まあ本人が望んだ事のお手伝いじゃがの、しょうがない」

「そんなもんですか、怖いですね。天国とかは行けないんですか？」

「アホ。行けるわけなかろう。任務放棄や。生まれるのは必ず意味がある事なんじゃ。だから。それを勝手にやめるというのは重罪。ワシらへの冒瀆じゃ」

「僕もそうだったんですか?」

「いや違う。お前は珍しく意味がない存在やった。ハハハ。まあこうしてワシが来るようになっとったのかもしれんの。受け皿じゃ。運命は天帝が全部握られておるから、幾らワシでも、お前がなんでここまで意味がない存在だったのかはよう判らん」

「そんなものですか?」

「当たり前よ。そんなもんや。生きるか死ぬかは、大体がそいつの持って生まれた運命で決まるし、生きてりゃ何かの役にはなる。生きてる意味がないとなると、まあ珍しい存在じゃ、天然記念物よ。たぶん、有史以来初めてではないか。それにお前なんぞ、かつて神仏信じた事もなかろう」

「信じてましたよ。初詣も何年かに一回は行きますし。そりゃ付き合いですけど。お賽銭を上げた事もありますし」

「ちょっと待て、記録を調べる」

そう言うと言葉が途切れた。それから二、三十秒してから、

「閻魔帳の記録見たが、お前今までに神社に三回しか来た事ないではないか。賽銭の総額は三十二円。もう一円でお前と同じ年じゃったのに、残念やった。頼んだ内容はと言えば……受験、恋愛、出世、競馬。この四つか。別に金の多寡でワシらは動かんが、どうも取り次ぎがお

前の言う事を全然聞かんかったみたいや。全く相手にしてなかったようじゃ」

「取り次ぎですか？」

「そうよ。取り次ぎじゃ。いちいちワシらが神社でボーッと座っておる訳にはいかんやろ。初詣でなんか、一日で何万人もの人間が来るんど。相手なんかできるか。それでな、部下を配置しといて報告させる。ただ部下言うても、神社持ちよ。どっかで氏子らに祭られてる奴じゃ。そいつに話を聞かせて選別させる」

「選別？」

「ああ、選ぶんじゃ。こいつは本当に信心深いかどうかとか、日頃の行ないやな。それからまた審査があって、願いを叶えるかどうかを考える。ほんでワシが最終決済を出す」

「そんな事されてるんですか？」

「当たり前やな。お前かてそうやろう。突然知らん人間が家に来て、金貸してくれ言うたら金貸すか？　貸さんやろ、それと同じよ。それと比べて毎日毎日金貸してくれ、貸してくれってしつこく家に押しかけて来たら、情が移って、しゃーないな、十円位やろかってなるやろ。ならんか？」

「そんなものですか。僕はなりませんが。迷惑なだけです。人が毎日毎日自宅に来るんですよ」

「そこがいかん。慈悲がない。人間性の欠如じゃ。まあお前に言うても、詮《せん》なきこと。しょうがない。ワシの社には来るぞ、ワンサカは最近来んようになったが」

「それで、取り次ぎの方は私の願いをどのように言われたのですか？」

「言うたやろ、しつこい奴だな。無視、初めから無視じゃ。取り次ぎがお前みたいな奴に目をかける訳なかろう。三回、三十二円。もう一円でお前と同じ歳で三並びじゃったのに残念じゃったの。ここまで運がないとは。ハハハ」

「……」

「まあ良いではないか、きっぱりと即死できたんじゃからの。それまた本望ではないか。ところで三十二円で思い出した。金が要《い》る、お前幾ら持っておる？」

「五千円位ですが」

「五千円？　それしかないのか。貯金は？」

「そんなのありませんよ」

「蓄えというのはしないのか？」

「できる訳ないじゃないですか。自慢じゃないですが、安月給ですよ。それもハイパーが付く」

「ハイパー？　ハイパーとはどういう意味じゃ？」

「スーパーの上です。超安月給です。見事なもんですよ。びっくりする位貧乏です。たとえばですね……」

「それ以上話するな。こっちが嫌になる」

「すいません。ところでお金って何に使うんですか？」

「何に使うって、馬鹿か。人間、生活せにゃならんじゃろ」

「大丈夫ですよ。何とかやってますから」

「何とかって、極貧の生活やろ。そんなんワシができるか」

「できますよ。生きて行くぐらいなら」

「生きて行くって、お前死んだやないか」

「それとこれとは話が別です。死んだのは事故でしょ。餓死はしてませんから」

「いつも何を食べておるんじゃ？」

「何をと言いますと？」

「日頃は何を食しておるのじゃ？」

「猫マンマです」

「猫マンマ？　なんじゃそれは」

「ご飯に、醤油と鰹節をかけた食べ物です」

「お前は猫か？」

「いいえ違います。いつも田舎の母さんが送ってくれますから」

「何を？」

「米と鰹節です。時には漬物もありますが」

沈黙があった。何かを考えているようにも思えたのだが、実は言葉を失っていたらしい。

「お前には悪いが、金が要る」

「金ですか」

「お前が何を食おうが関係ない。米と鰹節で生活するのも面白いであろう。じゃがワシは神やど。お前と同じ生活ができると思うか」

「やる気になればできるかと。根性の問題です」

「アホか。なんでワシがここで根性の訓練せないかんねん。ワシは修行しにここに来てるのと違うど。余暇じゃ余暇。バケーションじゃ。お前、バケーションで猫マンマたべるか？　ハワイの海岸で日光浴しながら猫マンマは食べんやろ。それと同じじゃ。繰り返すが本当に金がないのか？」

「はい。まったくありません」

僕はきっぱりと言った。

ワシ様は深い溜息を吐いた。それから考えていたのか沈黙があった。

「そうじゃ。宝くじや駅前にあったな」

「宝くじですか？」

「買え」

「宝くじをですか。当たらないですよ。当たったためしがないですから」

「四の五の文句を言うな。ただ買え。そうじゃ。そこを右に曲がって左に行くと宝くじのブースが二軒並んでるから、その右側の方じゃ。そこで買え」

「はい？」

「日本語が判らぬのか」

「いいえ。判ります。宝くじを買えば良いんですね」

僕は力なく答えた。それから言われるままに宝くじのブースに行った。今まで気が付かなかったが、なるほど二軒並んでいる。宝くじ売り場の前まで来ると、もう一度ワシ様の声がした。

「そのスクラッチのくじ、一枚でエエから買え」

「一枚で当たるんですか？」

「いや二枚やな」

「当たるんですか？」

「お前は、ホンマに理屈が好きやな。ワシは神やど」

「それはそうですが、前例がありますから」

「前例とは、あのおなごの事か？」

「そうですよ。四百円も今の私には大きいですから。サンマが四匹買えますよ、四匹。四食分ですよ。大きいじゃないですか。四百円」

「お前な、エエか、黙って買え、ワシに逆らうな。逆らうと、今度はお前が何と言おうが炎熱地獄に落として、百万年の間、地獄にも上げんぞ。それでも良いか」

僕は炎熱地獄がどんな場所か判らない。まして奇跡は見たものの、それは単なる偶然で、この声の主が自分の作り出した幻か、はたまた幻聴なのかも判らなかったから、はっきり言って四百円も惜しかった。勝手なものでそれまで信じていても、お金が絡むとどうも心から信じきれない自分がいた。だけどこれも《運だめし》と思い、おばさんに向かってスクラッチくじを二枚ください、と四百円をポケットの中で当たるようにとしっかりと握りしめた。百円玉の冷たさが手に伝わって来た。はっきり言ってこの四百円でも僕には重たい。毎月、給料日に二千円を小銭にして部屋に隠す習慣がある。財布が空になった時、まるで宝探しのように探し出して、畳の端とか、ポケットの中から百円玉を見付けた時の快感は、経験した者でないと絶対に判らない。その百円玉四枚が今ポケットからなくなろうとしている。

「がちゃがちゃ何を考えておるのじゃ。エエ加減に早く買え」

頭の中で再び声が響いた。あんまり五月蠅《うるさ》いので僕はおもむろに百円玉四枚をおばさんに差し出した。

「はい、当たると良いですね、これで良いですか？　削ったら何等か出ますから」

「すいません。もうコインがないから、代わりに削ってくれませんか？」

「お客がいないから今日は削りますけど、今度からちゃんと自分でやってくださいね。ルール違反ですから」

おばさんは嫌な顔をし、百円玉を引き出しから取り出し、削ってくれた。それから一瞬目をまん丸にして、もう一度数字を睨み返すと震えるような声を上げた。

「兄さん、当たってますよ、これ！　一等ですよ、一等！」

「はい？」

「一千万です」

「一千万円？」

「そうです。一等の一千万円です」

「え。当たったんですか。本当に？」

狐につままれたようだった。人間、不思議なもので、宝くじに当たると、嬉しいとかの感情はすぐに湧き出てこない。あそうなんだ。当たったんだという不思議な感覚に襲われるらしい。僕もそうだった。

おばさんは、興奮したままもう一枚の宝くじを削ったかと思うと、再び興奮してこちらに震える手でそれを差し出した。

「これも当たってますよ」

「え！　当たってるって、幾らですか？」

「これも一等ですよ！　二枚で二千万です。凄いですよ。こんな事があるんですね。こんな幸運な方がおられるとは……」

　僕以上に興奮している。

「ここでは交換できないから、そこの角にある銀行で交換してください。おめでとうございます。本当に幸運な方ですね。初めてですよ、こんな方は。二枚買って二枚とも当たる人なんて。奇跡ですよ。出来たら握手してもらえませんか。こんな人とは二度と会えない気がしますから、握手してください」

　おばさんはブースの外にわざわざ出て来て、ありがたそうに両手で僕の手を抱えるように握ると、両手を合わせ、僕の方を見て拝んだ。と、同時に、思わず体中に震えが襲って来た。思いもよらない事が現実であると感じると、人間は緊張するらしい。初めての感覚であった。足が自然に震えるらしいが、初めて膝頭ががくがくなるのが判った。そんな大金見た事もないし聞いた事もない。ましてそれが現実であるとは、なかなか受け入れられなかった。銀行まで大切そうに抱えながら歩いていると声がした。

「震えるな」

「はい、でも凄いですね、驚きです。二枚で二千万ですよ。こんな事初めてです。またなぜ僕に当てて頂けるんですか？」

「お前が貧乏やったら、居心地が悪いやろ。食べたいものもろくに食えん。まあそれだけあれば八十八日はもつな。足らんかったらまた用意する。それで新しいバイクも買える。買え！　あのバイクは壊れて役にはたたんからな、不便。それに汚い。あんなバイクにワシが乗れるか。そや外車が良い。買え、良いな。一度乗ってみたかった」

「はい。ありがとうございます」

そう言われたものの、まだ足の震えは止まらないでいる。

「実はな、ワシの婿が宝くじの担当やからな、それくらい簡単な事じゃ。奴に直接言うとワシがここに居るのがばれるからの、息子の側近に判らんように頼んでおいた。奏上が来たらワシの方で決済したから、当てよと言うといた。それぐらいはエエやろう」

「婿さんですか？」

「そう。娘婿。オオクニヌシ」

「オオクニヌシ様ですか。聞いた事はないですが、くれぐれ宜しくお伝えください」

「伝えろだと！　忍びじゃ言うておるやろう、伝えられるか。余談じゃが、ワシについで天空界人気投票第三位の男や。エエ男じゃぞ。流石《さすが》に我が娘、エエ男を選んだ。最初は婚姻に反対して殺そうかと思うたが、今にして思うと、アイツじゃないと出雲はワシの代わりに統括はできんな。流石に我が娘、見る目がある。まあ人気はワシよりは落ちるがの」

ワシ様は自慢気に言った。

「先般も伺いましたが、たいそう人気にこだわっておられますよね」

「別にこだわってはおらぬ。ただ人気も大切、という事じゃ。人気がなければやはり寂しいもんじゃろ。だから苦労しておるんよ。巫女の集まりの時には差し入れしたり、姫が友達と茶を飲むと言えば、菓子の一つも用意しての、『お前等のお陰で出雲があるのじゃ』とか世辞の一つも言うて、誠に大変よ」

「ワシ様って、実は面白い方ですね」

「アホ。そんなんはどうでも良い。それより、金を換金して、会社に行かないかんじゃろ。はよせい。繰り返すが、以降ワシに話しかけるな。お前が軽々しく話できる身分ではない。それとワシの話も他言無用じゃ。困る。お前は今まで通りに生活をせい。ただ貧乏くさい真似だけはやめろ。《猫まんま》は二度と食べるな、判ったな。いい服を着て、良いものをだけ食べろ。それでワシは癒される」

「判りました」

僕は大きな声を出した。誰かが見ていたら頭のおかしい人に思われただろうが、それでも良かった。人間は本当に現金なもので、大金を手にしたとたんに自信ができる。こんな事はかつてなかった。

空にある太陽は、近年にない残暑のせいか、舗装されたアスファルトに照り返し、気温を徐々に上げている。腕時計は事故の時壊れたのか、動いてはいなかった。ふと街頭の時計に目をやると、時間はすでに昼近くになっていた。

昼過ぎになって新宿の会社に着いた。途中、電話を入れようと思っていたが、携帯は壊れていて、公衆電話も見当たらなかったから直接会社に行く事にした。駅から会社まで歩いて十分位だが、それでもタクシーに乗った。それだけ早く会社に着きたかった。


「加藤さん！」

事務の藤田奈緒子が、大げさな驚いた声を出した。

「生きていたんですか！　朝から加藤さんが事故で死んだって、それはもう大騒ぎで、そうそう、死体確認の後で末永課長が死んだはずの加藤がいなくなったって。それでまだ警察の事情聴取を受けてて、こちらには来てないんですよ」

「僕が死んだって。そんな？　事故だけど頭打っただけですよ。ところで部長はいる。報告をしないといけないから」

「いますよ。心配されてましたから、早く報告された方が良いと思いますよ」

と、残念そうに給湯室の方に歩いて行った。良くは知らないが社長の姪とかで、歳のわりには偉そうに振る舞っている。今年で二十九歳。寿結婚を狙いこの会社に三年前にやって来たのだが、初めから、独身者に声をかけ通したせいか、評判を落とした。最近は、「所詮、この会社にろくな男はいないわ」と、皆に聞こえるように露骨に言うようにもなった。「それなら早く辞めたら」と思うが、転職先がないのか、居心地が良いのか、暇があれば給湯室で時間を潰している。あれでも丸顔で可愛いから、性格がもう少し良ければ、嫁さんに考えても良いと思うが、彼女のリストの中には、当然の事のように僕は入ってないらしく、最近は朝の挨拶以外言葉もろくに交わさなくなったのが現実である。近頃の女の子という感じがするが、「近頃の女の子」と言っても、僕は付き合った事がないから良く判らない。

僕とは違い、やたらと占いやスピリチュアル的なものが好きで、生活の全てが全て占い中心である。先日も聞いた話だが、結婚披露宴の二次会で親しくなった男性に生年月日を聞いたとたんに、挨拶もせずに帰ったらしい。どうやら誕生日が合わなかったのが理由だそうだ。挨拶位して帰れば良いものを、それまたどこかの占いで、「性格の合わない者と話をすると運気が落ちる」と学んだらしく、彼女にかかれば礼儀も何もあったものじゃない。

元来、僕も人との付き合いは苦手だが、こういった性格の人種とはどうしても性が合わない。営業としては失格なのだろうが、そこまで無理をしても、というのが心のどこかにあって、合わそうとしないのが僕の欠点かもしれない。

自分のデスクに行って、泥だらけの鞄を無造作に置いた。誰かが気を遣ってくれたのか、デスクの上にグラスに入れた一輪の花が飾ってあった。供養の意味かしれなかったが、花をもらった事なんかなかったから、萎れかけてはいたが、嬉しかった。

「加藤、無事だったのか！　心配したぞ。死んだという噂が流れてな」

　僕が席に着くなり、一番奥の席にいる営業部長の武宏が声をかけて来た。今年、四十八歳。大学時代空手をしていたそうで、中肉中背の割にはがっしりとしていている。どういう訳か末永課長とは違い、いつも大切にしてくれている。部長室もあるのだが、現場中心主義で、人から離れては指示ができないと、わざわざ机を用意させて何時《いつ》も部屋の一番後ろに陣取っていて、よほど個人的な事がない限り部長室に入る事はない。オーラというか、何とも言えぬ存在感があって、部長がいるだけで部屋の雰囲気が引き締まる感じがする。

「ありがとうございます。事故に遭ったのは確かなんですが、携帯も壊れ、頭もボーッとして連絡できませんでした。心配掛けてすいません」

「ボーッとするって、体は何ともないのか。病院から消えたと聞いたが、黙って帰って来たのか？」

「実は、何も覚えていないんです」

「末永課長が朝電話して来て、お前が死んだって。あいつも適当なところがあるからな、慌てて別の人間を見て死んだと間違えたのかもしらん。ところで確認だが足はあるんだな？」

　武は、笑いながらまじまじと僕の足を見た。

「当たり前ですよ。幽霊じゃないですから」

「まあ良かった。それより誰か課長に電話して加藤が無事に戻って来たと連絡してやれ。何か警察でかなり事情聴取されてるみたいだから。そうだ、お前はもう今日は帰って良いから。スーツも汚れているるし。営業にならんだろう。自慢のバイクはどうした。壊れたんじゃないのか？」

「ありがとうございます。バイクは壊れたみたいです」

壊れたかどうかは見てないので判らなかったが、たぶんワシ様が新しいのを買えと言っていたからそう思った。

「バイクだけで良かったじゃないか。命あってのもの種だから」

「そうですよね。死んでしまったら元も子もないですから」

一礼をしてから自分のデスクに戻り机の上の書類を片付けようとした時、背後から背中をポンと押された。

「良かったな。死んだと思ったよ」

同期の奥谷である。専門学校卒業だから、僕より二歳年下だが、はっきり言って好きではない。これほどまで言うかと思うくらい、上司に対しておべっかを使う。特に末永課長に対しては酷くて、事ある毎に、「さすが課長、僕にはそんな真似はできません」とやたらと言い続ける。人を何でもかんでも煽《おだ》てる事が、出世のためには最重要課題と勘違いしてるのかどうかはしらないが、ここまでやりすぎると、はっきり言って気持ち悪い。

新入社員の時の自己紹介で、「奥谷祐司です。ゆうちゃんと呼んでください」と壇上で甲高い声でマイク片手に言ってから、肌が合わない。その上、やたらとライバル視するのか、ちょっとした間違いに対してチクチクと責めて来る。一言で好きではない。営業成績は新宿営業所六人の中で二番目、下からである。ちなみに僕は下から一番だから余計ライバル心があるらしい。

「バイクは壊れたんだって。通勤できないのは大変だね」

余計なお世話である。「二千万当たったから買うよ」とも言えず、視線も合わせないまま、

「ありがとう」

と言った。

「交通事故は気を付けないと。何時《いつ》遭うか分からないからね。僕も気を付けないと」

彼が心配しているのは、命というよりは、僕が死んだら自分が最下位になるのが心配らしい。それが判るから余計腹が立つ。

「部長が早く帰って良いって言ってるから、早く帰って体を休めて、明日から頑張って仕事してね」

その言い方に正直腹の中でむかついて、「お前は上司か」と思わず口を衝《つ》いて出そうになったが、こんなところで喧嘩しても大人気ないと「ありがとう」と繰り返した。

別に感謝なんてしてないが、この種の人間には「ありがとう」という言葉が便利が良い。むしろ何か反発して言おうものなら、恨みを買うのは今迄の経験でよく知っている。

「それが良いよ。早く帰ってゆっくり休んだ方が。やっぱり事故は事故だから」

前に座っていた山田政孝先輩が気を遣って話しかけて来た。僕より四歳年上だ。この会社には珍しく、早稲田の四年制を成績優秀で出た事もあり、何でもそつなくこなしている。営業成績は何時《いつ》も会社の上位ランクにあり、重役の聞こえも良いらしい。僕が新入社員の時に、彼が直接の教育係だった。入社して事務職の現場管理で羽田空港に半年出された後、ここに配属されて彼の下になった。教育と言っても幅が広くて、請求書の作り方から現場経費の作成、はたまたビールの出し方迄良くここまでできるな、と思うくらい頭が良い。

二人で酒を飲みに行った時、ビールのラベルを下にして、逆手に注いだと目から火が出るほど怒られたが、それも全部現場に出た時のためで、今思えばそれも懐かしい思い出である。山田先輩のおじさんがこの会社の役員をしていた時期があり、それでどうしてもと請われて入社した経緯があると、後にも先にも一度だけだが、どこかの居酒屋で言われた事がある。会社も将来を考えての事だろうか、大きなプロジェクトがあると山田先輩に重役会議に参加するようにとの声がかかるのは、その力を認めているのであって、同じ縁故入社と言っても藤田のとは訳が違う。

一昨年、ここに勤めていた事務職の子と一緒になって、今では新宿の百人町に住んでいる。一度もそこに行った事はないが、奥さんも昔から知っていて、清楚な美人である。当初は藤田奈緒子も先輩をターゲットにしたみたいだが、軽くあしらわれて、敢えなく撃沈した。が、それでも僕とは違い、彼女の待遇はかなり良い。時々買ってくるコーヒーの入れ方一つを取ってみても、力が籠っているのが傍からでも見て取れる。もしかしたら、不倫か離婚した後の再チャレンジを考えているのかもしれないが、たぶん無理だ。それは僕が神でなくても判る。

「くれぐれも、帰って寝ろよ。間違っても映画とかに行くなよ。そんなんは普通の日でもできるから」

先輩は笑って言った。

その日は、あまりにもいろいろあって頭が混乱したのと疲れが出たので、休暇を取って帰る事にした。会社で番号を聞いて、一言何か言おうと、末永課長の携帯には何度か電話したものの通じなかった。きっと警察で事情聴取されているのかなと思ったが、不思議に気の毒だとは思えず、逆に愉快に思えたのはいけなかった事なのかどうか今でも悩んでいる。

次の日の土曜日は何時《いつ》もより朝早く目が覚めた。こんな事は滅多にない。滅多にないというよりは全くない。基本的には週休二日制だから、朝起きるとだらだら過ごす。テレビを点けるか、寝直すか、近くのレンタルビデオ屋に行って最近出た映画を借りて来て見るか、時には図書館から借りてきた小説を読んで深夜の一時位まで何も考えずに過ごすのが日課になっているから、朝早く起きるなんてありえない。昨日はいろいろあったから早く寝てしまった。秋の日差しがきつくて、気が付くとベッドが汗でびっしょりと濡れていた。テレビによると、今年の残暑は例年になく厳しいらしい。狭いアパートの温度計は朝の七時と言うのに、もう二十五度近くをさしていた。よほど暑ければ備え付けのクーラーを点けて寝る事もあるが、電気代を節約するために、大体は実家から送って来た扇風機を使う。昨晩もタイマーを点けて寝たものの、朝には当たり前のように止まっていて、窓を開けてもさほど温度には変化がなかった。昨日の一日がまるで夢のようだと感じつつ預金通帳を恐る恐る開けてみると、二千万飛んで千八百二十二円の数字が無造作に並んでいるのを見て、あれは夢でないと実感した。

報告するために課長に電話しないといけないと思ってはいたが、近くには公衆電話は見当たらなかった。事故の時に携帯が壊れたので、携帯を手に入れようと、京王八王子駅前にある携帯電話の会社に直接行く事にした。と言っても、歩いて行くには距離があるし、バスで行く事も考えたがワシ様に悪いかと思って、国道迄出てタクシーに乗る事にした。

僕の住んでるところは、ヒヨドリ山という八王子駅の北側の丘陵地にある。駅から歩いて帰るにはとにかく不便な場所だが、公園も近くにあるし、比較的空気も良くて気に入っている。大学卒業後に、池袋からこっちに引っ越して来た。僕を大切にしてくれていた大学の先輩が、急に海外駐在が決まり、引っ越しが面倒という理由で先輩の残した家具を引き継ぐ形でそのアパートを契約した。敷金が要らなかったというのが大きな理由である。それ以降十年近くになるが、引っ越しすると言ってもどこに行くというあてもなく、そのまま住み続けている。快適かと聞かれても何とも言えないが、壁が比較的薄いので隣の音が遠慮なく入って来て、隣の大学生が、女性を連れ込んだ時と大音量で音楽を聞く時は、はっきり言って閉口するが、それも今では慣れてしまい気にする事もなくなり、時には刺激的ではあるが、壁を伝わって来るその声を心地よく感じる事もある。

午後一番で京王八王子に行き、駅前で携帯を買った。

手続きが終わって、駅前の喫茶店でコーヒーを飲んでいると、突然ワシ様の声がした。

「体調はどうじゃ？」

「はい。すこぶる元気です」

「それは良かった。一応体の悪いところは消去しておいたが、あれば言え、治す」

「ありがとうございます」

「礼は要らぬ。お前の体というよりはワシの体である。不都合があればいかんからの。これからの八十七日の間は体を大切にせよ」

「はい。ところで何かリクエストはありませんか？　こんなものが食べたいとか、したいとか」

「昨日言うたではないか」

「おなごですか？」

「頭を打った割には機能しておるな。そうよ」

「何かお好みの食べ物とかはないんでしょうか？」

「話をごまかすな。誰が食べ物の話をしておる。女の話じゃ。食べ物は猫マンマ以外贅沢なものであればなんでも良い」

「女ですか。それだけはどうも自信がなくて」

「自信の問題ではない。ワシのリクエストである。まあいずれ用意する故、その時はぬかるな、頼むぞ。それと住む場所じゃ。あそこはいかぬ。暗い。それに五月蝿《うるさ》い。隣の学生が時々ねーチャンを連れ込むであろう。アンアン言う声聞きながらお前ワシに寝よ、というのか。無理である。それに、あんな炭焼き小屋みたいなところで長年良く耐えられたな、信じられぬ」

「ごもっともでございます。だけどあのアパートは比較的住みやすいですし、最近の住宅事情を考えますと、普通と言えば普通ですけど」

「お前な。ワシはバケーション言うたやろ。休暇じゃ。金も充分に用意した。足らねばまた用意する。もっと良いところに移れ。これは命である。今より探しに行け」

「了解いたしました。ところでどのような所がお好みでしょうか？」

と、恐る恐る聞いた。変なところだと、移ったところでまた引っ越しする羽目になる。引っ越し嫌いの僕にとっては迷惑だ。

「好みか。まず海が見えるところで風景の綺麗なところが良い。さらに都心じゃ。不便でかなわぬ。さらに隣からアンアンという声が聞こえない位、壁の厚いところが良い。品川とかどうじゃ。今ではあの海も昔の風情はなく、竹の子の様にマンションが建っておるではないか。そこらへんで段取りせよ。それから、海が見下ろせる高層マンションが良い。間違っても貧乏臭いところに住めるか。できるだけ早くせよ。良いな」

「海ですか？」

「当たり前じゃ。それがなければ気がめいる。急ぎ段取りせよ」

「御意《ぎょい》」

僕は時代劇じみた言い方をした。その言い方が面白かったのかワシ様は声を出して笑った。

明るい声が頭の中に響いた。

「お前な。その言い方は時代錯誤じゃ。秀吉ではあるまいし」

「秀吉って、あの豊臣秀吉ですか？」

「そうよ。アイツも日吉神社でみくじを引くたびに御意、御意とぬかしおって、五月蠅かった。まあおもろい奴ではあったがの」

「ご存知なんですか？」

「良く知っておる。天下を取らしたのもワシじゃからの。あの時も酒に酔っておったが、まあそれはともかく早く社を用意せい」

「御意」

笑い声とともにその声はなくなった。

僕は一大事と思い、コーヒーを飲むのも忘れ近くの不動産屋に駆け込んだ。費用はどれだけかかるのか判らなかったが、月に五十万も出せれば探してくれるという。金額に戸惑ったが、手元には二千万円ある事だし、所詮約三ヶ月の命である。ワシ様にできるだけ喜んでもらおうと考えていた。

僕は僕？

日曜日が過ぎて月曜日が当然のようにやって来た。昨日は、電車で品川に行き、一日中不動産屋巡りをしたせいか疲れ果てた。歩き回るのはやはり苦手である。運動不足と言われればそうかもしれないが、大学を卒業してからは持ち前の出不精からか運動もしなくなった。高校時代も大学時代もアルバイトで走り回ったせいか、きゃしゃな体格をしてはいた。それに最近の不摂生のせいか、体重こそ増えはしなかったが、それでも筋力が落ちたのは否めない気がする。結局、良い物件は見つからず、不動産屋に一任し、できるだけ早い時期に引っ越しするように段取りはした。後八十五日という限られた時間の中で無駄と言えば無駄な時間かもしれないが、ワシ様が何も言わないところを見ると、不動産探しもまんざら退屈でなかったのかもしれない。

朝は何時《いつ》もより早く起きた。あの後会社でどうなったかが気になったし、末永課長に報告しないと激怒されるのは目に見えていたので、何時《いつ》ものように昨日買ったロールパンにマーガリンを載せて口の中に押し込むと駅に急いだ。バイクがなかったので、バスにしようかと思ったが、やはりワシ様の事を考えて、自宅迄タクシーを呼ぶ事にした。僕の人生始まって以来の事である。できるだけ早く職場に出ようと思った。京王八王子始発の通勤快速に、何時《いつ》ものように十分前に列を作って乗らなかったから、高幡不動を越えた頃には電車は混んで来て、府中を越える頃には満員電車になって立っているのも苦しくなった。それでも、いつもより早く会社に着いた。僕にすれば上出来だ。会社に入ると末永課長はもう席に着いていて、おはようございますと挨拶すると、挨拶も返さず、怒ったように黙って、会議室の方を指差した。

「いったいどうなっているのか全く理解できない。本当に足があるのか？　なぜ霊安室から姿を消したんだ。だって、俺はお前が確かに死んだのを確認したんだぞ。それだけじゃない、当直の医師も看護師もそれを確認している。あれから警察に呼ばれて四時間も事情を聞かれたが、さっぱり判らない」

「すいません。事故で携帯が壊れてまして、公衆電話から課長の携帯に何度か電話したんですが通じず、そのままになりました」

課長は怒っている。よっぽど警察に長時間拘束されたのに腹が立っているのか、会議室の机を両手で大きく叩いた。机の上のガラスの灰皿がビックリしたように飛び上がり、灰が机の上に散った。

「それはしょうがないが、いったい何があったんだ。あの時のお前は絶対死んでいた。生きている事に越した事はない。だが本当に生き返ったのか？　幽霊じゃ……いいか、あの当直の医師も警察に呼ばれたんだが、全く理解できないらしい。全身打撲で、脳挫傷、三ヶ所以上の複雑骨折があったらしい。絶対に生き返る事がないという。生き返ったなら《奇跡》だと言うが、それも《ありえない奇跡》らしい。いったい何があったんだ？」

「僕も判らないんです。気が付いたら八王子駅に行く道を歩いていて……」

ワシ様の事については触れなかった。話しても信じてもらえないのは判っていたし、第一ワシ様との約束でもある。

「まあいい。生きたままここにいる訳だし。それより、昨日の医師がお前に会いたいらしい。その気持ちは私にも判る。だから、今日は有給休暇取って、病院で検査してもらえ。何なら一日、二日の休暇はかまわない、とりあえず検査だけでも受けて来い。良いな！」

そう言うと、ハンカチでおでこの汗を丁寧に拭った。そりゃそうである。診断した医師も気が狂いそうだろう。だって僕自身も狂いそうだったから。あの一連の《奇跡》を経験していなければ、当然の事である。それに課長も《死亡》を確認した面子《めんつ》もあるだろう、きっと何らかの理由が欲しいのかもしれない。

外に出るとキッと秋の陽射しが強かったから、遠いけどタクシーで新宿から八王子に行く事にした。今日二度目の贅沢である。自慢にならないけど、僕の人生の中でタクシーに乗った事は滅多にない。何年ぶりの事だろうか。遥か昔に飲んだ勢いで乗った事はあるが、それもそんなには乗らなかった気がする。確かツーメーターぐらいだったが、渋滞に巻き込まれた事もあり、生まれ付きのけちくささからか、途中でタクシーを降りたので、目的地まで乗った記憶はほとんどない。それに満員電車に揺られて来たのがワシ様にとってどうだったのか、「満員電車は良い」と喜んでくれていたら良いのだが、不快だったらどうだろうかと変に気を回したが幸い何も話しかけて来なかったから、きっと満足したのだろう。そう思う事にした。

神様には気を遣う。

別に二千万円をくれたからじゃない。だけど何か自分の中にいてくれると嬉しかった。

理由？

渋滞が終わった時間帯だったので、車はスムーズに中央自動車道を走り抜け、八王子インターで降りた後、二十分ばかりで病院に着いた。昨日は事故で運ばれて意識がなかったから、こんなにも大きな総合病院だとは夢にも思っていなかったので、戸惑いつつ混んだ待合室を縫うように受付まで進んだ。

病院の受付に着いた。

名前を名乗ると、もう僕が行くのを知っていたのか、末永課長が気を遣って連絡していたのか、中老の女性が慌てて、「加藤さんですね。今先生をお呼びいたしますから、ここから動かないでくださいね。すぐ来られますから。絶対動かないでくださいね」と、何度も念を押すように言った。どうやらまたいなくなると思っているのだろう。そう思いながら受付の前で立ったまま待った。混んでいるので少々息苦しかったが、それも仕方がないと思って我慢した。元来、人込みは嫌いである。あの重苦しい体臭、ざわめきがどうも性には合わないらしいが、これも仕事の一環と諦めた。

暫くして、僕と同じ位の年頃の長身の黒縁のめがねをかけた白衣の男性が、こっちに小走りで走って来るのが目に入った。近く迄来ると、自分の名前を名乗る事もなく突然、確認するように両肩を激しく揺すると、周りが驚くような大声をはり上げた。

「加藤さんですよね！　加藤真一さん！」

「そうですが」

「本当に生きてるんですよね？」

「そうですが」

「昨日の事覚えてますか？」

「はい。少しは」

「悪いですが、僕の部屋に来てもらえませんか。検査もそうですが、聞きたい事がたくさんあって。お時間は大丈夫ですか?」

と、矢継ぎ早に質問をした。

「はい。課長にもそう言われて休暇取って来ましたから。大丈夫です」

彼の混乱も理解できた。だって僕も、今でも昨日起きた事を信じられない自分がどこかにあるのを知っていたから、検査してもらう方が都合が良い。

長い廊下の端の彼の自室迄、僕は医師と看護師に抱えられるように、連れて行かれた。こうなると連行である。昔、雑誌で「捕まった宇宙人の写真」を見た事があるが、そんな感じである。逃げる事も、まして姿を消す事なんてできやしない。

部屋に入った。人体図が壁に貼ってあった。右手には書棚、壁には海外の学位。たぶんこの先生の卒業した大学だろうか。書棚に専門書がきちんと並べられている。机の上には書きかけのカルテがあったから、仕事の手を休めて急いで来たんだ、と思った。

「木村です。初めまして。いや初めまして、というよりは昨日お会いしてましたて。たぶん記憶がないと思いますが」

木村が名刺を差し出すと、本能的に僕も名刺を取り出した。それから深く一礼した。

「宜しくお願いします。加藤です」

「どうぞおかけ下さい。いや。警察でも話したんですが、実は昨日起こった事、どうしても信じられないんです。こんな事言うのは非常に恐縮なのですが、あなたは死んでました。確実にです。あれで生き返る事なんてありえません。実はここにいる川崎も同席しておりましたから、決してあれが私のミスや誤解でないのを確認したく、もう一度こちらにお越しいただいた次第です。川崎君も不思議だよな？」

同意するように隣にいる看護師に声をかけると、百六十五センチもあろう彼女が黙って大きく首を縦に振った。一見して切れ長の目、化粧は薄く、一般に言っても美人の部類には入るだろう。彼女は切れ長の目を一層細くして、不思議そうにもう一度こちらを見直した。

「川崎君の意見はどう思う？」

木村は、言葉を川崎の方に振った。

「不思議です。いえ、亡くならなかったのは不幸中の幸いですが……。それより、あれでご無事なのが信じられなくて。はっきり言わせてもらいますが、無事という事はありえないんです。私も看護師をしてもう五年になりますが、こんな事は初めてです。耳から若干の出血がありましたし、脳の損傷は私の目から見ても明らかでした。それなのに、そんな状態で生き返るなんて。すいません言い過ぎました。それよりも人の命を助ける私達に判らない事があるなんて、不思議と言うよりはその理由が判からないと嫌なんです。私の性格と言えばそれまでなのですが。だから先生と相談して、もう一度お越しいただこうと、こうして来ていただいた訳です。すいません、うまく言葉にならなくて」

彼女は明らかに狼狽していたのか、早口で説明した。

木村が横から言葉を挟んだ。

「余りにも不思議な現象なので、もう一度検査をして記録に残させていただこうかと。後遺症が出たらいけませんから、その検査の意味もあります。むしろそちらの方が大切なのですが。ところであの後、何か変わった事はありませんでしたか。ないもの、つまり存在しないものが見えるとか聞こえるとか、つまり幻覚や幻聴ですが」

昨日の出来事を話したかったが、ワシ様との約束があるのでどうしても言えなかったし、現実化した以上もはや幻聴でも幻覚でもない。

「頭を強打した際、幻聴、幻覚といった症状が出る、という事例がありましてね。病院では救急をやってますが、私の専門は脳外科です。脳の構造は実に複雑ですから。その機能の一部しか解明されてないもんですからね、敢えてお伺いしたんですよ。あれほど強打されますと、脳の組織自体の破壊が進み、そういった現象が見られる事例が多々ありますから。こちらの病院に来ていただいて、脳波とか体全体の機能を再度検査させていただきたいと御社にご連絡させてもらいました」

「声が聞こえる事もあるんですか?」

僕は思わず尋ねた。あれだけの現実を目の前にしても、まだ信じられない自分がどこかにいる。

「時にはあります」

「それが現実化する事は？」

「ははは。それはありません。それは幻覚というものです。幻覚はあくまでも幻覚ですから、そんな事はありえません。ちなみにそういう事例があったのですか？」

僕は思わず首を横に振った。

「全然ありませんよ。そんな事があるのかなと……」

そう言って話を誤魔化した。昨日の事を話したなら、きっとここから帰れない。いや別の病院に入院させられる危険性もあった。

「じゃ。脳波から検査しましょう。部屋を移動していただけませんか」

隣にいた看護師の川崎が言った。


三時間程で検査は終わった。内容は人間ドックのようなもので、脳波、ＭＲＩ検査、レントゲンから血液検査まで行なわれた。これだけの精密検査を受けたのは初めてである。学生時代や社会人になってからもあんまり健康には注意を払わないから、半ば珍しさも手伝って意外と楽しかった。血液を取られたのは痛くて嫌だったけど。

「今日は本当にありがとうございました。今日の検査はこれで終了です。検査結果に異常はありませんでしたから。玄関までお送りしますよ」

廊下を歩きながら、看護師の川崎はそう話しかけた。

「こちらこそありがとうございました。異常がなくて何よりでした」

「しかし、不思議なんですよ。あれだけの大事故で生きてる事自体ありえませんから。加藤さんにこんな事言うのはいけないんですが、いわば奇跡ですよ。本当に」

「そうですか」

僕が不思議そうに言うのを見て、

「そうですよ」

と力強く言った。細い目の中の大きな瞳がさらに大きくなって、顔立ちがさらにくっきり浮き上がった。本当に綺麗な人だな、と僕は笑いながら話を誤魔化した。あれほど女にこだわっていたワシ様が、何も言ってこないのが不思議だった。僕自身川崎は綺麗だと思ったし、悪くはない。しいて言わせてもらうなら、ワシ様の対象になっても何の不思議でもない。僕の美的感覚とワシ様の美的感覚にズレがあるのかなとも思った。

「川崎さんじゃない」

形成外科診療の待合室の前で、突然声がした。

「まあ。笹井のおばあちゃん。お元気ですか？」

それから、川崎の声が突然驚きの声に変わった。

「エ、歩けるの？」

「そうなんです、昨日から。突然なんですよ」

「何で？」

「突然なんですよ。話せば長いんですけど」

それからこっちを見て、驚いた表情を見せた。

「もしかして、加藤さんじゃないですか？　昨日の」

僕が、黙って頷いた。嘘をつくのが下手である。昔から善くも悪しくも他人にはそう言われて来た。

「昨日は本当にありがとうございました。見てください。ほら、歩けるんですよ、普通に。あの後も何にも問題はなくて。痛みも消えてしまいました。車いすももう使ってないんですよ」

「それは良かったです」

僕はできるだけ視線を合わせないように、気のない返事をした。昨日あった事を説明しようものならここから絶対帰れない。だから早くこの会話を終わらせたかった。むしろ、お婆さんの質問に頷いてしまった自分を責めていた。

「それでね。昨日は病院に行くところだったんですけど、突然治ったものだから、先生がどうしても今日再検査されたいとおっしゃって。いったいどうされたのか何度も聞かれましたよ。《奇跡》以外の何物でもないって。本当にありがとうございました。日吉様にもワシ様にも心より感謝しております。加藤さんがいなければ……」

そう言うと、目に涙を浮かべた。

「それより、またなぜこんなところにおられるんですか？」

「いや別に」

僕が俯き加減で小さく答えると、川崎が驚くような目をしてこちらを向いた。

「加藤さん。笹井さんをご存知なんですか？　それより何かされたんですか？」

声が詰問調である。

「いえ。何も」

「正直に話していただかないと」

「それは。いろいろありまして、ここでは」

「ここでは、とは病院では話せないという事ですか。判りました。じゃあ、加藤さんの携帯に連絡しても構いませんか？　先生抜きでもかまいません。個人的にお聞きしたい事もありますから。何なら、お茶でも、迷惑でしょうか？」

迷惑？

迷惑なんてありえない。理由はどうであれ、この短い人生において女性から誘われた事なんてないし、誘われた時にどう返事して良いのか、経験値としてゼロである。

「ここでは何ですから今日の夜に電話して良いですか？　八時に」

僕は暫くワシ様の指示を待った。心の中でワシ様、ワシ様どうしたらいいんですか、と呟いたが、何の変化もないので自分の名刺を差し出した。

「携帯の番号は名刺に書いてありますから、こちらに電話ください。出られなかったら留守電にでも入れておいていただければと」

彼女はそれを丁寧に受け取ると、白衣のポケットにおもむろに入れた。

それを見たおばあさんが、僕の方を見て一礼して申し訳なさそうに言った。

「加藤さん。できる事なら私にもお名刺を頂戴できませんか。何かお礼でもできればと」

「お礼なんてとんでもない。偶然ですから。偶然です」

「どうしても駄目でしょうか？」

あまりに固辞するのも失礼かと思い、名刺をもう一枚取り出した。おばあさんは両手で、まるで宝物のように恭《うやうや》しく受け取った。

「ありがとうございます。頂戴いたします。それとお時間あるようでしたら、私の主治医に昨日何があったのか説明していただきたいのですが」

その声と一緒に意識がなくなった。この三ヶ月で何回か意識がなくなったが、これがその一回目の出来事である。


自宅にいた。

気が付いた時、朦朧とした頭で目を擦りながら壁にかけた時計を見ると、午後の二時を指していた。自分でも何が起こったのか判らなかったので、何も考える事ができず、暫く天井を見ていた。どれくらい時間が経っただろう、小一時間位天井を見ていたかもしれない。考える気力も力も残っていなかった。それよりどうして家にたどり着いたかが不思議でしょうがなくて、天井の板の木目を数えていた。小学校の頃、風邪を引くといつもそうしていた。ぬるくなったゴム臭い水枕を頭にして、古くなった天井の木目の数を数えながら、母が帰って来るのを待っていた。その時は、新町筋にある「やまなお」という定食屋から親子丼を注文しても良かったから、電話で頼んでそれから何をする訳でもなくテレビを点けたまま布団にもぐり込んだ。当時、母が、勤めていた仕事先の小学校から帰って来ると、まだ部屋は暗くなっていないのに電灯が部屋に灯されて、それから母の古くからの付き合いの近くの医者が善意で往診に来てくれた。その時だけは、何時《いつ》でも《リンゲル》とか言って、持参してくる大きな注射器を見るのだけは嫌であったが、病人扱いで、大切にされたせいか嬉しかった記憶がある。

母さんに電話してないや。久しぶりに母の声が聞きたくなった。そうは思ったものの、今はまだ仕事をしているかなと思ってそのままになった。

夜になった。

八時が来た。

約束の携帯電話が鳴った。

「加藤さんの携帯ですか？」

「はい」

僕が力なく返事をすると、

「川崎です。川崎清美です」

と明るい声がした。

「こんばんは。今日はありがとうございました」

「こちらこそ。ところでお気分はどうですか？　突然怒られて帰られたから心配してたんですよ。笹井のおばあちゃんも、悪い事を言ったって反省されてましたから」

「怒った？　僕が？　反省ですか？　何を？」

「覚えてないんですか、おばあちゃんに言った事？」

「はい。ちょっと記憶が飛んでまして。やっぱり後遺症があるんですかね。何か言いましたか？」

「そうなんですか。おばあちゃんがね、主治医に会って説明してくれないかって聞いたんですよ」

「そこまでは覚えてます。その後が記憶になくって」

「下郎、っておっしゃいましたよ。それも凄く怒られて」

「下郎って、あのおばあさんをですか？」

「そう覚えてないんですか。『下郎、元に戻すぞ！　他言は無用』って。それはもう恐ろしい声を出されて、あんな声聞いた事ないですよ」

「恐ろしい声ですか？」

「恐ろしいどころか。今迄聞いた事ないですよ。それに目付きも急に鋭くなって。そしたら、おばあちゃんの顔が急にこわばって、その場で土下座したんです。廊下でですよ。土下座してあなたに向かって手を合わせて拝んだんです。これっていったい何ですか？　私には到底理解できなくて。昨日、そう昨日の事故から私には理解できない事ばかりなんです。それ以降、笹井さんにその理由を聞いても答えてくれないんです。まるで何かを怖がるかのように」

「……」

　ワシ様が話されたのは明白だったので、言葉にはならなかった。僕にはそんな言葉遣いはできない。それが怖くなった。別の人格、いや神格かもしれないが、それが自分の知らないところで出た事が凄く不安になった。

「加藤さん、加藤さん聞いてますか。大丈夫ですか？」

「すいません。考え事をしてまして」

「考え事ですか？」

「すいません。せっかく電話していただいたんですが、何もお話できる事はないかと」

「電話では不味かったですか？」

「いえそういう訳ではないのですが。ショックを受けています。自分と違う自分がいるみたいで」

「自分と違う自分ってどういう事ですか？」

饒舌に後悔した。それを説明するには、ワシ様の話をしなければいけなくなる。そんな事できやしない。

「違うんです。やっぱり脳に異常があると思うんです。だって、僕自身記憶がないし、そんな言い方しませんから。今までの人生で《下郎》なんて言い方しませんし。使った事もないし」

そう言いながらも、半ば自分が嫌になった。記憶がない上に、他人の人格を否定するような言い方をした自分が嫌だった。

「加藤さんのお気持ちは良く判ります。自分でない自分が何かを話す事も事故の後では起きるかもしれませんね。ただ不思議なのは、あの笹井のお婆さんが、なぜそこまで加藤さんに気を遣われるのか判らないのです。土下座までして」

「判らなくっても良いじゃないですか。別に、知ったところで何にもならない。そうじゃないですか。現実に起きている事は事実だし、それを川崎さんに話したところでどうにもならないでしょ。まして検査結果には問題はなかったんですから」

川崎の言い方に腹が立っていたので、語気が自然と強くなった。彼女の好奇心は判るが、それを満たすためにワシ様との約束を破るような説明なんてできない。それに自分が自分でないのにも腹が立っていた。

「すみません、その通りです。私は真実だけが知りたくて。ごめんなさい。そうですよね、勝手です、本当にすみません。できれば一度一緒に食事できませんか？　そんな事で全てが解決するとは思いません。が、直接お話する事で何らかの解決策が見付かるか判りませんし。そして、加藤さんの心が落ち着ければと思いますから」

真剣な声が、携帯越しに部屋に響いた。たとえ好奇心であっても、そこまで僕の事を考えてくれる彼女の気づかいが嬉しかった。

「正直言って僕にも判らないんですよ。何が起きてるのか。それでは今度の日曜日、時間ありますか？　昼でも夜でも良いです、仕事が休みなんで。時間あればその時に食事でもどうですか。お時間あればですが」

「ＯＫです」

「じゃ、日曜の夜にお会いしましょう」

電話はそれで終わったが、本当に会って良いのかどうか僕には判らなかった。会えば最近の出来事を話す事になるかもしれない。だけどそれはワシ様との約束でできないので、どうしたら良いのか聞こうと思って、部屋の天井に向かって「ワシ様」と声を出したが、返事は返って来なかった。返事がないのは知っていたけど、どうしてもそうしないと気が晴れなかった。古くなったクーラーの音が、いつもより大きな音を立てているが、ちっとも涼しく感じなかった。

昨夜は深夜まで起きていたが、結局ワシ様から話しかけられる事はなかった。不思議なもので、あの日以来、一言も声を聞かないでいると、先週の事故の事が今でも夢のように思える。もしかしたらあの声は自分が作り出した妄想かとも思えたが、鞄に入れた通帳を見ると、並んでいる数字に言葉にならない実感が湧いて来たが、それを見ても信じられない自分がどこかにいた。

「おはようございます」

会社に行くなり、いつもより大きな声を出して挨拶した。出勤が早かったのか、部屋には誰もいなかったが、藤田奈緒子だけが各人の机の上を雑巾で拭いてた。ここの会社では、女性は早く出社しないといけない決まりがある。当然手当てなんか付くはずもないが、そうしないといけない暗黙の決まりがあるのも創業者の意向かもしれない。が、そんな事は僕にはどうでも良い事である。

「おはようございます」

目も合わせようとせず、にこりともせずに小さな声で答えた。それから思い出したように元

気な声で、

「そう言えば、大丈夫でしたか？　検査の結果は？」

「検査ですか。ええ何ともなかったですよ。元来石頭なんですかね。ありがとう」

「朝から面白くない冗談が好きなんですね」

何も異常がなかったのが不満のように思える。入院でもするのであるなら、きっと声でも変えて「お気の毒に」とか言うのであろうが、この時は彼女の期待に添《そ》えなかったみたいだ。

「武部長が部屋にお呼びですよ」

下を向いたままトーンを変えずに面倒臭そうに言うのを、視線も合わさずに聞いて、僕は部長室に向かった。

武部長は一番早く出社する。入社時からの習慣らしい。こんな小さな会社になぜこんな人がいるのかと思うくらい立派である。立派、どう立派だと言われても返答に困るが、社内も社外も評判が良い。三年位前の事になるが、給料の二倍払うという引き抜きの会社があったらしいが、仕事が気に入らないと断ったそうだ。先輩からそう聞かされた事がある。そうなんだと思いつつ、「へー凄い人ですね」と心から驚いた記憶がどこかにある。浦安のマンションに家族と三人暮らしだそうだが、早いうちに結婚したせいか子供も大学を卒業したそうで、日曜日になると決まって奥さんと出かけると誰からか聞いた。ロマンスグレーとはいかないが、時々白髪の混じった毛をトイレの鏡でとかしている姿を目にした事があるが、見た目を気にしない僕からすると、やはり営業はこんな感じでないといけないのかな、と思い直した事がある。

部屋にノックをして入ると、部長は席に座り、タバコを銜《くわ》えながら、一人書類に目を通していた。

「おはようございます」

「おはよう。早いな。元気か。昨日の検査結果はどうだった？」

「はい。何ともなかったようです」

「それは良かった。心配してたよ。ところで昨日、薄井建設から連絡があって」

「あの大手ゼネコンのですか？」

「そう。出社したらお前に本社まで来てもらいたいと」

「本社ですか」

「そう。どういう事か訳が判らないが、総務部長がぜひとも会いたいらしい。お前何か知っているのか？」

タバコの火を灰皿にもみ消すと白い煙が立ち上がったが、すぐさま空中に溶けてなくなった。

「いや、全然面識もありませんし、初めてですが」

「そうか。最初同行しようと思ったが、相手はどうやらお前一人が良いらしい。出社したらいつでも電話してくれとの事だった。まああの会社は我々孫請けからすれば、雲の上の上。部長

と言えども、怒らせたらわが社の存亡にも関わる。くれぐれも粗相《そそう》のないように振る舞っても
らいたい。また判らない事があったら勝手に判断して返事せずに、判りませんとか上司と相談
してからと言うようにな」
「判りました」
「以上だ。それとあんまり無理しないように。検査で何もないと言っても、事故は事故。身体
に注意するように」
　早口で話し終えると、今度はパソコンに来たメールに目を通していた。僕は一礼してから部
長室を出たが、何が何だか判らないでいる。薄井建設というのは建設業界きってのトップだ
し、まして知り合いもいない。部長が言ったように、この会社を怒らす事でもあれば、こんな
中小建設会社は跡形もなくなるであろうと思いながら、机の上においてあったメモ書きされた
電話番号に電話した。

「総務ですが」

　相手が出た。

「すいません。栄建設の加藤と申しますが、総務の大下部長はおられますか」

「大下ですが」

　ぶっきらぼうに答えた。

「加藤と申しますが、昨日、弊社にお電話をいただいたとの事で、電話させていただきました」

「ああ、加藤さん。お電話お待ちしておりました。出来ましたら青山にあります、本社まで御足労いただければと。お判り辛いようでしたらこちらからお迎えに上がりますが」

明るい声を出したので、気が楽になった。

「いや、自分で行きますが。何か私に用が？」

「いいえ、電話では何ですから。何時でしたらお時間宜しいでしょうか？」

「はい。上司の許可を得ておりますので、何時でも大丈夫です」

「では。今日の昼十一時半でいかがでございますか？」

「大丈夫です。青山の本社ですね」

「そうです。受付で私を呼んでいただけましたら判るようにしておきますので」

「承知致しました。それでは伺います。宜しくお願いします」

そう言って受話器を置いた。何の事か判らない。むしろ急に愛想が良くなったのが不気味でもあった。それに、呼ばれた理由を聞かずに行くのは正直苦手である。行くまでにでも内容が判ればそれなりの受け答えもできるかもしれないが、準備なしに行ってもどうしたら良いのか戸惑ってしまう。少し位電話で説明をしてくれたらと思ったが、そんな雰囲気もなかった。

「おはようございます」

奥谷が出社して来た。やや高い声を出して、

「加藤君、調子はどう。心配してたんだよ」

相変わらずの調子の良さである。

「大丈夫だったよ」

「そう。もしもの事があったら、この栄建設にとっても多大なる損害だからね」

「ありがとう」と言ったが。奥谷は、その言葉を聞く間もなく、自分の席に座り、「さあ今日も仕事を取るぞ」と大声を出した。鼻に付く男である。こんな男と一緒の空気を吸うのも嫌だったから、早いと思いながらも、ホワイトボードに、《外出》とマジックで大きな字で書いた。

書いて出ようとした時、末永課長が出社して来た。

「おはよう。検査はどうだった?」

「はい。大丈夫でした」

「頑張れよ」

今日は案外気分が良いらしい。普段こんな事は滅多にない。自慢の息子が野球で活躍した時以外は声もかけないのに。

「ありがとうございます。今から外出してきます。薄井建設に行って来ます」

「薄井建設?」

「はい。何か武部長から行くようにと言われまして」

「そうか」
と不思議そうな顔をしたが、気にもかけないようだった。僕なんて端《はな》からどうでも良いらしい。九時を過ぎた頃だったので、新宿駅に行く道は通勤の人達で混んでいた。大きな人のうねりがこちらに向かって来る。それが何となく嫌だったから駅前からタクシーで行く事にした。タクシーに乗ったのは昨日に続いて三度目である。今までの僕にとっては到底考えられないくらいの贅沢だった。乗るくらいならその金を昼飯にあてただろうが、今はワシ様がいる。粗相はできない。

朝のラッシュ時に差しかかったのか、青山への道路は案外混んでいた。原宿を越えた頃、四日前の自分みたいに車の間を高速ですり抜けていくバイクが目に留まったが、彼らの誰もが事故に巻き込まれる事なんか考えていないだろうし、死ぬ事なんて考えていない。そう思うと奇妙だったし、ある意味気の毒でもあった。迫り来る運命を、誰もが考えずに毎日同じ行動をする。明日も同じ、また明後日も同じ。それで老いて行く。じゃ僕の人生は何だったんだろうかと窓の外の景色に視線を向けた。

途中、時間があったからワシ様と約束したバイクを買いに行く事にした。タクシー通勤も悪くはないが、性格的に好きではない。できる事なら早くバイクが欲しかった。それが僕には合ってるし、ワシ様も喜んでくれるだろう。

時計の針は十時近くを指していた。青山にある輸入車のショールームまでさほど時間はかからない、そう思ってタクシーに回ってもらう事にした。

約束の時間の十分前に、大きなビルを見上げるように僕は立っていた。一部上場企業、それも日本屈指の建設会社だけあって、青山の地下鉄の出口を出たところに高層ビルがそびえていた。三十階建てという。入り口も警備員が二人、後ろ手にして立っているのを見て、さすがに自分の会社とは違うと思い、それだけで緊張した。

受付も大きい。受付嬢三人が、並んだ訪問客を次から次へと手際よく処理している。これが大企業なんだ。そう思うとまた足がすくんだ。こんな大きな会社に来た事なんてない。就職試験の時、こんな会社を受ける事さえも考えなかった僕にとって、受付だけでも十分圧倒されるものがあった。十人ほどの列が次々と消化され、自分の番になった。

受付の一番端に行ってから、名刺を差し出すと、受付嬢が表情を変えず、「暫くお待ちください、お呼びいたします」と言って受話器を持った。それからプラスチックでできた入館証を差し出し、

「今より役員応接室にご案内致します。社長は今役員会議でございますので、暫くお待ちいただきたいとの事でございます。大下もその会議に参加しておりますので、役員室にてお待ちいただきたいとの事でございます」

と、僕を最上階に案内した。

ふかふかした赤い絨毯が敷かれた廊下の端にある重々しい扉を開けて、彼女はマホガニーの家具で統一された部屋に案内した。僕は、コーヒーが届けられても口を付ける余裕もなく、まるで借りて来た猫のようにじっとしたままソファーの上でかたまっていた。二、三分経った頃であろうか、突然、扉が開いて初老の男性が一人、入って来た。

「はじめまして、総務の大下です。お待たせしております。社長は会議が長引いておりまして、今暫くお待ちください」

驚いて立ち上がり、名刺を受け取りながら、一礼した。それから慌てて、名刺を出して下を向いたままそれを差し出した。名刺には総務部長、大下智寛とある。

「加藤です。電話で失礼いたしました」

「こちらこそ。お忙しい中、こちらまで御足労いただきまして誠にありがとうございます。暑かったでしょう。熱いコーヒーより何か冷たいものが良かったのではないですか。替えさせましょうか？」

「いえ結構です。ありがとうございます。ところで今日はどのようなお話でしょうか？」

「まあまあお座りください。詳しい話は社長の方からあると思います」

「社長ですか？」

「そうです。先週の金曜日に大変な事故をされたのですよね？」

「はあ」

「死にかけたらしいですね？」

良くご存知ですね、と質問しそうになったが、そう聞くと認めてしまう。だからそうしなかった。冷や汗が背中を一筋、二筋と流れ落ちて行く。会話にならないと思ったのか、大下は話題を逸らした。

「ところで、御社に勤められて何年経つのですか？」

「はい。もう十年です。入社してからずっと営業ですから」

「営業も大変でしょう？　私も経験ありますから」

「はい、難しいですよ。仕事が取れなくて苦労してます」

「このご時勢、我々建設業は特に冬の時代ですから厳しいですよね」

そんな話をしていると二、三回ノックの音がして、背の高い丸顔のめがねを掛けた五十四、五の初老の男性が部屋の中に入って来た。髪は白髪が混じっていたが、長身でグレーのスーツと良く似合っている。大下部長が緊張したように席から立ち上がると、僕もそれに呼応するように、まるで飛び上がるように席を離れ立ち上がった。

「まあまあ。遠いところをありがとうございます」

「初めまして、加藤です」

と僕は一礼し、名刺を出した。

「お座りください。昨日は私の母がお世話になり、ありがとうございました。社長の笹井良則です」

「お母様ですか？」

僕はびっくりして、聞き直した。

「そうです。本当に感謝しております」

と、座ったまま丁寧にお辞儀をした。

「大下君席を外してもらえないか。二人で話しをしたい」

そう言われた大下部長は、一礼をして席を立った。

「すいません、あんまり社内の者を同席させて話す内容ではありませんから」

「はい？」

「足を治していただいたそうで、母も大変喜んでおりまして、その御礼でお越しいただきました」

病院のお婆さんだ。頭に顔が浮かんだ。

「良かったです。良くなって」

と、ニコリと笑った。

「はい。母が、あの方こそ本当の神様だと凄く感謝しておりました。父がこの会社を設立し、志半ばで病死してからというもの、母と私の二人でこの会社を盛り立てて来ました。母があれだけ喜ぶのを見るのは、何年ぶりの事でしょうか。本当に嬉しい事です」

そう言うと、もう一度深く頭を下げた。

僕も頭を下げた。

「いや、昨日母が加藤さんから名刺をいただきましてね、すぐに私の携帯に電話があったんですよ。母は興奮していて、説明を聞いても、初めは何が起きたのか理解出来ずにおりました。それで、すぐに院長に問い合わせたんですよ、病院で何があったのかと。実は、あそこの院長は昔から友人でね、母を通わせていたのもそれが理由なんです。最近は個人情報とか何とかで、そこまで聞くのは失礼だと重々承知していましたが、私も、できるだけ事態を把握したいと思いましてね。無礼の段大変失礼しました」

「いえ、大丈夫です」

「そう言っていただけるとありがたいのですが。その後、院長も、加藤さんを担当した先生と母の主治医を呼んで聞いてみたところ、あの日一日で起きた事は、どう考えても《奇跡》だ、と驚いていた事が判りました」

「そうですか」

僕は気のない返事をした。実のところあんまり穿鑿《せんさく》されたくはなかった。僕が生き返ったのはワシ様の力であるし、お婆さんが歩けるようになったのは、日頃の信心のせいであるのは明確ではあるが、ここで話をする必要もない。

それでも、社長は続ける。

「ところで、突然不躾《ぶしつけ》な質問で恐縮ですが、その《お力》は昔からお持ちなのでしょうか？」

「力というのは？」

「母の足を治した、いや母の生活全てを見通したあの力です。力というよりは、むしろ母の言う《神》かどうかという問題です。彼女はそう信じて止まないのですが」

社長はじっと僕の方を見つめた。その眼差しからも真剣さが窺える。

「いえ。最近ですが、それ以上は理由あって詳細は話せないんです」

ワシ様との約束がある。その力がワシ様の力で、それも四日前からだとは口が裂けても話せなかった。

「と言うと、事故とは何か関係があるんですか……まあよけいな話はやめましょう。実を言いますと、加藤さんに相談があるんです」

「相談ですか？」

僕が嫌そうに答えると、社長は顔を曇らせた。

「良いですよ。僕にできる事でしたら」

と、社長に心配させないようににっこりと笑って言った。

「失礼ながら相談する内容は、他言無用にしていただきたい」

「はい」

社長の嬉しそうな丸い顔が皺の中に収まった。

「その相談の前に、テストをさせていただきたい。母の言うのは信じておりますが、私も経営者です。失礼ながらあなたの力が本当かどうか自分で確かめたい。言わば本当に《神》であるかどうかという証明です」

その言葉は、僕が覚えている社長の最後の言葉である。それから記憶がなくなった。


記憶が戻ったのはちょうど、受付のところであった。

社長が、体を九十度に曲げて一礼している。あっけに取られて、僕も同じように一礼した。

「本日はどうもありがとうございました。お言葉、肝に銘じておきます。それとご無礼の数々、平にお許しをいただければと思います。さらに今後ともぜひとも我が社の事を宜しくお願い申し上げます。また母にもこの事伝えさせていただきます。本日は、ありがとうございました」

頭を下げたまま、現場慣れした太く大きな声を出して体を海老のように垂直に曲げて挨拶する社長を見て、受付の三人の女性も驚いたように同時に立ち上がり挨拶した。

そして、一緒にお辞儀をしている大下部長に向かって、

「加藤様をお送りするように」

と命じた。

「承知致しました」

と、大下部長は緊張した声を出した。

大下部長は、僕を正面玄関の前に待たせてある黒塗りのセンチュリーの前迄うやうやしく案内し、自ら車の扉を開けて、もう一度最敬礼をした。

「今日はありがとうございました」

と僕も言い、車の窓を開けて目礼をした。

「こちらこそありがとうございました。あれほど笹井の喜ぶ姿を見たのは初めてでございます。非常に感動されておりました。またのお越しを心よりお待ちしております」

車が立ち去るまで体を九十度に折りながら礼をする大下部長を、僕は後部座席から振り向いて見ながら一体何が起こったのか判らないでいた。なぜ日本屈指の建設会社の社長が、中小企業のいちサラリーマンに仰々しく、それもあれほど丁寧に挨拶したのか全く理解できない。常識からしてありえない事ではあるが、四日前の事故からの事を考えたら、不思議にも思えない自分がどこかにいた。

時計に目をやると、針は午後の一時を指していた。食事はしていなかったが、腹は減ってはいない。早く会社に帰らないと、今度ばかりは叱られるであろうと気ばかり焦った。焦ったもう一つの理由は、社長から何の話をされたのか覚えていないからだ。課長から、話の内容を聞かれたらどうしよう、そう思うだけで胃が痛くなった。

黒塗りの車が会社の前に横付けされたのは、一時間後の事である。それからエレベーターに乗り四階まで上がり、恐る恐る、事務所のドアを開けた。

「ただいま帰りました」

気のない挨拶を誰にとなくすると、自分の机にいた末永課長が慌てた様子で、

「加藤君すぐに部長室に行くように、社長ももうすぐ到着するらしい」

と急かした。

「社長が？」

年初の挨拶で何度か見た事があるものの、話した事すらない。それなのにどんな話をしに来るのか。もしかしたらクビになるのかもしれない。そう思うと、頭が真っ白になった。社長は、部長の方から今日薄井建設を訪問するのは聞いているだろう。薄井建設の社長との話を報告せよと言われても、内容は全然覚えていない。いや、もしかしたら笹井社長に「下郎」とか怒鳴り、大変失礼な事を言ったのかも、いやそうなら受付のところまで送ってくれないはず。

頭の中で、いろいろな考えがぐるぐると動き回る。

「早く部長のところに」

末永課長が急《せ》かした。部屋に入ると、武部長がソファーに腰かけ、座っていた。それから嬉しそうに、

「加藤君。とんでもないよ」

と言った。一瞬解雇される事が頭を過ぎった。とんでもないとはどんな事をしたのか。それから沈黙があったので僕は申し訳なさそうに視線を下に移した。

「とんでもない、ですか？」

「そう。とんでもない事をした。君は我が社の誇りだ」

「誇りですか？　僕が？」

「そう。昔から何かやる奴だと思っていたが、こんな形で貢献してくれるとは夢にも思っていなかった。まあまあここに座って、その営業のやり方について教えてくれ」

「はい？」

「疲れただろう。誰かお茶、お茶を持って来てくれ。コーヒーが良いか？　いやはや驚いた。薄井建設の笹井社長より、うちの社長に直接電話があったそうだよ。そうさっき。二十分位前の事だけど。それで、社長も驚いて今こちらに向かっている。凄いよ。本当に。私もこの業界で二十数年飯を食べているが、こんな事があるなんて、まるで奇跡だ」

「はい？」

部長は興奮しながら続ける。

「いいか。うちの会社の年間受注額は大体八十億だろう。今回、薄井建設が持ち込んで来た金額は百五十億になる。つまり二年分だよ、二年。最初はうちの社長も断ったらしい。施工能力の問題があるからね。そしたら、施工能力は薄井の方で何とかするから、とりあえず、一次下請けで受けて欲しいと。協力会社だ。この建設不況の中で、一次下請けなんぞ頼んでもなれない。仕事の数自体減ってるからね。それよりいったいどんな営業をしたんだ？」

「はい？」

今度は、自信のない返事をした。

「分っているか。我が社は今まで薄井の下で、三次下請けしか経験がないんだよ。ましてこんな東京湾開発の大工事、千葉湾岸から東京湾岸、それから横浜までの連関性を重視したマンション及び商業施設の建設。我が社なんて、三次下請けに入れるかどうかなんだ。薄井はその主幹事会社だから。それを一次下請けで。判るか？　この凄さが。それも、施工に関しては薄井がバックアップしてくれる。リスクはあっちが取ってくれるんだ」

事態の重要さが大体飲み込めて来た。はっきりしているのは、僕の記憶のないところで、薄井の笹井社長が感動し、うちの会社の社長に電話して総工事費の十パーセントに当たる百五十億をそのまま投げたらしい。

「と言うと、利益になるんですよね？」

「もちろん、今回は薄井が施主の開発案件。そのコストプラスフィーの指定下請けだぞ。赤字になる訳がないじゃないか」

まだ興奮している。

ゼネコンの儲けは一言で言うと、手間賃である。たとえば、元請けから下請けにある程度の利益を出し、投げられる。投げられた下請けはそこから利益を出し、それをさらに孫請けに投げるのが建設業界のやり方である。だから一度孫請けにでも間違って入れば、時には赤字になるのが最近の傾向である。コストプラスフィー契約とは、原価に手間賃を乗せる契約だから、決して赤字にはならない。

「フィーは幾らですか？」

「まだ正式には決まってないが、たぶん五から七パーセントになるんじゃないかな」

「と言う事は、全部で幾ら儲かるんですか？」

興奮したせいか僕も計算できず、思わず部長に聞いた。

「大体、十億かな、安くて。それよりも実績ができる。施工実績、薄井の下での実績だよ。信じられるか？」

「信じられない」

僕は小声で呟いた。

そう、信じられない事が起こった。

「国造り」

翌日、薄井建設との合同プロジェクトチームが急遽結成され、新宿の事務所に準備室ができた。準備室と言っても、今まで書類倉庫だったところを改造しただけのものであったが、小さい冷蔵庫も新たに購入され、新しい応接セットも搬入された事からもその意気込みはおのずと理解できた。薄井建設本社から来るという二人の社員の真新しい席も急増された。来週から来るという。僕の席も以前のままの営業部にあったが、新しい部屋に高そうな肘掛の付いた席を用意してくれ、それでも本社も相手に失礼と思ったのか、慌てて僕に〈担当課長〉の肩書きを思い付いたように付け加えた。

《奇跡》。

そんなの判ってる。

だが、何が起こっているのか、自分が本当に自分であるのかの感覚はなくなりつつあった。まるで夢の中で雲の上を歩いているような、そんな感覚である。何度もワシ様を心の中で呼んでみたが答えてはくれない。それでいて、どんどん自分が大きな流れに流されていくのだけは、何となく理解できた。僅か一週間足らずで、これまでの人生から思いもよらない事を幾つも成し遂げた。今までの人生は何だったんだろう、そんな考えも頭の中を過ったが、どうでも良かった。二千万を手にし、担当課長に昇格し、薄井建設の人間と仕事をする事になった。幾らか判らないが、昇給もするであろう。人生っていったい何なんだ、と何度も心の中で思ったが、ワシ様の言うようにこれは自分の人生ではなく、神様の力でしかないと思って納得しようとしたが、迷いと言えない迷いが心の中に生まれては消えた。

　木村にとって、この一週間は眠れない日々が続いていた。どうでも良いと言えばどうでも良い事かもしれないが、どうしてもこの数日の間に起きた事が納得できず、夜勤の休憩の時にも頭から離れなかった。慶應大学の医学部を卒業してから親の反対を押し切り、アメリカの病院で二年間脳外科について勉強した。父親は大分の小さな病院の医院長で、できる事なら自分に後を譲って引退したいと思っているのだろうが、幼い頃から父の生活を見て来たせいもあり、町医者で終わりたくなかった。アメリカから帰って来た時もそうである。父は東京の病院ではなく、自分の知り合いがいる九州大学の付属病院に勤めるように勧めたが、親のコネに頼る自分が何となく情けなくて、たまたま空きのあったこの病院に勤める事になった。

　木村は一度タバコの煙を勢い良く天上に向かって吐き出すと、もう一度真一のカルテに目を通した。それから苛立ちながらそれを机の上に放り投げ、頭を後ろから抱え込むように手を組んで椅子の背もたれに伸《の》しかかるように体を沈めた。

〈なぜ、こんな事が起きたんだ……〉

そう思った時、ノックがされて川崎が一礼をして部屋に入って来た。

「お呼びですか？」

「忙しいのにごめんね。加藤さんの件だ」

話し方からも苛立ちが見え隠れする。

「前にも話したけど、最近眠れなくてね。彼の事で」

「あんまり気にされない方が良いと思いますよ、体に悪いですから」

「それで何時《いつ》会うの？　加藤さんに」

「ええ、一昨日の晩に電話をして約束をしました。一応今週の日曜日になっています」

「で、どうだった？　電話では何か話してくれた？」

「いいえ。本人もあまり気が乗らないみたいです。彼自身覚えていない事が多くあって。もしかしたら、脳に何らかの障害があるのかもしれないですね」

「いや。あるならあるで良いんだけど、ただ、脳の機能だけの問題じゃない気がしてね」

木村は言葉を濁した。

「何か腑《ふ》に落ちない事があるんですか？」

「いや別に、ただ院長に呼ばれていろいろ言われた事が気になってね。まあ、それは良い。ところで、良くアポが取れたね。彼は興味の対象であるけど、健康な人間にあまりしつこく興味を持つのも何かおかしいしね。君が誘ってくれたから本当に感謝してるよ。食事代はそちらで払っておいて、後で僕が精算するから」

「ありがとうございます。だけど気が重たいです」

「なぜ？」

「だって加藤さんを誘うのは、それもプライベートに誘うのはどうかと……」

「だって言い出したのは君だよ。不思議な事の連続だと、それまでは僕もあまり興味はなかったが、言われて見たら奇妙だと思うようになった。いや奇妙だよ、この数日間に起こった事は。一人の重体患者が運ばれて来て、それも心肺停止状態でだよ。その後死体が生き返り……。死体というのは適切でないかもしれない、実際、本人はぴんぴんしてる訳だから。もっと不思議なのは、その後患者の笹井さんを車いすから立ち上がらせて歩かせたんだ。僕も院長から直々に話を聞いた。理由を聞かれたが、答えられるはずもない。そんな事ありえないから」

「はい。私も最初は興味本位だったんです。だけど加藤さんと話をするうちに、なんか触れてはいけないものに触れる気がして、気が乗らないんです。こんな事先生に言うのは申し訳ないんですが」

「それは良く理解できる。だってあくまでもプライベートな事だからね。だけど何が起きたか知りたくはない？　偶然ならまだしも、偶然にしては奇妙な、いや不思議に思えてしょうがないんだ。今回の一連の出来事は、常識ではありえない事だ。でも、それを解明できれば、脳外科という分野において医学の進歩にも役立つ。だから、何が起きたかだけ聞いてもらいたい。人の知らない能力を何らかのショックにおいて引き出す事ができるなら、全ての病気を治せるかもしれない。これは、我々の好奇心を遥かに超えた医療全体の問題かもしれないんだよ。頼む。彼の起こした《奇跡》が、偶発的なものか、意図的なものか、それを調べて欲しい。つまり、人間の意志で病気が治るかどうか、それが知りたいんだ」

「じゃ先生が直接聞いたらどうですか」と、喉の奥から突いて出そうになったが、それ以上は言葉にはならないでいた。現実主義的、数値主義的考えを持つ木村の性格からして、自分から聞く事は決してない。非現実的な議論をする事を嫌うのは、日頃の付き合いから知っていた。だが、この病院に来てから、彼の仕事への情熱や姿勢も共感でき、それでいて恋愛感情ではないが、言葉にできない好意も抱いていたから無碍に拒否もできなかった。

「川崎君良いか。繰り返すようだがこれは、君、いや僕の好奇心のためだけでなく、仮に意図的に行なっている事なら彼に協力してもらいたいし、できれば自ら参加してもらって、そのデータを収集する事で医学の未知の分野を開拓できるかもしれない。先日の検査結果で、加藤さんは白とでた。健康体だ。これ以上彼を研究材料にするのは、常識上できないだろう。だけど、全てが全て私の想像を遥かに超えている。その事を究明できるのは、彼の自主性にかかっているのを判って欲しい」

「判りました。できるだけ話してもらえるように頑張ってみます」

木村が嬉しそうな表情をしたので、川崎は嬉しかったが、自分でもどうしたら良いのかハッキリとは判らないでいた。

「今度の月曜の報告、期待してるからね」

診察室を出る時、力付けるように肩を力強く抱きながら言ったが、それでも川崎の心の奥底には何とも言えない奇妙な違和感があった。


僕が死んでから一週間が飛んで行くように過ぎ去り、八日目の金曜日になった。こうして生きている以上、死んでからと言う表現は正しくないかもしれない。が、あの日以来全てが変わった。担当課長の肩書きが付いた途端に末永課長は急に優しくなり、事務の藤田は笑顔を振りまきながらお茶を入れてくれるようになったし、奥谷は寡黙になった。仕事はそれほど忙しくなく、決まったように六時には会社を後にした。来週の月曜日には、薄井建設から二人の社員が出向で来るという。それに備えてこの三日間、奥谷と藤田と一緒に受け入れ態勢を整えるために準備をした。準備と言っても、机の掃除、文房具、それからファイルの発注、パソコンの準備。誰でもできるたわいもない事である。それでも何かしら仕事らしい仕事をしていると気が紛れたので、以前に比べて楽しかった。

奥谷と言えば、僕の昇格がよほど納得行かなかっただろう、それに癪に障ったであろうが、しかし以前に比べて皮肉は少なくなったので、気持ち的に楽にはなった。でも、性格は以前と同じくネチネチしてたからやはり好きにはなれないでいる。

「ここだけの話、いったいどんな手を使ったのか教えてよ。凄く興味があってね。だってそうでしょ。何で加藤君が僕より先に、そんな大手に取り入って課長に昇格できるのか僕の能力を持っても理解できないから」

机の上に届いたばかりのデスクトップのパソコンの配線をいじりながら、机の下に潜り込んだ奥谷が言った。

〈お前の頭では到底できない〉と言おうとしたが、正直僕も判らなかった。全部ワシ様の仕組んだ事だし、理解なんかできるはずはない。〈一度死んでみたらどう〉と思わず口にしそうになったが、それも奥歯で嚙み締めた。先日ワシ様が、無能で金持ちでなくて女にもてないから僕を選んだと言ってたけど、なんでこいつを選ばなかったのか不思議でならない。頭には来るが、後三ヶ月もすると二度と会わないかと思うと、せいせいとはしていたが心の中では寂しかった。こんな頭の悪い奴でも、自分よりは長生きするだろうし、結婚をして子供も出来るかもしれない、だけど僕にはその可能性がなかった。これだけ《奇跡》を見せられた以上、後八十日の命である。それはどうしようもない事実である事は、ジワリと実感できるようになっていた。

「あそこって大手でしょ。なんか女性も、うちらの会社とはレベルが違うみたいだし、今度あそこに行った時誰か誘って来てさ、一回合コンでもやろうよ。セットして。割り勘で良いからさ」

「それは判らないよ。だって何時《いつ》行くか判らないし、仕事の内容も判らないから。それに、今回どんな人が来るかも判らないし」

「知ってからで良いよ。そんなに急がないし」

そう言うと、机の上に置いた自販機で買って来たコーヒーをグビリと音を立てて飲んで、

「また今日も仕事するか」と呟きながらパソコンに向かった。

「レベルが違うってどういう事？　私が落ちるって事？」

新品の椅子のビニールを外しながら何気なく聞いていた藤田が声を出した。

「奈緒子ちゃん何言ってるの、そんな訳ないよ。奈緒子ちゃんは別だから別。こんな会社にいること自体不思議な存在なんだから。まるで掃き溜めに鶴だよ、鶴」

奥谷は猫なで声を出した。こいつの何時《いつ》もの癖と言いながら正直気持ち悪い。どんな育てられ方したのかと思うが、自分も人の事は言えない。

奥谷については、どんな生い立ちかは判らない。本人が語らないせいもあるし、僕自身も興味を持っていないせいなのか、誰に聞く事もしないでいる。専門学校卒業らしいが、分野が何かも知らないし、実家が何をしているのかも知らない。一言で言えば興味の対象外である。

「それより加藤さん。合コンなんてどうでも良いから、いい人がいたら紹介して欲しいな。私も彼氏いない歴がもう三年以上にもなるし、二十九にもなるとそろそろ結婚の事を考えないと

いけないでしょ。この会社だと何かね、将来の見える人達ばかりだから。いや言い過ぎたわ、将来が見えない人達よね。身長とか顔はどうでも良いけど、できたら出世しそうな人が良いわ」

「奥谷君がいるじゃない、こんな身近に。彼は良いよ」

「どこがいいの？」

「うーん。難しいけど自称モテル男だそうだし、見ようによっては意外とハンサムかもしれないよ」

「どこをどう見たらハンサムに見えるの？　加藤さん、もしかしたら頭の打ち所悪かったんじゃないの」

「そうかもしれない」


土曜日になった。久しぶりにアパートの隣にある鮨屋で深酒したせいか、目を覚ましたのは十時過ぎだった。月が変わり十月最初の土曜日である。秋の日の太陽はもうすでに天近くまで昇って、初秋のわりにはその暑さを見せびらかすように輝いていた。空には雲ひとつない。天が高いという表現はあるが、この日は本当に天が高くて、時々いわし雲が空に現われては風に流れて行った。

注文していたバイクが今日の朝に届く事を思い出し、朝飯を食べずに慌てて身支度をし、昨日銀行からおろした二百万を机の上に丁寧に並べて用意した。

二百万円。

思えば凄い金額である。こんな大金を支払うなんて、一週間前の僕には考えられない事だった。だけど変なバイクを買ってワシ様に文句を言われるのが怖かったし、死ぬまでには一度でも良いから乗ってみたいと日頃からバイク雑誌に目を通していて、欲しいバイクだったから気持ちがワクワクしていた。先日、薄井建設に行く迄にバイクを買った。即決である。二百万もする大金を即決する事自体、気が遠くなるようだが僕には時間がなかった。

ＢＭＷ１１５０ＲＴ。

少々バイクをかじったものにはたまらない。

それが自宅に来るだけで嬉しかったので、いつもやるように天井に向かってワシ様に感謝の意味で柏手を打ち、深々とお辞儀した。どのように挨拶したらいいのか何時《いつ》も迷ってしまう。神様、死んだ事を感謝します、と言うのも何となくおかしいし、よくぞ来てくださいましたでは、ニュアンスが違う。私はどのようにさせていただいたら、という疑問の答えもハッキリしている。要するに、頭を下げるしか感謝の気持ちを表わす方法はない。最近、考え方も変わって、どうせ一度は死んだ身分だからできるだけ楽しんで死んでやろうと心に決めていた。それがワシ様のリクエストであるし、思い残す事がない位楽しめれば良いじゃないかという開き直りの気分も感じていた。昔の武将が言った言葉だと思うが、「人間は誰でも死ぬ。それが早いか遅いかだけの違いだ」と言うフレーズが毎日頭から離れないでいる。それを、座右の銘のように暇があるたびに繰り返した。それにこの数日は、ワシ様への感謝の気持ちを込めて豪華な食事をした。ステーキ、しゃぶしゃぶ、体に悪いからと時々サラダも交えながら、すし、うなぎと、これでもかという位気を遣って毎晩食事をした。今迄肉料理と言えば、ビックリドンキーのハンバーグ定食を月に一回食べるか食べないかだから、たぶん胃も驚いたのか少々胃痛にもなった。が、それでも胃薬を飲みつつ食べ続けた。昨日に至っては、銀行に行った後いつもの「鮨処照《てる》」に入り、三人の板前全員に気前良くビールを振る舞い、それから四人で日本酒の一升瓶二本を空にした。僕は酒に弱くてあまり飲めないが、三人が機嫌良く飲んでいるのを見ると、嬉しくなって、次から次へと酒を勧めた。客がほかにいなかった事も手伝って、店ののれんが下ろされた。やがて、板前二人が急性アルコール中毒になり救急車で病院に運ばれる事になった。全部で五万二千円。ドンちゃん騒ぎである。今までの安月給だと、たぶん一週間も持たないだろうが、どうせ三ヶ月もすれば死ぬ身分だからできるだけ豪勢にやろうと心に決めていた。食事に不満なら話しかけて来るだろうが、一回もクレームがないところを見ると、きっと満足されているのだろう。満足されているならそれで良い。僕の任務は全うされる訳だし、生まれ変わるのも、きっと次回はお金持ちの家に生まれるかもしれない。そう思うだけで満足だった。

「おい」

　突然、ワシ様の声がした。

「満足だと？」

　この数日聞いていない声が頭の中に響いた。

「お久しぶりです。お元気でしたか？」

「お元気だと。馬鹿か。ワシが病気になるとでも思うのか」

「失礼致しました。神様は体なんて壊しませんもんね。何時《いつ》もの癖で言ってしまいました。嬉しいです、お声が聞けて」

「そうか」

「最初は、八十八日後に死ぬと言われて戸惑いました。けど、今は幸せです。だってこれだけの幸運かつてなかったですから。この九日間まるでバラ色です。残り七十九日、一生懸命生きようと思いますから。それにバイクもありがとうございます。夢のようです。それに食事もです。毎日贅沢させていただいていますから、太りそうです。実際この一週間で二キロくらい太ったみたいですし。早くお礼が言いたくてお待ちしてました」

「そうか、良かった。じゃが、お前の礼を聞きに話しかけたのではない」

「と仰《おっしゃ》いますと？」

「お前。ワシが満足していると言うたやろ」

「聞いていらしたのですか」

「当たり前じゃ。毎日誰もいない天井見上げては、ほざいておるではないか」

「それが何か？」

「何かだと。お前はアホか、いやアホは充分に判っておる。それより、少しは悟れ」

「と仰いますと？」

「判るであろう。金は作った、出世もさせた、バイクも用意した、美味いものも食べられるようにした。と来れば、次は何じゃ？」

「引っ越しですか？　準備をしておりますので、今少しお待ち頂ければと」

「アホ。もう一回問うぞ。金は作った、出世もさせた、バイクも用意した、美味いものも食べられるようにした。と来れば、次は何じゃ？　もう判るな。判らん訳はないはず。皆まで言わすな、皆まで」

「もしかして女ですか？」

「ピンポン、正解じゃ。良くぞ九日間でここまで成長した。ワシも嬉しい」

「女と言いますと、オナゴで御座いますすな？」

「ピンポン。またまた正解じゃ。流石《さすが》に不動明王だけある。最初はアホ過ぎて、どうなる事かと思ったが、少しは賢かったか。ワシも心から嬉しいぞ。そうと判れば今から行って、どっかで取って来い」

「取って来いと仰いますと、誘拐でございますか？」

「誰が誘拐せい言うた。口説いて来い」

「口説く？　自慢じゃないですが、前にもお話ししましたように、口説いた事なんてありませんし、自信のかけらもありません。女性に声をかけられないのが、僕の取り柄《え》なんですから」

「自慢してどうする。何とかして来い。国造りがしたい」

「国造りですか？」

「そうよ。交わりよ。女と」

「それはあれですか？」

「当たり前ではないか。あれじゃ」

「絶対駄目です。女性を口説いた事もないんですよ。話しした事もありませんし。判りました。それなら今から吉原に行きましょう。金は腐るほどありますから、私の体力の続く限り頑張らさせていただきます。それで宜しいでしょうか？」

「お前、少しは考えろ。なんでワシがお前に連れられて吉原に行かないといけんのじゃ。ワシは恋愛の神やど。それがお前と一緒に女買いか、実に情けない。エエか、愛のない交わりはあかんのじゃ。確かワシの配下のキリストかなんかもそう言うとるやろ。この世で愛のある国造りがしたいんじゃ。ただし内緒じゃ。こんな事ワシの娘や嫁に聞かれたら、いったいどうなるか」

「やっぱりたいへんなんでしょうか？」

「アホ。そんなのはお前の知った事ではない」

「しかし、私の周りにはそんな女性はいなくて」

「それは知っておる。九日もおれば嫌でも判る」

「それでは、どうしたら良いのでしょうか？」

「実に情けない。明日、あの看護婦と会うではないか。どうじゃあれで。顔もスタイルも悪くはない、そうであろう。第一ワシが付いておる」

「はい。そうは思いますが。敢えて言わせていただければ、最初、何もお話しにならなかったですから、好みでないのかと思っておりました」

「まあこの際良い。良く見ると、あのオナゴはそこはかとなく好みでもあるし、第一、この九日の間ワシはどこかの修行中の坊主のような生活をしておる。誠に苦痛。それにお前は後七十九日もすれば、ハイさいならではないか。何のしがらみもあるまいて、死ぬのじゃからな。少々めちゃくちゃしてもハイさいならよ」

「本当にできるんですか。国造り？」

「当たり前やないか。ワシやど。前回は失敗したけど、あれはお前の事を買いかぶっておった。そのための間違い。じゃが、今回は違う。全力を尽くす。これ以上なしでは耐えれぬ。急ぎ、明日の段取りは任せたぞ。食事はフランス料理が良い。そうじゃ、銀座のマキシムが良い。あそこのオーナーは、毎年出雲に参拝に来るから、一回行ったらないかんと思うていたから良い機会じゃ。鴨料理はいけるそうじゃ」

「食事だけで最後までできるのですか？　最後まで、すなわち国造りです」

「当たり前じゃ。任せよ。今回は惚れ薬を使う」

「惚れ薬ですか？」

「そうよ。出雲の惚れ薬じゃ。百発百中、千発千中の秘宝よ。任せておけ。何度も言うが、恋愛はワシが担当じゃ。恋愛に関してはワシの右に出るものは存在しておらぬ」

「どうすれば良いのですか？」

「任せておけと言うてるではないか。目に物見せてやろうぞ。シャンペンに惚れ薬、仕込んでおく」

「シャンペンですか？」

「そうじゃ。シャンペンを一口飲ませろ。一コロよ。ドンペリの一九九八年ものを注文せ。そこにあるはず。それで終わりじゃ。簡単やろ。久しぶりの戦に燃えて来たわ」

「ありがたいお言葉でございます」

「後十五分後の二時ちょうどに電話がある。今度はしくじるな。良いな。まあしくじりようもないけどな」

ワシ様の声はそれで途切れたが、このような展開になるとは夢にも思わなかった。惚れ薬？　それも出雲の神様のお墨付きの？　そう思ってワクワクしながら、それでいて体中がゾクゾクし緊張しながら十五分を待った。負ける気はしない。だって神様、それも恋愛の神様の命令である。十五分が重苦しい位にゆっくり経って、机の上の携帯が鳴って川崎の声がした。

明日の確認の件である。

どうなったか？

説明するのも何だけど、これがまた何と言うか。

翌日、電話で約束したように、ソニービルに七時ジャストに行った。朝からうきうきして何も手に付かず、到着したばかりのバイクに早く乗りたかったし、銀座にも行った事がなかった。途中、デパートでアルマーニのスーツを買って、銀座に行った。みすぼらしい服を着るなとの配慮もあったし、高級なスーツを着てみたいと思ったからだ。明日が体育の日でその前日の日曜日のせいか、有楽町は子供連れやアベックで混んでいた。銀座なんて街は昔から気恥ずかしくて歩くにも遠慮しないと歩けなかったし、まさかそこにある高級レストランで食事をするなんて思った事もなかったし、はっきり言って田舎育ちの僕には銀座と聞いただけで気が引ける。だから昔東京に来た時には、はとバス観光で来た事はあったけど、何か聖地に近いものがあって、踏み込むだけでも怖かった。だけど今回は、ワシ様のリクエストに逆らう訳にも行かず、それよりも期待で胸を膨らませて、予約していたマキシムに入った。

部屋の奥で彼女が待っていた。僕は緊張したまま直立不動で一礼した。

「この間は電話で大変失礼しました。電話でなぜあんなにまで失礼な事を言ってしまったのか。本当にごめんなさい」

僕が席に着くなり深々と頭を下げた。看護師姿とは違って、長い髪の毛は下ろしていたし、茶色のワンピース姿だったから別人のように思えた。

「そんな事はないです。僕も興奮していたみたいで」

ワシ様の注文通りに九八年もののドンペリがあったから、一番高い鴨のコース料理とそれを一本頼んだ。

「加藤さんはいつもここを使われるのですか。私もこのレストランの噂は聞いていたんですが、ここは初めてです」

「実は僕も初めてなんです」

「お詳しいですね。慣れてられる。ここの鴨料理が美味しいなんて知りませんでしたよ。それにシャンペンが合うなんて」

「ガイドブックで調べただけですから。実際は食べた事がないので良く知りませんが。そうそう、支払いは心配しなくていいですから。今日は僕のおごりです」

「そんなの良いですよ。悪いですから」

「心配しないでください。これでも高給取りですから」

「この間上司の確か末永課長でしたっけ、加藤さんの給料が非常に安いっておっしゃってましたよ」

「末永がですか。いつですか？」

「加藤さんが亡くなった日です、事故で。すいません。事故に遭われた日、病院に来られた時にそういう風に」

そう言うとニコリとした。机の上に置かれたグラスにシャンペンが注がれた。小さな気泡がガラスに付いた。

「試飲はされますか」とソムリエが言ったが、飲んだところで味は判らないし、黙って首を横に振った。彼女にそれが注がれた頃を見計らって、乾杯でもと言うと、川崎は嬉しそうに微笑んでグラスを上に上げた。

「じゃ、加藤さんの生還に」

「生還に？　生還ですよね、文字通り」

僕も笑いながらそう繰り返した。このシャンペンのどこが出雲の惚れ薬か良くは判らなかったが、冷たい液体が喉を通り、空腹の中に満たされた。酒は好きであるが弱い。だから酔いがすぐに回った。

「美味しい」

嬉しそうに声を出した。

「美味しいですね。あんまりシャンペンなんて飲む機会ないですから」

そう言って僕ももう一口飲むと、新しいシャンペンが注がれた。実のところこんなものを飲むなんて初めての経験で、美味いか不味いかも判らないが、味付きの炭酸のような味がした。

「電話でお話ししたんですけど。加藤さんが生き返ったの、本当に珍しいというか奇跡的な事なんですよ」

「そうですか?」

「そうです」

彼女は力強く頷いた。

「そうですよ。だって完全に死んでたんですもの。たぶん、あの状態で生き返った前例はないんじゃないかしら。木村先生も記録を調べたらしいですが、そうおっしゃってましたよ」

そう言うと、川崎もグラスを空にした。

「僕自身不思議ですよ。だって気が付いたら道を歩いていたんですから」

「道をですか。笹井のお婆ちゃんと出会ったんですよね、そこで。足を治して凄く感謝されたんですよね。お婆ちゃんの足も治ったのは不思議ですが、加藤さんの事を神様のように扱われてたのが、もっと不思議で。その事は電話で一度話しさせていただきましたが」

僕は苦笑した。あの時の病院での記憶は全くなかったので、ワシ様の言った内容に凄く興味を引かれた。

「実は何も覚えていないんです。それが自分にとっても不思議なところなんですが」

「本当に不思議ですよね。もう一人の加藤さんがいるような気がしてならないんです。ところで加藤さんは、神様とか奇跡とかは信じる方なんですか？」

「基本的には信じません。いえこんなにも奇跡的な事が実際に起きてますから、少し信じるところもあるんですよ。だって人間の知識では解明できない事ばかりですから」

「そうでしょうね。私も同じ立場だと、そう言うでしょうね。信じられない一連の出来事が起きてますから。説明が付きませんからね。ところで幽霊とかはどうです？」

「それも今までは信じるどころか。端《はな》からないと思ってましたけど、実際はいるのかもしれない、と思うようになりました。まあ目の前で見た事がないので、信じてはいませんが」

「私は意外と信じる方なんですよ。目に見えないものって怖いじゃないですか。だから良く心霊のテレビとか見るんですよ。怖いもの見たさって言うんですか。いえ別に今日お会いしたのは、怖いもの見たさだけじゃないんですよ」

彼女が笑った。それにどう答えたら良いのか判らずに、僕は話を続けた。

「意外ですね。僕にはさっぱり縁がなくて。あんまり怖さとかも感じないし、なんか嘘臭いじゃないですか？」

「まあ嘘臭いのはありますが、絶対いると思いますよ」

川崎は力強く頷いた。それを見て僕も苦笑いをした。

食事が進むにつれて、いろんな話をした。僕の境遇とか、なぜこの仕事をしたのかなども話した。今思えば他愛もない事である。はっきり言って、話すといってもこんなレストランで他に話題がなかった。ただ女性と話す事なんてなかったから、緊張は解けず、取り敢えず飲んで忘れようとした。シャンペンは空になっていたので、もう一本注文した。酔いはかなりまわっていたが、デートなんて初めての経験で気分的には良かった。僕は元来酒が弱いが、雰囲気が好きで酒を飲む。ただ晩酌なんてした事がなく、半年前に買ったビールがいまだに冷蔵庫に入っている位だから、呑み助ではない。

この時は酒が進んだ。バイクは明日取りにくれば良い。

酔いが回ったところで彼女に質問をした。僕の性格からしてこんな事はありえない。

「ところで、川崎さんには彼氏はいるんですか？」

「いないですよ」

「だって、それほど綺麗なら、相手は幾らでもいるんじゃないですか？」

酔っているせいか呂律が回らない。僕の性格からして、酔っているからこんな質問ができたのかもしれない。

「それほどでもないですよ。素敵な人はいますが、相手が見向いてくれなくて。加藤さんこそどうですか？」

彼女の細長い目が大きくなった。それから長い髪の毛を、右手で軽く後ろにやった。どこかの香水の香りが舞い散った。

「自慢じゃないですが、三十三歳になるまで女性というものにトンと縁がありません。恥ずかしい話ですが」

「そんな事はないでしょ。自分で思われてるだけじゃないですか。素敵な方ですよ」

「僕がですか？」

緊張していた何かがはじけたような気がした。出雲の惚れ薬は凄く効く、と思いつつシャンペンを勧めた。嬉しくなって呑み続け、ボトルの四本目を注文したところで記憶がなくなった。記憶がなくなったのはワシ様が現われたからではない。ただシャンペンに酔っただけである事は後になって川崎から聞いた。


十月八日の月曜日だから、計算してみると、死んでから、いや生き返ってから十一日目の朝が来た。シャンペンに酔いつぶれて、記憶が戻ったのは朝の事である。気が付いたら、一人ベッドの上で昨日買ったスーツを着たまま大の字になって寝ていた。時計を見るともう八時になっていたので遅刻だと思ったが、幸いな事にこの日は祝日だったのを思い出し、二日酔いも手伝ってこのまま寝ようと思い直し、改めてパジャマに着替えた。几帳面と言われればそうかもしれないが、昔からパジャマを着ないと寝られない性格であった。これも、母の教えと言えば教えである。

記憶ははっきり言ってほとんどなかったが、これほど酒を飲んだ自分が信じられずにいた。それよりあれからどうなったのか、それが気になったのだが、目を瞑ると二日酔いの勢いそのまま寝てしまい、昼過ぎに携帯電話が鳴って目が覚めた。

川崎からである。

「昨日はありがとうございました」

声は明るい。

「こちらこそ」

「昨日は楽しかったですよ」

「すいません。記憶が飛んでしまって。気が付いたらベッドの上でした。きちんと勘定済ましてましたか？」

「ご馳走様でした。ちゃんとご馳走になりましたから」

「迷惑かけました。酔っ払って何かしましたか？　突然記憶がなくなって」

「酔っ払って、そりゃあもう大変でした。それでご自宅まで送ったんですよ、タクシーで。それも部屋まで。たまたま私の自宅が近くでしたから良かったんですが、一人だったら大変でしたよ。もう完全に酔ってましたから」

川崎は笑っている。

僕は覚えていない。ただドキドキした。

「それでどうしたんですか。僕が何かしましたか？」

「口説かれました」

「口説かれました？」

判ってはいたが、驚きの声を上げて、僕は赤面した。そんな事を僕がするはずがないからワシ様が何かされたかもしれない、と推測できたが言葉にはならなかった。

「それでどうしました？」

僕の心の中で興味と恐怖が交錯した。

「本当に覚えていないんですか。中々のものでしたよ。ドキドキしましたから」

「ドキドキしたんですか。本当に？」

僕は僕がした事に興味津々で聞き続けた。これがあの「惚れ薬」なのだろうか。だって今までそんな事を言われた事なんてないし、考えられない。

「本当に覚えてないんですか？」

「すいません。本当に覚えていないんです。頭を打ったせいか、酔っ払ったせいか。全く記憶がありませんから」

「しょうがないですね。家まで連れて行った時、突然私を抱きしめた事、覚えてませんか？　それから押し倒したんですよ。ベッドの上に」

電話を握りながら狼狽し、言葉を失くした。

「抱きしめて、ベッドに押し倒したんですか？　僕が、川崎さんを。すいません。それは僕ではありません。いや僕なんですが、僕じゃないんです」

抱きしめる？

押し倒す？

僕じゃない。

そんな事もありえないし、人生においてそんな事できるはずもない。恥ずかしくて電話をそのまま切りたかったが、その後何があったのか興味もあった。

「それから僕はどうしたんですか？」

何が起きたのか先が知りたかった。出雲の神様の力でも良い。ついにその日が来たのかと思った。記憶はなくても良いけど事実が大切だった。

「本当に覚えてないんですか？」

彼女は明らかに疑っている。全て忘れている僕が責任逃れをしているようにも思えていたのだろうか、不機嫌そうな声を出した。

「押し倒した後ですか。どうもこうもありませんよ。急に怒り始めたんです」

「え？　怒ったんですか。僕が？　川崎さんに？」

「違いますよ。ご自身で自分の事、怒ってられたんですよ。急にベッドから立ち上がって。それも元気良く」

「僕が僕にですか？　元気良く？」

「そうですよ」

「何て？」

「この役立たず、って」

「や・く・た・た・ず。ですか？」

「そう。まるで別人が言われるように低い声で、そう言われると私に、『帰れ』と命令口調で言われて、すぐにベッドに倒れ込んで寝たんですよ。『帰れ』ですよ、『帰れ』、信じられます。酔っぱらった人を自宅に送らせた後で、いったい何様かと思いましたよ」

彼女の語気がさらに強くなった。

何様と聞かれたら、「神様」と答えた方が話は簡単なんだろうが、この時はそんな訳にもいかずに、僕は呆気に取られながら、

「すいません」

と言った。

「本当ですよ。良い迷惑です」

と彼女は、今度は冗談ぽく笑った。

笑ってくれてほっとした反面、《しまった》という後悔が頭の中をグルグルして次の言葉が出て来なかった。

「二日酔いは大丈夫でしたか？　凄く楽しかったからまた今度誘ってくださいね。加藤さんは本当に面白い方ですよ」

「すいません。心から反省してます。今度は酒で潰れるような事になりませんから。また連絡させてください」

そう言って電話を置いた。どう考えても、最低である。女性をどんな状況であれ、抱きしめたのは自分の人生で初めてだったし、良い経験かもしれないが。ワシ様の意図である《国造り》はできなかった。要するに、僕は最大のチャンスで、酔って寝てしまったんだ。いや寝たならまだしも、文字通り役に立たなかった。

なんと情けない男かと思って、箪笥をけったら足が痛かった。


その日、手術が終わるのを待って、川崎は木村の部屋に行った。非番の日に病院に行く事は好きではない。休みの日は休みで取りたかったし、昨日の酒がまだ少し残っていたから、できれば八王子の自宅でゆっくりしていたかった。だが、昨日の話もできるだけ早くしたいという気持ちもあった。

八王子に住み始めたのは看護学校を卒業して、この病院に勤めてからだから、かれこれ六年にもなる。初めはこんなところでこれまで長く住むとは思っていなかったから、当時付き合っていた彼と適当にワンルームを選び、そこで生活を始めたが、一年もすると彼女が出来たとの理由で彼は黙って出て行った。病院から帰るとほとんどの家具は持ち出され、何も残っていなかったが、普段の生活から彼の女癖の悪さも判ってはいたし、そうなる事も予想できていたから、当然のように散らかった部屋を片付けた記憶も今では懐かしいと言えば懐かしい。

結婚を考えてはいたが、自分の給料からしてもたいした家具を買ってはいなかった。しかし、ガランとした部屋を見ると、裏切られた気持ちが抑えられずに、思い出すだけでも涙が止まらない時期もあった。

それ以来何人かの男友達もできはしたが、いずれも長続きはせず今日に至っている。男不信というよりは、むしろ人間不信に近い感覚があるが、木村の場合は違っていて、どこかで信頼している自分がいるのが不思議だった。

〈こんな私もいるんだ〉と思いながらも、木村のために貴重な休みを犠牲にしてまで、報告に来る自分を嬉しく感じない訳でもない。

部屋に入ると木村に昨日の事を報告した。だけど加藤に押し倒された事だけは、話す事を控えた。男女の関係になってはいないのは疑いもない事実だが、幾ら酔ってたとは言え、それを話す事でいらぬ誤解を招く事が怖かった。

「彼は何も知らないんだ……」

木村はそう落胆に似た呟きを残し、部屋を出てからすぐに次の手術に向かったから、それで良かったのかなと思いもしていた。が、この自分でも理解しがたい忠誠心を考えると、可笑しくて、笑いが込み上げて来た。

不思議な出会い

遅刻だ。

火曜日の朝、目が覚めると無意識のうちに目覚まし時計を止めたのか、時計は無情にも八時を回っていた。昨日は銀座までバイクを取りに行ったので、慌ててそれに飛び乗ると会社に急いだ。この時刻、中央道は渋滞していたが、車の列をすり抜けるように新宿に急いだ。会社に着いた時はもう十時を回っていたので、末永課長に慌てて、「すいません遅れました」と言ったが、機嫌はそれほど悪くなく、「もう薄井建設さんから二人お見えだよ。一応部屋には案内してるけど。早く行って」と促してくれた。

「すいません」

僕は、もう一度小さな声で謝った。

応接室に入ると、武部長が薄井建設から来た二人と打ち合わせに入っていた。

「遅いよ。初日から遅れて来るなんて」

少々苛立った声を上げげた。

僕は深々と頭を下げた。

「今日からこっちに出向になる、大下部長と高橋さんだ。この人達が薄井建設さんとうちの会社のパイプ役になる方々だから、くれぐれも宜しくな。こちらが加藤です。何かとおっちょこちょいのところがありますから、不満がありましたら、遠慮なく私に伝えてください」

「こんにちは。加藤です。加藤真一です」

紹介を受けて、胸ポケットから一昨日買った名刺入れをおもむろに取り出した。

「先日はどうもご足労かけましてありがとうございました。大下です」

僕が下げた頭を上げると、そこに薄井建設の総務部長の大下がいた。

「部長。何でこんなところにいるんですか？」

思わず上擦った声が出た。

「突然、社長命令で出向になりまして」

「社長命令ですか？」

「そうです。三ヶ月ほど外の風に当たって来いと言われまして。宜しくお願いします」

軽く会釈をした。

「はい。三ヶ月ですか？　また短いですね？」

三ヶ月。そう言われて頭の中が混乱した。なんで三ヶ月限定なんだろう。

「社長がそう言いましたので」

「そうですか」

僕は気のない返事をした。何が起こっているのか理解できない。

「そう、私と一緒に出向してきた営業の高橋です」

大下部長が紹介すると、黒のビジネスストーツを着た隣にいた女性が勢いよく席から立ち上がり、一礼をした。

「はじめまして、高橋宥希絵です」

僕も慌てて、一礼をし、初めて目を合わせた。

驚いた。彼女がそこにいた。

彼女？

以前、そう、事故に遭った日に道でワシ様に言われてナンパをして失敗した彼女だった。

〈まずい〉

と思ったが、気付かれてないかもしれないと思い、冷静を装って、「はじめまして。加藤です。どうぞ宜しく」と、顔を直視されないように、少しばかり顔を横に向け、手にした名刺入れから新しい名刺を差し出した。

「失礼ですが、以前、どこかでお会いしましたか？」

「いいえ。初めてです」

僕は一生懸命笑みを浮かべようとしたが、緊張していたのでよっぽど不自然な笑いだったのか、それを見た彼女も思わず微笑んだ。笑顔がはじけるように綺麗だった。

天女、前にも思ったが、その表現が似合っていた。

「プロジェクトについては、薄井建設の方から指示をもらえるらしい。契約については本社の方でやるから、心配しないでも良いから。ここの部署はあくまでもフォロー。それに徹してもらいたい。奥谷君と藤田君をこちらにまわすから、手伝いに使って構わない。気心も知れてるから良いだろう。末永君にもこの事は話しておくから。山田君は戦力になるから、たぶん大丈夫だろう。彼も本日付けで一応担当課長に昇格するから、やりにくくはないだろうし。判らないところは全般的に聞けば良いから、現在の営業部隊は引継ぎもあるだろうけど、人員の不足は本社から応援をよこす事で対応するから心配しないように」

武部長は、僕というよりは大下部長の方を見ながら話した。会社の立場があるのであろう、戦力にならない二人を人数合わせでこちらによこすのは、決して間違いではない。

「ありがとうございます」

そう返事しながら、また奥谷も来るのかと思うとぞっとした。

十月十日になった。僕が生き返ってからすでに十三日が過ぎようとしていた。これまでは一週間が経つのが遅かったが、今では嘘のように過ぎて行く。最近では、時間というのは残酷なものだと実感するようになっていた。そのせいかもしれないが、昨日はどうしても眠れなかった。冷蔵庫に入っていたビールを一気に飲んだが、ただ眠れなかった。心の中でワシ様に何度も謝ったが、ワシ様の声は一度もする事もなく、うとうとする訳でもなく朝になった。頭はボーッとしてはいたが、このままベッドにいると寝入ってしまうおそれがあると思って、冷たいシャワーを頭からかぶり、六時には家を出た。秋の日差しは朝にも拘わらず、きつくて眩しかった。今年は異常気象なのか、秋になっても雨の日は少なく、気温はそれほど落ち着いてはおらず、秋らしさもそれほどは感じないでいる。

会社に着いて部屋に入ると、まだ七時過ぎだというのに、もう高橋は出勤しており、机の上の書類の整理をしながら「おはようございます」と挨拶をしてくれた。それから、

「早いですね」

と言葉を続けた。

「おはようございます。高橋さんも凄く早いんですね?」

「はい。昨日は緊張して眠れなかったからなんです」

「緊張する事もあるんですね。何かバリバリの営業ウーマンに見えたので、そんな風に思えませんでしたよ」

「そう見えました？」

「ええ、僕の感覚だけですけど」

「実際はそうじゃないんですよ。大学を卒業して入社してからまだ五年ですから。それも事務職から移って三年。まだまだ駆け出しです」

「そうですか。貫禄があるからそんな風には全然見えませんでした」

それには答えずに、彼女は白い歯を見せた。

「お茶でも飲みますか。加藤さんはお茶がお好きでしょうから」

「良くご存知ですね？」

「だって先日、道でそう誘われましたから」

彼女はニコリと笑った。

「ありがとう」

僕は照れながら小さく答えた。「やっぱり覚えてたんだ」と思うと、恥ずかしさが込み上げて来て、目を合わす事もできないので思わず下を向いた。

「加藤さんは、何時《いつ》でもあんな感じで、道でナンパされるんですか？　イメージが違いますよね。大人しそうな雰囲気なのに」

今度は小声で尋ねて来た。

「実はあの時が初めてです。生まれて初めてでした」

僕も小声になった。

「初めてなんですか？　でもまたなぜ？」

説明すれば楽になるだろうと、理由が喉の端まで込み上げて来たが、説明する訳にも行かずに、黙ってそれを腹の底に仕舞い込んで言葉を選んだ。

「何か、インスピレーションで……」

「インスピレーション？　あんな感じで上手く行くと思ったの？」

彼女が不思議そうな表情を見せたが、行かないと思っていたなんて、言える筈もない。

「ちょっとだけは思っていました」

「めちゃくちゃセンスのない誘い方でしたよ。着ている服は破れて、泥だらけだし、第一怪しかったですよ。あんな状態で声をかけられて、付いて行く女性なんて絶対いませんから。今迄彼女を作った事ないでしょ、判りますよ。センスがなさ過ぎです。こんな事をまだ初対面に近い状態で言うのはなんですが、センスを変えればモテると思いますよ。それほど悪い人には見えないし。センスだけで大丈夫」

彼女は、声を出してクスッと笑った。

そんな事言われるのは初めてだったから緊張した。「ありがとう」とさっきよりも小さい声で言ったけど、彼女は何も言わずに右手の親指を小さく突き出した。

「今度機会があったらショッピング付き合ってあげますよ。これでも私はセンス良い方ですから。コーディネートしてあげましょう」

僕は照れながら、下を向いて嬉しくて笑いそうになったけど、変に思われてもいけないから堪えた。それから黙って自分の机を整理した。日曜日の失敗が少しだけ回復したようにも思えたが、それでも自分に力がないのは、どうしても気にはなっていた。

山田先輩が出社して来た。

「おはよう。暑いね」

「おはようございます。あ、先輩。こちらが高橋さん。昨日薄井建設さんからこちらに出向されたんですよ」

「そうですか。宜しくお願いします。山田です」

とニコリとして一礼をした。

「こんな綺麗な人が、こんな中小建設会社に出向なんて珍しいですね。また何か理由があるんですか？」

「たぶん、湾岸プロジェクトを御社と仕かける事になりまして、と言っても本当の理由は私も良く判らないんです。取り敢えず弊社の部長の大下と行くようにと、社長直々の命令があったみたいなんです。私は良く判らないんですけど」

「そうですか。まあ今後とも宜しくお願いします。僕も今日からこっちに転属ですから、いろいろお世話になると思いますが。引継ぎが終わり次第、あっちの部屋から移動して来ますので」

と丁寧にお辞儀をした。

この新宿支社は甲州街道沿いにあって、社員は総勢で二十人ばかりいる。営業が僕を入れて五人。後は、積算と事務と建築の施工部隊である。施工部隊と言っても現場には監督しか派遣せず、大体は下請けの管理といった意味合いが強くて、席はあるが大体は日本橋の本社に行っているか、現場に直行していて不在の場合が多い。事務所は古い雑居ビルの六十坪程のワンフロアーを占めてはいるが、部屋数は部長室や応接室を入れて六つある。社員の割合からすると多い方かもしれないが、社長の方針で将来関東一円に支店を出したいという希望もあり、日本橋の本社とこの新宿支社、それと船橋と池袋の全部で四つの本支社の中でも特にこの支社には力を入れているらしく、無理してでもこの事務所を維持しているみたいだ。

営業の仕事は、大きく分けて二つある。

一つは、建築営業。もう一つは改装工事を主体とした営業である。基本的に境はないが、最近の経済状態もあってか、改装工事の受注の方が新規工事より多い。利益率から考えると、そちらの方がむしろ会社としては都合が良い。

僕達の仕事と言えば、住宅雑誌の後ろについているアンケートやインターネットからの改装の問い合わせや質問に答える事で営業につなげる。問い合わせ先に直接電話して営業する訳だが、ほとんどうまくはいかない。まず三十に連絡して、営業に出かけてそのうちの一つ位の仕事が決まる。数十万から数百万程度の改修工事を受注するのがやっとの事である。決して効率の良いやり方ではないのは判ってはいるが、他に方法もない。「繰り返しやるのが営業だ」と末永課長は言うが、それもまんざら嘘ではない。が、やる方はやる方で根気はいる。だが、その単調な仕事も昨日からは解放され、何をする事もなくプロジェクトの概要書に目を通していた。


「聞いたわよ。加藤さんも隅に置けないわね」

出社してきた藤田が開口一番、椅子の後ろから話しかけて来た。

「何の事？　それより昨日、薄井建設から出向されて来た高橋さん」

僕が座ったまま目の前にいる彼女を紹介すると、

「はじめまして、藤田です。事務です。仲良くしてくださいね。昨日は不在でしたから自己紹介が遅れてしまって」

と立ち上がり、丁寧に一礼をした。

「いえこちらこそ。宜しくお願いします。一応三ヶ月の予定で出向してきましたので」

「三ヶ月？　エーなんで。また短い間なんですね」

とため口になった。

「はっきりした理由は判らないんですが、社長命令で」

「そうなんだ。残念ね。そうそうそれとそれからこの加藤さんには気を付けるように。女性に手はめっぽう早いですから」

真剣な表情をした。

「それほど加藤さんには気を付けないといけないんですか？」

「後で昼休みにでも詳しく教えてあげるから」

彼女は軽くウインクをすると含み笑いを浮かべ、更衣室に着替えに行った。部署が変わったために藤田も今日から机拭きからお役御免で機嫌が良いらしい。

「加藤さんってそれほど危険なんですか？　そうは見えなかったけど。まあ実績がありますからね」

「違いますって。何の事か良く理解できないですけど。後で彼女に聞いてみます。彼女が何を言いたいのか全然判りません」

それには一言も反応を示さずに、高橋は机の上の整理を始めた。それから会話がなくなった。やはり僕が女性にだらしない、と思っているらしい。僕じゃない、とそれこそ大声を上げて主張したかったがそうもいかない。

元々僕は女性が苦手である。何時《いつ》ごろからか判らないが、物心がついた時には、女性と話すのが苦手になっていた。今思い起こせば、几帳面な母の性格のせいなのかと思う事もある。新聞配達をしていた高校一年の頃に、その時の仲間から雑誌をもらった事があった。ヌード雑誌である。今なら何でもない事なんだろうが、当時はまだ女性の裸を見た事がなかったから、当然のように興奮し、それを机の中に隠していた事がある。ある日それが机の中から姿を消した。数日経ったある日の夜、母が思い付いたように「真ちゃんってヌード写真なんて持ってないよね」と問いかけた。僕はそれに何も反応はできなかったが、母の声が少し涙声になっているのを聞いて、それ以降その類の雑誌には縁がなくなった。女性に対してのコンプレックスはその時からだとは思うが、それがきっかけになったのかどうかは判らないでいる。

昼休みになった。

藤田がやって来た。

「朝の話の続き」

「何の事？　全然理解できないよ」

僕は真面目な顔をして言った。

「またまたすっとぼけて。銀座のマキシムに行ったんでしょ？　清美と」

清美？　川崎さんの事？　頭の中がグルグル回って混乱した。

「川崎さんの事知ってるの？」

「だって中学、高校の同級生だから。親友よ」

親友?

また頭の中がグルグル回った。

「そう。彼女は看護学校に行って、私は短大に進学したけど、ずっと親友よ。ほとんど毎日メールしてるわ。ところで口説いたんですってね。部屋まで送らせたそうね。もう隅におけないから、でどうだった。上手く行きそう」

上手く行きそうも何も、判らない。それに僕の趣味としては彼女というよりは、高橋である。それに目の前で言われたくないと思ったが、藤田は前にいる彼女に聞こえるかのように続けた。

「詳しく話してよ。抱きしめたんですって。ムギュって。情熱的だったって。もうイヤらしいから」

右腕で軽く僕の肩を押した。

「違うって。だって全く記憶がないから。完全に酔っ払ってたから」

「記憶がなかったらそんな事して良いんだ。良いわよね、男性って勝手で。私も今まで何人かとお付き合いしたけど、みんなそう言ってたもん。高橋さんも気を付けてね。この人はこう見えて、案外手が早いから」

もう止めて欲しいと思った。

が、事実である。

否定なんてできない。それで高橋の方を見たら、こちらの方を軽蔑した目付きで、「全然大丈夫ですから」と言い書類を捲った。

針のムシロの上に座るとはこんな事だろう。その日、彼女と話をする事はなかった。何度か会話をしようと頑張ったが、そんな雰囲気は全くなかった。僕は一日中溜息を吐いて、新しいプロジェクトの概要書類に目を通したが、頭に入る事はなく、その事ばかり気にしていた。移動して来た奥谷も何か話しかけて来たが、彼の嫌味な言葉や大下部長に使う、信じられないようなおべっかにも腹が立つ事もなかったが、《無能》《役立たず》という言葉だけが重く伸《の》しかかって、それが、自分を支配しているように思えた。

帰り際に近くの居酒屋で酒を飲んで、いい気分になって家に帰ったのはもう十時だった。

次の日以来プロジェクトが本格化した事もあり、毎日が嘘のように忙しくなった。朝の八時半には大下部長を中心とした会議が開かれ、事業説明、契約内容の確認、栄建設として随意契約の取り組み方等、今迄僕が経験した事のないような話が飛び交った。午後はそれらの復習、整理、それから新しく本社から来た二人の営業に対しての引継ぎが行なわれた。僕自身はそれほど担当していた仕事がなかったので意外と楽であったが、山田先輩に至っては深夜まで引継ぎ作業が続いたみたいだ。

本来なら山田先輩ではなく、別の営業がこのプロジェクトに参加しても良いのだろうが、本社もかつてない規模の工事であるし、将来嘱望される人間に大手建設会社のパイプとして活躍してもらいたいとの希望があるのだろう。それは、僕の目にもはっきりと判った。僕は毎日、定時の九時に出社するどころか朝の七時には出社し、早くても夜の九時ごろ帰宅するようになった。時には朝まで書類に目を通す日もあったが、苦痛というよりはむしろ楽しかった。その間に川崎からの電話は何回かあったものの、電話を取る勇気もなかったし、取ったところでどんな話をして良いのかも判らなかった。高橋からのショッピングの誘いもあれ以降、鳴りを潜《ひそ》めたし話題にも上らなかったし、交わす会話と言えば、日常の挨拶だけで、プライベートな会話は一切なかった。あれ以来、ワシ様が僕に話しかける事も一切なかったから、よっぽど腹を立てていられるんだなと思ったけど、しょうがない。だって、出雲の、それも恋愛の神を後ろに付けて、酔っ払ったあげくに、国造りもできずにいる自分に半ば嫌気が差していた。時間がなかったので、以前頼んだ不動産屋に電話して、品川の海の見えるマンションを探してもらうようにはした。時々薄ぼけたワンルームマンションの天井を見上げて、「ワシ様」と呼びかけたが、返事が返って来る事もなかった。

そんなこんなで飛ぶように一週間が過ぎた。

「加藤君、今日は時間は空いてる?」

朝、会議が終わって契約概要書に目を通している時、大下部長から肩をポンと叩かれて振り向いた。

「はい。もう終わります」

「今日、飲みにでも行こうか？　僕もここに着て一週間だろう。湾岸プロジェクトの業務報告と内容確認だけであっと言う間に時間が過ぎて、で、加藤君と話す機会もなければ飲む機会もなかったからね」

「そうですね。僕もばたばたしてましたからぜひ宜しくお願いします」

この十年というもの会社全体で忘年会や新年会には行った事はあるものの、この会社自体、社内で飲みに行くという事は滅多にない。武部長とはかつて二回だけ居酒屋で、山田先輩とは五回程度、新宿の焼き鳥やで飲んだ事があるが、末永課長もまっすぐに自宅に帰るのが何かと好きらしく、個人的に飲みに行く事はなかったから、なんかサラリーマンぽく思え嬉しかった。

「最近仕事良くやっているみたいだね。僕は朝の会議に出席してから何時《いつ》も会社にいないから判らないけど、武部長が、まるで生まれ変わったみたいに仕事をしてるって言ってたよ」

「ありがとうございます」

誉められるなんて就職して以来なかった事である。

「仕事も多く残ってると思うけど、夜七時に新橋の駅の機関車の前に来てくれるかな。僕はもう外出しないといけないから」

「ありがとうございます」

　僕は立ち上がって、もう一度挨拶をした。


　連れて行かれたのは、銀座の会員制のレストランの個室である。こんなところに来た事なんてない。入り口で正装した店員が丁寧に挨拶するのを見て、内心びくびくした。

　個室に入ると、注文してあったのか次から次へと日本料理のコースが運ばれて来た。

「ありがとうございます。これも全部薄井建設の社長や大下部長のお陰です」

　最初にビールで乾杯した後、僕は正座したままお辞儀をした。

「まあまあ楽にして。実際良くやってるよ。今からプロジェクトが本格化するから、これからもっと大変になるだろうけど」

「そうなんですか。僕もこんな大きな仕事は初めてです。弊社にとっても、初めての大仕事ですから、社長以下緊張しているのが何となく判ります」

「時々しか栄建設の準備室にはいないけど、加藤君が頑張ってるのが良く判る。ところで田舎はどこなの？　関西訛りがあるようだけど」

「僕は奈良です。奈良といっても南部です。五條《ごじょう》という小さな田舎町でして」

「五條ね、良く知ってるよ。以前、大阪支店の時に十津川《とつがわ》にダムの現場があってね、良く通ったよ。いいところだよね。空気は綺麗だし。夏は確か鮎が取れたよね？　天誅組で有名なところだよね？　確か」

誰も知らない場所だと思っていたから、嬉しくなった。

「僕は元々出身が川口でね、今でも自宅の近くにマンション買って、そこに住んでるんだ。息子は大学を卒業したから嫁さんと二人だから、都内に引っ越しも考えてるけど、やっぱり両親がもう八十近いから、何が起きるか心配でね。ところでご両親は健在なの？」

「母だけです。父とは若い頃離婚しまして、母と私だけです」

「そうなんだ。それじゃ、心配だよな。将来は奈良に帰るの？　それともこっちに呼んであげるの？」

部長の何気ない一言に言葉を詰まらせた。僕は後三ヶ月もすればこの世からいなくなってしまう。そう考えると、改めて時間の短さを感じてしまう。〈残された母はどうなるんだろう〉そう思うと胸が痛んだ。

「近々呼べれば呼んであげたいですね。もう歳ですし」

と気のない返事をした。呼んであげても一緒に住める訳もない。母が来る頃には僕はもうこの世にはいないだろう。

「それが良いと思うよ、何よりの親孝行だから。親孝行したい時には親はなし、って言うだろう。悔いが残るからね。だから、私も離れる事ができなくてね」

そう言って江戸切り子のビールグラスを空にした。僕はビール瓶を持ち上げて、山田先輩が教えてくれたやり方で丁寧に注いだ。泡がゆっくりとグラスに収まった。

食事が進み、酔いが適度にまわった頃、大下部長が何気なく尋ねた。

「ずっと聞きたいと思ってたんだけど、なぜ社長とお知り合いなのかな。凄く不思議でね。親戚か何かなの？」

「そんな事はないです。笹井社長とはお母様の紹介でして、この間が初対面なんです」

「それが不思議なんだけどね。ぶっちゃけた話ね、今まで薄井みたいな大手がね。栄みたいな小さな建設会社は相手にしなかったんだよ。だけど、事ある毎に発注している。君は知らないかもしれないが、発注があると日本橋にある本社営業に直接注文を回している。それも栄相手ではなくて加藤君個人名義の受注になるようにだよ。いったいどうなっているのか、ずっと疑問でね。それにね。ほら加藤君がうちの本社に来た日、社長室に呼ばれてね。『加藤君を助けろ』って直々の命令が出たんだ。凄く不思議でしょ？」

はっきり言って僕は答えに詰まった。だって、僕自身ワシ様が社長とどんな話をしたのか、何があったのか知る訳もないし、どんな会話したかって、大会社の社長に直接聞くなんてできやしない。

「そうですよね。不思議ですよね？」

「そうなんだ。それがもっと不思議なのは、うち、つまり薄井建設の売り上げがこの十日で前年月比の五割アップした事だ。通常こんな事はありえない。それがどういう訳か判らないけど、信じられない伸び率を示したんだ。だから理解できない」

僕には大体理解ができた。どうしても判らなかったのは、一体ワシ様が何を社長と話したかである。失礼でなかったのかと思ったが、発注をしてくれている事を考えると、ワシ様もあまり変な事を言わなかったのかもしれない、と思ってホッとした。

その晩は部長と銀座のクラブで初めて飲んだ。体には悪いと思ったけど仕事が上手くいった事もあり、こんなところに来るのも初めてだし、母の事が話題に出た時から母の事が気になってもいて、ひたすら酒を飲みたかった。

そうだ。引っ越ししないと。

そう思った翌日、不動産屋から電話があって、ワシ様が言った通り品川にある海の見えるマンションへの引っ越しが明後日の日曜日に決まった。


土曜日の午後に急ぎ引っ越し屋に電話して、普通の二倍の値段を払うと無理やりトラックを開けてくれた。品川の高層マンションに移って来たのは十月二十一日、日曜日の夕暮れ近くになっていた。荷物が少ないと思っていたが、引っ越しには時間がかかる。落ち着いたのはもう五時を回った頃だった。窓から見ると、夕日が東京湾に映って海面がキラキラしている。四十階建ての三十六階の東側、眺望は悪くない。ちょうどお台場の前のマンションで、左にレインボーブリッジ、右に東京湾と風景正面にはお台場が位置している。

立地は不動産屋のパンフレットで知った。築も浅くて今年で二年になるという。最近の品川再開発ブームで出来たマンションで、家賃は五十万。僕の給料からしたら夢のような話ではあるが、それもあと六十四日の事かと思うと、高くはない。不動産屋も土曜日の朝に行って契約を済ませ、明日引っ越ししますと言ったら驚いていたが、それも仕方のない事である。僕には時間がなかった。この間の失敗から、出来るだけワシ様の要望を聞いて穴埋めをしたかった。僕に経験があるなら道でナンパでもするのだが、それもできないでいる。

ワシ様、いや神様の力を借りても何もできない自分がいる事が許せなかった。

部屋の広さは２ＬＤＫと独身者が住むにはかなり広いし、元来荷物らしい荷物はないから、その広さが実感できたが一人で住むにはあまりにも広いので午後から応接セットを買いに行く事にした。後数十日で無駄になるのは判ってはいたが、それでもワシ様が望んだようにしたかった。その感覚は今でも判らないが、ただ喜んでもらいたいと思ったのは嘘ではない。

話はそれるが、昔から人に喜んでもらうのが好きだった。これは生まれ付きの性格で、持ってない人には絶対に判らないだろうが、何かをして人が喜ぶ姿を見るのが好きで、小学生の頃、たまたま隣の家の前のゴミを片付けたら、そこに住んでいたおじいさんが凄く喜んで、煎餅をくれた。別にお菓子が欲しかった訳ではないが、事ある毎に掃除をした記憶がある。それ以降煎餅を貰うことはなかったが、そのおじいさんが死んでいなくなるまで、どれ位掃除をしただろう。そんな事をふと思い出した。

「良いではないか」

引っ越しの荷物が届けられ、近くのコンビニで買ってきた缶コーヒーを飲みながら、目の前の風景を見ている時、突然頭の中に声が響いた。ワシ様の声である。

「この眺望を望んでいた」

「喜んでいただけましたか？」

「ああ。良い。ワシは海の統括である。海のない風景だといかん。それにあの汚らしい八王子のマンション。最低じゃ。それに比べこの風景。誠に良し」

「ありがとうございます。海の統括でいられるんですか、存じませんでした」

「そうよ。太古の昔からワシがこの海を統括しておる。この海を見ないとやはりいかん」

そう言われて、僕は心の底から嬉しかった。先日の川崎の事件以来、もう二度と現われてくれる事はないと思っていたし、あの件に関して謝りたかった。

「心配するな」

ワシ様の声が頭の中で響いた。

「あの原因はワシにもある。お前の酒の限度を考える事ができんかった。まさかお前が下戸《げこ》に近いとは。思いもよらんかった」

「すいませんです。お酒は好きなんですが、生まれ付き弱くて」

今度は口に出して謝った。

「ところで、ワシ様はどれ位お飲みになられるのですか？」

「知らぬ。まあ酔う迄十桶くらいか。まあ神有月の祭りにはその三倍は飲むが。何せ三日も飲み続けないかんからの」

「十桶ですか。それだけ飲めば死んでしまいます。さすがに神様は違いますね」

「世辞はいらぬ。数千の直属の神々相手に神有月の間三日三夜飲み続けだと自然とそうなる。それより次回は必ず失敗すな。ここに来て以来楽しんではおるが、国造りが出来ずして、まるで修行中の坊主みたいなもの、何とかせい」

「何とかせいと言われましても」

「合コンとか飲み会とか何でも良いから参加せよ。何より出会いが大切であろうや、急げ。オナゴなしでは気が狂うぞ。良いな」

「御意」

僕は勢い良く返事をした。

「その言い方は止めておけと言うておるではないか。秀吉を思い出す。悪夢じゃ。あれもお前と同じ悪夢。まあそれはどうでも良い。いち早く女と接触するように、良いな」

それから声が消えた。

そう芝居じみて言ったものの当てがなかった。どうしようかと思いつつ、片付けないまま、風呂に入ってから買ったばかりのベッドに潜り込んだ。眠りは何時《いつ》もより早くやって来て、僕は黙ったままそれに包まれた。

「加藤さんとはあれから連絡は取れてるの？　もう十月二十一日でしょ。最初に食事に行ってから二週間近くになるよね」

昼の休憩の時に、日勤の木村は診療室に入って来た川崎に話しかけた。木村も気にはなっていたが、最近は救急患者の数が多くてそのままになっていた。昨日も一睡もしていない。忘年会シーズンにはまだ時間があるが。最近、急性アルコール中毒の患者が増えているのが癪に障る。交通事故とかの急患なら納得はいくが、飲みすぎた若者が運ばれて来ても、やる気は起こらない。後で医療ミスとか言われるのも嫌だから点滴を打つ前に、一応は問診し、レントゲンも取るが、そんなのは意味がないのは充分に判っている。昨晩はそんな患者が三件も続いたせいで、機嫌が悪かった。

「すいません。こちらから何度か連絡したものの、電話に出てくれなくて、それよりご報告したように、加藤さんは何も知らないいんじゃないですか」

「そうかな。あれから考えれば考えるほど自分の中で納得がいかない。知らないとはどうしても思えないんだ。だって、笹井さんの時、何が起きたのか清美ちゃんに詳しく説明しなかったでしょ。患者の立場だったら、自分の身に何が起きたか気になるはずだし、それも信じられない現象だったら、僕のところに聞きに来ても良いんじゃないかと思うんだ。それが清美ちゃんによると、彼は言葉を濁したんでしょ。その理由について、何かあると思えてしょうがない」

そう言うと手に持ったタバコを灰皿にもみ消した。最近はストレスのせいかタバコの量が増えているのも気になってはいたが、それでも手放せないでいる。結婚時代は禁煙していた。彼女がタバコ嫌いであったし、学生時代から続く悪癖にせいせいしていたから、結婚と同時に禁煙したが、最近は以前より量が増えたと感じ始めているのも事実だ。

「なぜ、あなたはそれほど身勝手なの？」

妻が出て行く時に、そう叫ぶように言った。

「仕事、仕事って。なぜあなたがやらないといけないの。もっと家族の事を考えてよ。いい、私はあなたの事が好きで、それで結婚したの。なのにこれだけ仕事から帰って来ないなんて。仕事が忙しいのは判るけど、それでもあまりにも酷いんじゃない。妊娠してから四ヶ月よ」

自分勝手と言われるのが許せなかった。彼女のためにずっと仕事をしているのではないか。マンションも買ったし、彼女の好きな四駆も手に入れた。どこまで彼女のために尽くしたらいいのか、満足するのか。そう思うと、怒りがどこからともなく湧いて来たのを木村は思い出していた。

あまり頭に来たので、近くにあった皿を投げ付けると、手元が狂ったのか食器棚に直接当たり、ガラスを粉々にした。ガラスの欠片が無造作に飛び散り、近くにいた彼女の頬に当たり、そこから僅かであったが出血した。

「私の赤ちゃんをどうする気！」

彼女は金切り声を張り上げた。


「先生、先生お聞きですか？」

木村はふと我に返った。それから二度、三度まばたきをすると、首を横に激しく振った。

「ごめん、疲れてるかも。考え事をしていた」

「大丈夫ですか？」

と木村の顔付きを眺めるように見た。

「お言葉ですが、何かあったとしてもそれはそれで良いじゃないですか。だって、結果的に加藤さんも生き残った訳ですし、笹井のおばあちゃんも満足した事ですし」

木村は真剣な顔をして、なだめるように言った。

「それはそれで良いんだよ。だけどね。仮に思った事が、現実になるような事があれば、脳の機能の新しい発見だ。それも、想像した出来事が人為的に現実化できるんだよ。だから詳細に研究してみたい。仮に今まで起こった事が、単なる偶然という可能性もなきにしもあらずだから。起こりうる可能性としては何千万分の一かもしれない。ただ川崎さんのいう彼の言動から判断して、加藤さんは何かを知っているように感じる。僕の第六感かな。こうしよう。川崎君の高校の時の友達が、確か加藤さんと同じ会社って言ったよね。一度飲み会でもセットしてよ。彼を検査しようと思っても、絶対病院まで来ないだろうし、まして何も話さないだろう。だからもう一度だけ彼と話す機会を作ってもらいたい」

「それでも何も話されないと思います。それに来るかどうかも判りませんし」

川崎にとっては、そこまでして話しを聞く気にはなれなかった。もちろん、木村の力になりたい自分もどこかにはいたが、どうしても真一の事が頭から離れなかった。彼のどこが良いのかと言われても、答えは出なかったが、心のどこかに彼の事を考えている自分がいるのに気付いていた。

「今度、面白い遊びをしてみようと思ってるんだ」

木村は嬉しそうな顔付きをした。

「面白い？　ですか？」

「そう。面白いよ。いわば彼の腕試しかな。実を言うとね、八王子の外れに心霊現象の出る病院があるんだ。僕は、そんなの全然信じていないけどね。彼の能力も、心霊と何らかの関わりがあるんではないかと思えてしょうがなくてね。それで彼を誘って、一度肝試しに連れて行こうかと考えてる。何もないかもしれないし、何かあるかもしれない。それは僕には何とも言えないけど」

「肝試しですか？　そんなの役には立たないと思いますが」

川崎が不思議そうな顔をした。自分や彼を馬鹿にしているのかとも思えた。医学的に何ら原因のない健康体の人を肝試しに連れて行っても何も判るはずがないし、第一そんなところに行く気もしない。それに木村自身、そんな事に興味を示す性格をしていないのは、仕事をしていても良く判ってる。

昔、この病院の霊安室にも、幽霊が出るという噂が立った事があるが、信じない木村は二日間そこに寝泊りして寝ずの番をし、その噂話を打ち消したぐらいである。縁がないと言えば全くない。それを知っている川崎は思わず笑ってしまった。

「先生どうかしてるんじゃないですか。だって先生が幽霊なんて信じるはずがないじゃないですか」

木村は真顔で手に持ったタバコに火を点け、煙を吐き出した。

「当たり前だよ。そんなの信じるはずもない。だけどここには偶然的要素が二つある。一つは心霊現象が起きるかどうか。もう一つはその現象が彼に何らかの作用を起こすかという実験だ。考えても見たまえ。彼は死から生還して、いわゆるおばあさんに対して《奇跡》を成した訳だろう。それに検査結果には異常がなく、これ以上彼をここに呼び出す理由もない。本人も話す気は全くない。それでも僕には疑問が残る。だから、最後の切り札としてこれを考えたんだ。彼をその病院に誘い込んで、そこから起きるであろう現象をビデオに残す。何も起きなかったらそれまでだけどね。そこまでやって駄目なら僕も諦めるよ。他にも仕事もあるし。だから後一回だけでも協力してよ」

「本当にですか？」

川崎は疑い深い声を出した。

「判らないけどね」

木村は照れ笑いをした。

「判りました。私もあのままで終わるのは何か嫌ですし、真相を聞きたいですから。加藤さんを誘ってみます。だけどこれきりにしてください。何か騙して連れて行くようで、正直言って気乗りはしませんから」

そう言って一礼をして部屋から出た。納得はしていなかったが、真一が電話に出ないのも気になっていたし、部屋で酔っ払って抱きしめられた時の事を、時々思い出していた。酔った勢いで抱きしめられたのは判ってはいたが、あの感覚は今まで自分が感じた事のないものであった。男性に抱きしめられる事は何回かあったものの、あの不思議にも思える温かな感覚は初めての事だった。そう思うと、心の中で何か別の感情が生じていた。それは何か明確にはできないでいたが、真一に会ってはっきりさせたいと思っていた。


十月二十二日は、僕が生き返ってから二十五日目になる。朝方から久しぶりにこの日雨が降った。今年は雨量が少ないのは異常気象である、というニュースを見たが、それもワシ様と何か関係があるのかもしれないが、余り詮索する事でもなく、品川から首都高でバイク通勤をする僕にとってはむしろ都合が良かった。もしかしたらバイクを楽しむためだけにそんな気候にしているのかな、と思ったりもしたが……。最近、この高層マンションにも慣れて来た。近くにスーパーはなかったが、品川駅迄行《よ》けばそれなりの物が手に入ったし、食べる物も外食だったから不自由はなく、むしろ心地好かった。

残るところおよそ二ヶ月。二ヶ月経つと僕はこの世からいなくなる。まるで死刑執行を待っている死刑囚のようだと言えばそうかもしれないが、彼らと違うのは、僕が満足していると言う点だろう。仕事も食事も悪くはない。湾岸プロジェクトチームと名付けられたものの、この間、案件に関して仕事と言える仕事はなかったが、三日に一度は薄井建設より何らかの別の仕事が僕指名で持ち込まれた。まず大下部長に電話があり、それから僕が顧客先に出向く。出向くと自然と仕事が決まった。相手の会社に行くと、向こうの社長がわざわざ出て来て、名刺を僕に渡して「電話の話ですが、宜しくお願いします」と頭を下げると、すぐに仕事が決まった。これほど簡単に仕事が取れると、何か変な気持ちにならない訳でもないが、それでも仕事が取れる事に気分的にも嬉しくなった。

「本当に凄いな」

部長室に呼ばれた僕に、武部長が声をかけた。

「凄い。薄井建設が今月になって発注してきた内装工事はすでに六千万円を超える。お前はいったいどんな営業をしたんだ？」

「別に何も」

僕は、返事にならない返事をした。

「何もしてなくてこれだけ注文をくれるはずもない。一度社長に挨拶に行こうという話が小松社長からあってな。お前とどんな関係か知っておかないと話もできないだろう。それで呼んだんだ」

そんな事を突然言われても困る。だって、僕には何にも理由がない。ワシ様があの日社長に何かを話してから態度が変わったのは判るが、ワシ様はその件について何にも話をしない。それなのに発注をしてくる薄井建設の社長の気持ちが計りかねた。

「どんな関係なんだ？」

武が繰り返した。が、僕に答える方法はない。全部話せば良いのだろうが、それはワシ様との約束で出来もしない。だから僕は黙り込んだ。

部長の後ろにある本棚を何気なく見ていると、ふと言葉が頭に浮かんだ。

「申し訳ありませんが、今はお話する事はできません」

部長は一瞬不思議そうな顔をして、それから「判った」と言った。「判った」と答えても何も判ってはいないだろう。だけど、僕から無理やり話を聞けばこれ以上の発注は来ないと思ったのか、現状を潰したくないと思ったらしく、

「だったらこれだけは聞かせて欲しい」

改まった声を出した。

「今度社長と挨拶に行くつもりだが、会ってくれるのだろうか?」

「たぶん大丈夫だと思います」

思わず口を衝いて言葉が出たが、どうしてよいのか正直言って判らないでいた。本当に会ってくれるのだろうか。それにワシ様はあの時いったいどんな事を言って何をしたのか。それが判らずに部長を会わせる訳にはいかない。内容によっては、僕の社内での行動を決めてしまう事になるかもしれない。それで部屋を出て、

《外出》

とホワイトボードに大きく書いて、西新宿の公園に行く事にした。ワシ様とすぐにでも話をしたかった。周りに誰もいなければ話しかけてくれるかもしれない、そんな期待がどこかにあった。

新宿の西口公園は、秋というのにまだ夏の気配が残っていた。公園には、犬を散歩させている女性や小さい子供と遊んでいる主婦だけで閑散としていた。

僕は空いているベンチに腰をかけて、目を瞑り心の中でワシ様と何度か繰り返し繰り返し呟

いた。案の定返事はなかった。十分位そんな状態が続いた後で僕は頭の中で大きく、

「じゃ。全部話して良いんですね！」

と叫んだ。

声がした。

「お前。本当にしつこいな」

「こんにちは」

「こんにちはではないであろう。少しは自分で考えろ」

「だけど答えが出なくて。すいません」

「お前のとこの社長に、挨拶しに行かせれば良いではないか」

「良いんですか？　だけどもし笹井社長が全部話せば、ワシ様の事がバレますがそれでも大丈夫ですね」

「あかんがな」

「あかんと言われても、うちの社長がなぜ、そこまで発注するんですかって聞いたら、笹井社長は理由を話すでしょ」

「まあ心配するな。それは他言無用と言うてある」

「他言無用って、人に話をするな、という意味ですよね？」

「そうや。だから大丈夫じゃ」

「大丈夫と言われましても。もしもの事がありますから」

「ホンマにお前はワシを信じてないな。大丈夫じゃて。笹井はお前より数段賢いから心配はするな」

「じゃ。安心はしますが。あの時僕に記憶が全然ないんですけど、一体何を話されたんですか？」

「五月蝿《うるさ》い。話をするな。お前が聞く事ではない」

そう言われて僕は黙り込んだ。不思議に思ってるけど、ワシ様が話さないと言えば絶対話さないだろう。だが、うちの社長が挨拶すれば遅かれ、早かれその結論は出ると思った。

「それだけか？」

「はい」

「くだらぬ。それより女を急げ。待ちくたびれじゃ。修行のやりすぎで成仏した感じじゃ、まあ心配するな。ワシがアレンジしてやる」

「アレンジって、合コンのですか？」

「そうよ。その時には飲みすぎず、しくじるな。良いな」

「御意」

「加藤さん。おはよう」

それから三日後の朝、限りなく機嫌の良い藤田が嬉しそうな表情で僕の机のところにやって来た。珍しいと言えば珍しい。良く考えてみると、入社以来初めてかもしれない。

「おはよう」

僕はいつものように気のない返事をした。元気良く返事できない。全部この女のせいだと思うと、返事するのも嫌だった。

「加藤さん」

「何？」

「清美が寂しがってたわよ。全然電話が通じないって」

「ごめん。忙しくて、電話に出られなかったんだ」

「ところで昨日ね、合コンしましょう、って誘われちゃった」

「合コン？　誰に？　行けばいいじゃん」

合コンと聞いて心が少し動いたのは嘘ではない。きっとワシ様が仕向けた事だろうかと思ったが、どうしてもこいつと行く気にはなれない。

「そんな、冷たい言い方をして。それがね。清美がお医者様を紹介してくれるんだって。上司の木村先生。ぜひとも加藤さんと行きたいんだって。お話がしたいって。木村先生は知ってるよね。加藤さんが事故でお世話になったお医者さん。覚えてるでしょ？」

そう言われるとあの人だ、と思ったが、それ以上でもそれ以下でもない。あれ以降、彼からは何も連絡は来ていなかったし、僕から連絡する理由もなかったから、そのままにしている。

「ふーん。興味がないよ」

「そんな事言わないで。だって、木村先生の参加の条件は、加藤さんが来る事だって」

なぜ僕なんかと思ったが、合コンなんて端《はな》から興味はない。が、ワシ様の手前無碍にできないでもいる。それで、何も話す事ができなかった。沈黙の間、藤田は話し続ける。

「お願い来て。凄くハンサムで有能な人なんだって。それも独身で」

と、日頃に似付かわしくない甘えた声で、両手を顔の前に付け拝むようにして言った。

「そう」

また気のない返事をした。何で自分が、人の幸せのために同行しないといけないのか判らない。まして、僕がこんな思いをしているのは、全部が全部こいつのせいである。この女があんな事を言わなければ、僕は高橋と上手く行ってたかもしれないし、彼女との仲を壊したのがこの女だと思うと、助けるなんてそんな気持ちなんて毛頭起こらなかった。

「冷たいのね。高橋さんが行くなら行く?」

僕の表情を読み取ったのかどうか判らないが、今度は強引な論理を持ち出した。

「高橋さんも行くよね。なんか他のドクターも来るかもしれないし。もしかしたら、玉の輿に乗れるかも判らないわよ」

隣に座っていた彼女に急に話を振った。高橋は、戸惑った様子を見せたが、

「加藤さんが行くなら行っても良いわよ。面白そうだし。藤田さんと一回も食事した事もないから良い機会かも」

笑いながら返事をした。

僕が行くなら行く？

不思議な感じがした。

その時、奥谷が隣から大きな声を出した。

「高橋さんが行くなら僕も行く」

ずっと目を付けているのかこの一ヶ月、事あるごとにやたらと彼女に話しかける。それが凄く嫌だった。たぶん彼女も嫌がってると思うけど、それは良く判らない。あれ以来仕事に追われていて個人的な話をする事はなかったから、気安い態度が癪に障《さわ》った。

「じゃ。奥谷さんも参加？　参加したいの？　別にどっちでも良いけど。看護師さんは一人しか来ないけど良いの？　別にどうしても来たいなら、会費も安くなるし来ても良いわよ、どちらでも良いけど」

藤田が、真剣に嫌そうな顔をしながら僕の頭越しに話した。

「どちらでもって、凄い言い方だね。だけど、高橋さんが行くなら僕は絶対参加だから。看護師さんが別に来なくても良いし」

こいつと高橋とは絶対プライベートで話させたくないいし、彼女が参加してくれるなら川崎と何もなかった事が証明できる。それにワシ様も参加を促している事もある。そう思って僕も参加する事にした。

合コンの日付は来週の金曜日、仕事が終わってからに決まった。

十三日の金曜日は何かの本で縁起が悪いと聞いた事はあるけど、十一月の二日の金曜日にあのとんでもない出来事に巻き込まれるなんて、夢にも思っていなかった。あんな事が起こったなんて、思い出しただけでもゾッと身の毛がよだつ。思い出というよりは、嫌な記憶である。

死神の五味

「それでも僕は理解できない。川崎君もだよな。だって、加藤さんが生きているなんてありえない。医学は絶対だ。それは分析であり、統計であり、技術だ」

八王子の洒落《しゃれ》た居酒屋の個室で、木村は酔いに任せて捲くし立てた。予約は藤田がどこかの情報雑誌で探し出したものだが、雰囲気も悪くはない。今迄木村とプライベートに話した事がなかったから、彼の論理を聞くのも面白かった。しかし、医者に対しては、小学生の時の記憶か、リンゲルを持った白衣のイメージが強くて、何とも言えないエリート意識が感じられ苦手と言えば苦手である。

「まあ良いじゃないですか。ご無事だったんですから。不思議と言えば私も不思議ですよ。だって、ＭＲＩも脳波も何も異常がなかった訳ですから。そりゃ笹井さんのお婆さんの件は、今でも理解はできてないですけど」

川崎は、車を運転しなければならないので酒を飲んでいなかったので、冷静に木村をなだめた。

「そんな事があったんですか？　全然知らなかったです。あの日にそんな事があったなんて」

高橋が隣から口を挟んで、近くにあったビールを一口飲んで続けた。彼女にしても初めて聞く話なので興味深いのかもしれないが、あまり興味を持ってもらうのも困る。

「だってねここだけの話、その病院の帰り道に私と出会ったんですよ。彼と……、そこでナンパされたのよ」

「高橋さんと。病院の帰り道で？　嘘でしょ？」

木村と川崎が、同時に驚きに似た声を上げた。

「そう、ちょうど八王子に仕事で行く用事があって、その帰り道よ」

「嘘だよ。そんな事は統計的にもありえない。だって考えてみなよ。道で出会ってナンパする可能性はあるかもしれない。だけどなんでナンパされた高橋さんが、こうして栄建設にいるの？　それも同じ部署だよ。ありえないよ、絶対に。可能性で言えば、コンマ幾つの世界だよ。高橋さん、冗談でしょ？」

「本当です。加藤さん、加藤さんから説明してよ」

説明も何もできる訳がない。そんな事を話したら、ワシ様にどう言われるか、いやそれこそ地獄よりも炎熱地獄に落とされてしまう。それで僕は思わずとぼけた。だって他に方法なんてないから。否定する僕を、高橋さんは真っ赤な顔をして攻め立てた。

「何で嘘言うの！　ここでみんなに話しなさいよ！　男らしくないわよ！」

そんな事言われても困る。

高橋の事は好きだけど、ここはあっさりと認める訳にはいかない。それに川崎もワシ様の趣味とは言え、捨てがたい。このままでは両方とも失い、ワシ様の言う国造りから遠くなるのは目に見えている。

「木村先生の言った通り、そんな可能性なんてほとんどないよ。それに、僕自身覚えてないから」

「嘘つき！」

彼女は明らかに怒っている。そうさせたくなかったから、

「ナンパしたかもしれません。だって記憶がないんだから。事故のせいかしれないけど、覚えてないんです。高橋さんと会ったかどうかも覚えてなくて」

「嘘つき。もう知らない！」

そう言うと彼女は、自分で日本酒を注いで一気に呷《あお》った。もうこれで完全に嫌われたと思ったけど、どうしようもない。

「高橋さんの言うのが正しくて、加藤さんの言うように記憶がなかったとしよう。だけど確実なのは、加藤さんがナンパしたという事実だよね。そこまでは偶然かもしれない、だけどその二人が、今では同じ職場で働いてる。それは一体どういう事だろう。不思議でしょうがない、そう思わないか？　清美ちゃんもそう思うだろう？」

「私も思います。笹井のお婆さんの足の件でしょ。それに高橋さん。それも一緒の職場でしょ。偶然にしては偶然過ぎるでしょ、まるで誰かが企んでるみたい。だってこれって普通ありえないでしょ」

《そうです》

と言いたかったが、そうも行かない。

川崎の力説は続く。

「先生、こうなったら加藤さんにお酒をたくさん飲ませて、真相を確かめましょうよ。絶対何か隠してるから、加藤さんは。この人酒を飲ませると人が変るんですよ、先日もね」

「お願い、川崎さん。それはね、ずっと気になってたんですけど、大きな誤解。いや間違いなんです」

「間違いって？」

「だって、私を押し倒したじゃない、それもベッドに、もちろん何もなかったけど」

川崎は、勢いでその事を話してしまった。

「そこまでしたの。最低ね、信じられない。それも初対面でしょ。そう見えないのにね。だって、そこまでモテるようには見えないでしょ。それを厚かましい。川崎さんしっかり言ってやった方が良いわよ」

「そうでしょ。私も最初はそう思ったの。だけどそれがね、なんか懐かしいような、そう、お父さんに抱っこしてもらったみたいに思えて」

川崎は高橋に真剣に話したから僕は照れた。これがもしかして出雲の惚れ薬の効果かと思うと、嬉しくなった。

「川崎さんね、もう少しましな人選んだ方が良いって。近くに木村先生みたいないい人がいるじゃない」

さっきの日本酒が相当効いたのか、高橋は顔を真っ赤にしてまくし立てた。

「もういいじゃない。そんな事どうでも。それより楽しく酒を飲みましょう」

相手にされないのが嫌なのか、話題に登らないのが癪に障ったのか、隣で飲んでいた奥谷が会話に入った。

「あなたもそうよ。気持ち悪いから」

高橋がそう言ってくれたので、心の中で拍手をした。

「そうよね。奥谷さんて、気持ち悪いものね」

藤田がビールジョッキを片手に、奥谷の方を見て言った。

僕はさらに拍手をした。

「それは誤解だよ。気持ち悪くなんかないから」

「それは、あなたが思ってるだけなの。勘違いも甚《はなは》だしいから」

高橋は大きく頷いたが、酔ってるせいか、グラスの酒がこぼれた。

「良くないわよ。だって私は嘘つきにされたのよ。私嘘なんて言ってないから。ナンパされたのよ、道で。本当に。嘘なんてついていないから」

話は奥谷の気持ち悪さなのに、矢はまっすぐに僕の方に向かって来た。僕はどうして良いのか判らないままこの場を収拾する事だけ考えて、畳に頭を付けて謝った。

「すいません。嘘でした。つい声を掛けてしまって……」

「だったら、私にした事は何か説明してみて。好きだって言われて押し倒されたんだから」

川崎が僕に噛み付いた。

「ごめんなさい。本当に覚えてないんです」

僕はまた畳に顔を付けて謝った。

「あなたは、私達をどう思っているの？　ハッキリ言いなさい！」

高橋が答えを望んで来た。そんなの僕の趣味は高橋だけど、川崎はワシ様の命令だったなんて口が裂けても言えないから、早くここから帰りたいと思った。

「高橋さん。あなたは甘いわ。男ってそんなもんよ。川崎さんでも高橋さんでもどちらでも良いんだから。問題は《できるか》だから。そうよね。加藤さん」

藤田がそう言っても、結論なんて出やしない。だって、僕の中で二人の価値観が共存している訳だから。

もう駄目だ。

と思った瞬間、隣で飲んでいた奥谷が口を挟んだ。

「別にどっちでも良いんじゃないの。加藤さんの趣味だけだから。とやかく言う必要なんてないって。だって二人で彼を取り合いしてる訳じゃないんだから。もっと大人になろうよ」

初めて、奥谷に感謝した。こいつの意図は自分に視線を向けたいだけだ、というのは判ってはいたが、これで流れが変わった。

「そうよ。別に加藤さんの事が好きなのではないから、こんな言い合い止めましょう。宥希絵さんにとっても私にとっても時間の無駄だと思わない?」

顔を真っ赤にした高橋が大きく頷いて、「くだらない話よ」と酔っ払いながら言った。

話はそれから木村先生の独壇場で、医者の生活、脳の構造、奇跡、宗教観と話が交わされた後、そこにいる川崎以外誰もが酔っ払っていた。

「加藤さん、本当は何があったか教えてよ?」

木村が問いかけて来た。かなり飲んではいたが口調はしっかりしていた。

「何にもないですって、しつこいですね意外と」

「しつこくない。不思議なだけだって。判る。君の存在自体ありえない。それと不思議なのは、この一連の出来事、たとえ偶然とは言え、とうてい常識では考えられない。それより一番知りたいのは、加藤さんが、意図的に人を治癒できるかどうかなんだ。それができるなら解明したい。何度も話したけど、人間の体、特に脳は解明できていない部分がたくさんあって、何らかのショックで人の健康を左右できる事があるなら、医学的に大発見なんだ。判るだろう？」

木村は力説したが、僕はそんな事どうでもよかった。奇跡が目の前で起こっている理由なんて偶然でも何でもないが、それは神が意図的に起こしているなんて、説明できないし、説明したところでも信じてはもらえない。まして、ワシ様との約束を破る事は絶対できない。

「私は判る。奈緒子は全部先生の事判るんだから。だからどこまでもついて行く。良いでしょ？」

「奈緒子やめなよ。あなたは昔からそうなんだから。木村先生が迷惑してるわよ」

「清美こそなによ。美人だからといって、私と木村先生の仲を妬いてるんでしょう。それとも木村先生の事が好きなの？」

川崎は少しだけ答えを躊躇った。

「ほらみなさいよ。やっぱり木村先生の事が好きなんじゃない。先生、清美と私とどっちを取るのよ？　はっきりしなさい、はっきり」

藤田が、酔っ払った勢いで木村に絡んだ。

「取るも取らないも、両方とも好きだよ。じゃ。ここも飽きたし肝試しでも行ってみようか」

話を誤魔化したかのように装って、計画を実行しようと、木村は伝票を手にして言った。

「肝試し？　面白いじゃん。先生そんなところがあるんですか？」

「この近くに大きな病院が戦前からあってね、もう二十年も前に潰れたらしいんだけど、まだその建物が残ってるんだ。それも我々医者の間では心霊スポットで、深夜に行くと呪われるなんて今でも言われてってね」

「そんなところがこの近辺にあるなんて知らなかった」

奥谷が運ばれて来たお茶を飲んだ。

「インターネットのサイトとかにも載ってるんだよ」

「そうなんですか。怖いけど木村先生とならら行ってみたい」

藤田が素っ頓狂な声を出した。かなり酔っているみたいだ。

酔った振りかな？

木村は、それを無視するかのように話した。

「以前もね、僕らの医者仲間だけど、四人で肝試しに行ったんだって。そしたらそのうちの二人が朝死体で見付かったらしいよ。残りの二人は精神に異常を来《きた》して、今でも入院してるみたいだ」

「こわーい。だけど木村先生となら行ってみたい」

藤田はまた黄色い声を出した。

「だからね。ここで藤田さんと川崎君と加藤さんは幽霊を信じてるでしょ。それで僕と高橋さんと奥谷さんは信じてない。面白い組み合わせじゃない。本当にいるかどうか確かめてみようよ。これも実験だよ。いい？　科学とか医学とかは万能なんだ。それで解決できない事はありえない。たとえ病気になっても、薬とか手術をすれば良くなるでしょ。それと同じだ」

よっぽど、《じゃ僕は？》と聞きたくなったけど、聞いたところで酔っ払い相手の議論になってしまう。だから黙って聞いていた。

木村もだいぶ酔いが回ったのか、話を僕に振って来た。

「加藤さんもこの間事故で助かったでしょ。それは良かった。だけどね。あれは、はっきり言って僕の誤診だったと思うよ。死んだ人間が生き返るはずなんて絶対ないから。絶対だよ、絶対。そんなのは、聖書とかの世界なんだ。あるならば、それは偶然の産物でしかない」

「そうですか？」

「そうだよ。将来は、後遺症が出るかもしれない。だからこの間わざわざ病院まで来て検査を受けてもらったんだ」

僕は少しだけ腹が立った。変に頑固で、自分の意見を曲げようとはしない。

「高橋さんも幽霊見たいでしょ？」

「見てみたいけど……」

「奥谷君は？」

「見に行きましょう」

「さあ今から行くぞ！」

「駄目ですよ。川崎さんは八王子だから良いけど、奥谷は別として、僕と高橋さんは都内だから、今から行くと帰れなくなる」

僕は心配した。間違っても奥谷に彼女を送らせる訳にはいかない。

「大丈夫。帰れなかったら、高橋さんは私の家に泊まってもらうから。加藤さんはどうにでもなるでしょうし。だけど先生、今日は行くの止めませんか？　もう直ぐ十一時ですし」

と川崎は言った。

「心配ないって。その場所ってここから近くだし、明日は休みでしょ」

高橋がかなり酔っ払っていた事もあり、酔い覚ましも兼ねたドライブという事で八王子の外れにあるその病院に向かう事になった。酒を飲んでいない川崎が木村先生の四輪駆動車を運転したが、病院が潰れてからだいぶ時間が経っているので、ナビには正確な位置は表示されず、助手席に座った木村先生が道案内をする事になった。

八王子から西に四十分ほど国道を走り、県道を川崎市方面にさらに三十分ほど下ると、側道に入り登り道となった。舗装の跡はあったものの道路はところどころ崩れていたので、まっ暗な中、僕達は注意深く折れ曲がる道をひたすら丘の上に向かって進んで行った。やがて頂上近くなって突然視界が広がり、朽ち果てた小さな門が目に飛び込んで来た。規模からして中規模位の病院だったのだろうか。鉄筋三階建てだという事はすぐに判った。辺りには外灯はなかった。車止めがあったが、それも壊れていて、意外と簡単に敷地内に進入する事が出来た。車のスポットライトに照らされたその建物は、闇の中に浮かび上がっている。

「ここが地獄の一丁目だよ」

木村は不気味な声を出した。わざわざそんな声を出す必要もないと思うが、彼の性格を考えるとなんら不思議な事でもない。

「さっきは言わなかったけど、ここで幽霊を見たとか、無事に出て来なかったのは、彼らだけではなくて、十人以上はいるみたいだ。さあ行く順番をジャンケンで決めようか」

「先生、なぜジャンケンで決めないといけないんですか？」

まだ酔いが醒めていないのか、高橋が上擦った声を出した。

「だって、一人で行かないと、肝試しなんかにならないでしょう？」

「幽霊じゃなくて、変な人が住んでいるかもしれないじゃないですか、だから止めましょう」

と川崎。

「大丈夫だよ。こんな気持ち悪いところに誰もいないよ。だけど、一人じゃ危険だから二人組みで行こうか、それなら良いだろう？」

こんなところ二人でも嫌だ。いったいこの木村という男は何を考えてるのか、と思った。

「奥谷君は？　一回見てみたいってさっき言ったじゃない、僕と二人で行く？」

「そりゃ見てみたいですけど、二人じゃ嫌ですよ。それに不気味じゃないですか。僕が幽霊を見たいというのは、一人や二人でなくて大勢で、それも明るいところでですよ。こんな辺鄙な、それも真っ暗なところで見たいとなんて思いませんよ」

「奥谷君、幽霊は通常明るいところには出ないでしょう。まあそれも通説だから判らないけど」

木村が次にこっちを見た時、僕は黙って首を横に激しく振った。なんでこいつと肝試しなんて行かないといけないのか。

「そうだ藤田さん。じゃ。二人で行こう。二人なら大丈夫でしょ。二人だったら良いって言ったじゃない。さっき僕と一緒に行きたいって、居酒屋で言ったでしょ」

藤田は思わず首を横に振った。

木村は考えた後で、

「僕は一人で行っても良いんだけど、手術室に行ったかどうか証明できないでしょ」

「手術室？」

僕は、今初めて出て来た単語に驚いて聞き返した。

「言ってなかったか。この病院は、二階の手術室とその横のモニター室が一番ヤバイらしいんだ。幽霊の目撃談も多いし、変になった人達もこの手術室でなったらしいよ」

「それなら、先生が一人で行けば良いじゃない。それより早く帰りましょうよ」

高橋が言った。

「じゃ。まずは僕だけが行って来る。一階の奥の階段を上がったところの手術室だから。大体の場所は聞いて知っている。一人で行って来るよ。十分程度で帰ってくるから、ちょっとだけ待っててくれる？ それと行った証拠にビデオを撮って来るよ。それならみんな何もなかったというのが信じられるだろうから。どれだけ幽霊とか心霊が出鱈目か証明してあげるよ。それで大丈夫だったら、次に行く人を決めたら良い、どうだろう。だけど廃墟なので、万一、崩落とかあったらいけないから、三十分経ったら入り口迄呼びに来てくれるかな。何かあったら携帯で呼び出して」

木村は携帯を手に持ち、二、三度振ってみんなに見せた。

「先生やっぱり止めた方が良いですよ、何が起きるか判りませんから」

川崎が心配そうな声を出して止めようとしたが、木村も意地になっていたのか、自分の持ってきたビデオを片手で掴み、もう一方の手で懐中電灯を持つと、「三十分だからね。助けに来るのは」と言い残して真っ暗な病院の中に姿を消した。入り口を車のヘッドライトが照らしている。僕達は彼を見守った。

ヘッドライトで照らされているとは言え、その建物はあくまでも不気味であったし、何とも言えない異様な雰囲気がした。二階の手術室を探す木村の持つ懐中電灯の明かりが、チラチラと一階の廊下の割れた窓から時折姿を覗かせていたが、暫くするとそれも見えなくなった。

奥谷がはずんだ声で言った。

「良くワイドショーとかでやってるでしょう、心霊の特番とか。帰って来なかったらどうしよう。ドキドキするよね。ほら後ろからふと手が伸びて来てとか」

「奥谷さん、お願いだから気持ちの悪い事言わないで」

川崎が応えた。

「大丈夫だと思うけど、もしもの事があったらいけないから、警察にいつでも電話できるようにしとこうよ」

と、僕は自分の携帯に目を落すと、圏外になっているのに気付いた。

「ここ携帯が通じないの？」

僕が携帯をいじっているのを見て、奥谷がそれを覗き込み、自分の携帯も見てみたが結果は同じだった。

「じゃ。木村先生呼べないじゃん。携帯つながらないんでしょ、どうすんのさ？　もしもの事があったら」

奥谷は焦っている。理由は簡単で、木村先生を呼びに行くのは、僕と彼しかいないからだ。それを怖がっているのは、手に取るように判った。

月は空にはなく、闇が先ほどより色を増したかのように、病院の上に重く伸《の》しかかっている。どこからか吹いてくる風が木々を揺らして、葉が擦り合う音を立てている。それも何やら不気味に聞こえた。

木村先生が単独で病院に入って、誰も何も話さないまま二十分ほど経過した。

「木村先生大丈夫かな？」

奥谷が心配そうな声を出すと、

「心配ね」

川崎が付け加えた。

「迎えに行ってあげたら？」

と高橋が簡単に言ったけど、誰もそれに反応しなかったので、そのうちに誰も何も話さなくなり、やがて車の中を沈黙が支配した。

「もうすぐ帰ってくるさ」

僕は自分に言い聞かすように言ったけど自信はなく、三十分経つ頃にはどうしたら良いのか判らなくなっていた。

「私が迎えに行ってくるから」

黙りこくった車内の中で、高橋が思い付いたように声を出した。

「加藤さんと奥谷さんも一緒に来てくれる？」

「ええ、僕もですか？」

奥谷が尻込みするような声を、喉の奥から出した。

「何言ってるのよ。事故かもしれないし。これだけ帰ってくるのが遅いのは、何か起きたからよ。だから、助けに行かないと」

「だけど僕達三人で行ったら、川崎さんと藤田さんだけになっちゃうじゃん。怖いでしょ、川崎さんも、藤田さんも」

今度は女性をダシにするのかと思ったので、僕は腹が立っていた。

「良いよ。僕と高橋さんで呼びに行くから。だけど今度こそ僕達が帰って来なかったら、電波の通じるところまで行って、警察を呼んでくれないかな？」

「分かったわ」

川崎は頼もしそうに、僕を見て言った。


病院に入ると、湿ったそれでいて生ぬるい空気が辺りを包んでいた。月が雲に隠れているせいか窓の外から入る光はほとんどなく、唯一懐中電灯の光が、ゆっくりと歩く僕達の前を照らし出していた。廊下には壊れた椅子、ベッド、割れた消毒液のビンの破片が散乱していて歩きづらかった。そんな廊下を僕達はたった一つの懐中電灯を頼りに、「木村先生」と呼びかけながらまっすぐ進んだが、のっぺりとした闇の奥からは何も反応はなかった。声を出す事で怖さを和らげるつもりだったけど、その声が病院の隅々まで響き渡り、いっそう恐怖心が増した。

「この部屋にもいないよね」

懐中電灯で部屋の端を照らしながら、話しかけると彼女は不思議そうに、それでいて冷静に、

「本当にそうね。どこに行ったのかしら」

と言った。しっかりしていた声だったからこんな事を言うのは何だけど、凄く心強く頼りがいがあるように思えた。でもそれは、気休めにしかならなかった。

暗い廊下を一歩一歩、歩くたびに割れたガラスがジャリジャリと音を立てて、誰もいない病室に響き渡ったのが不気味さをいっそう掻き立てる。一階は完全に廃墟と化し、扉や窓は全て壊れ、そこにあったはずの備品も全て壊されているか持ち出されていて、壁には誰が書いたのか、たぶん以前肝試しに来た奴が書いたのか、赤いペンキで《呪》と書かれていた。昼なら良いけど、こんな暗い場所だと気持ちが悪い、いや昼でも嫌だ。

十ばかりある全ての部屋に、木村がいないのを確認した後、二階に移動する事にした。廊下の端までゆっくりと歩いて行くと、青いペンキの剝げたコンクリートの階段が姿を現わした。

やはり瓦礫がそれを塞いでいる。それを目にした時、ここからは踏み込んではいけない、そんな気がしてならなかった。が、その時の僕達には選択肢がなかった。滑らないように慎重に、小さな懐中電灯の光を頼りに、階段を上がって行くと、二階の廊下に出た。

「木村先生！　どこにいるんですか？　いれば返事してください。迎えに来ました。みんな心配してます。道に迷っていたら返事してください」

高橋もそれに続くように声を出したが、その声もまた虚しく暗闇の中に存在を消した。

《何でこんな目に遭わないのといけないいんだ》そう思いつつもここまで来た以上、引き返す事もできない。こんなところに無理やり連れて来た木村にも、正直腹が立っていた。

「どこに行ったんだろう？」

独り言のように高橋さんに話しかけたけど、返事の代わりに彼女は木村の名前を再び呼んだ。

彼女と僕の繰り返す呼び声だけが、闇の中に溶け込んで行く。

あまりにも怖かったし、早くここから帰りたかったので、駄目だと知ってはいたけど心の中でワシ様に話しかけた。

「ワシ様、木村先生がどこにいるのか教えていただけませんか？　早くここから帰りたいんですけど、神様ならお判りですよね。ちょっとだけでも教えていただけませんか。いえいえ、お教えどおり人間的努力はしますが、せめてヒントだけでもいただければありがたいのですが。

何とかなりませんでしょうか？」

頭の中で話しかけたけど、当然のように答えなんて返って来るはずもない。「アホ」とでも返答してくれたなら、気も楽になったんだろうけど、それもない。電気で照らし出した先に幽霊が立っていたらどうしよう、そんな事を考えながら真っ黒な部屋に小さな光を当てて廊下を進んで行った。

そんな時、返事を聞いた。

そんな気がした。それでもう一度耳を澄ますと、廊下の奥の方から今度はもっとはっきりした声がした。思わず高橋の方を見ると、彼女も僕の顔をじっと見つめた。

「先生だよね？」

彼女は黙って頷いた。すると今度は、もう少しハッキリした声が聞こえた。木村の声である。

「ここだよ」

擦れた声だったけど、確かにそれは木村の声だった。怖さの反面ただ単に道に迷っただけだと安心した。

「どこにいます？　もう一度返事をして下さいよ」

「先生どこですか？」

高橋の声が闇に溶けたのを見て、僕達は返事が来るのを黙って待った。

が、今度は返事はなく、その代わり何かがゆっくりと歩くような足音が、部屋の端からするのが聞こえた。

「先生なんでしょ？　ですよね、もう一度返事をしてください」

そう言いながら僕らは、怖さを忘れてその音をした端の部屋へと歩調を速めた。懐中電灯の光が上下した。病棟の最後の部屋に来た時、中から床に転がった木村の懐中電灯の光が目に入った。

「先生！　聞こえますか？　大丈夫ですか！　迎えに来ましたから、早く帰りましょう」

そう言って部屋の中に入ると、持っていた懐中電灯の電球が同時に切れ、暗闇が辺りを支配した。その暗闇の中で一人の人影が目に入った。それは長身の木村の姿ではなく、どうみても中年の小男であった。小男は破れた柿色の着物をまとい、右足を引きずるようにこちらに歩いて来た。部屋に微かに入る月の光以外、光はなかったが、その男が近付いてくる姿だけははっきりと理解できた。生気のない顔付きから、どう見ても現世の者ではない。そう感じたけど、幽霊なんて見た事がないから、それが幽霊だとはどうしても思えない。まるで生きている普通の人間である。

「お前らも来たのか？」

男が、低いしゃがれたダミ声を出した。

「お前らとは私達ですか？」

自然と高橋の声が震えた。

「そう。お前らだ」

そう言うと男は、視線を壁の方に向けた。そこには木村がまるで動けなくなった人形のように張り付けの状態で、薄ぼけた壁の前、顔を俯けているのが薄明かりの中、目に入った。意識はないようだ。それを見たとたん、恐怖が全身を包み体中の血液がまるで逆流したようになった。

「ああいう風になるんだ！　お前らもここから無事に帰れると思うな」

男がそう言うと、高橋がまるで金縛りに遭ったように動けなくなった。僕は金縛りになってはいなかったが、突然の事と恐怖で一歩も動く事ができないでいる。男は、その様子を嬉しそうに見ながら、獲物を狙う猫のように高橋に近付き、薄ら笑いを浮かべながら、彼女の匂いを鼻を鳴らしながら楽しそうに嗅ぎ、おもむろに彼女の首を絞め始めた。

「可愛い娘だ。お前の命をもらう。お前は俺のタイプよ」

そう言って男はニヤリと笑った。顔には残酷性がにじみ出ていた。

「止めろ！　彼女を放せ！」

僕も初めは恐怖で動けなかったが、それも忘れて思わず声を上げて、奴に飛びかかった。男は、高橋から手を離すとスルリと身を躱《かわ》し、こちらを振り向き、中腰に身構え、まるで獲物を狙う猫のように僕の方を見た。

「邪魔をしやがって。お前が先か、先に行きたければこうしてやる」

その声と同時に、僕は動けなくなった。金縛りなんて信じてもいなかったが、微動だにできない。男は、僕と高橋の前をゆっくりと回りながら、

「馬鹿め。この病院の話を知ってお前らも来たのだろう。ここから生きて出た者は誰もいない。まして生きて出られたとしても、廃人同様になるんだ。われわれ霊を謀《たばか》るお前らみたいなものがいるから、そうなるのじゃ。まああきらめよ」

そう言われると自然と恐怖が心の底から込み上げて、膝がガクガク音を立てるように震えるのが判る。

「南無阿弥陀仏。南無阿弥陀仏」

現実から目を瞑って、記憶の限りを尽くして、ちょうど死んだおばあちゃんが、仏壇の前で唱えていた経文を繰り返した。

「残念だな。まだここにいるよ」

と男は静かな声で答えた。お経が間違っていたのか、言い方が悪かったのか、もう一度唱えてから目を開けると、男は何も変わらないままそこに立っている。

「お前、もしかして経文で俺を撃退しようとでも思っているのか。馬鹿が、そんな経文が効く訳なかろう。一度ここの噂を聞いたテレビ局が、霊能者を連れて来てお前のように経文を一生懸命読んでいたが、処分してやったわ。そうよ、気が狂うた。昔、肝試しに来た連中も全部同

じにした。はっはは。お前みたいな俺達を恐れない奴はこうしてやる」

そう言うと僕の身体は、まるで木の葉のように宙に浮き、後ろに吹き飛ばされ壁に叩き付けられた。立てないほどの痛みが全身に走った。ガラスの破片で切ったのか、左腕から鮮血が流れ出て、地面に落ちた。

「どうじゃ。面白いか。これが俺の力だ。もう一度してやろう」

再び僕の体が宙に浮いて、またしても、もう一方の壁に再び思いっきり叩き付けられた。声が出ない。胸を打ったのか、呼吸もままならない。

「もう嫌！」

恐怖が絶頂に達した時、高橋は僕が壁に叩きつけられるのを茫然として見ていたが、現実が受け入れられなくなったのか、落胆した声を出して気絶し床に倒れこんだ。

「可哀想に。気絶しおったわい。まあこいつは後で料理する事にして、まずはお前じゃ。どうよ、人間が空中を飛ぶのは、面白いであろう。これがお前らの言うポルターガイスト現象というやつよ。もう一度見せてやろう、ただこれが最後だけどな。もうこれでおしまいよ。今回は首の骨を折る。明日の朝には、あの女とここにいる男は気が狂い、お前は滑って転んで頭を打ち付けた屍で発見される。どうよ、面白いか。まあ、死ねば我々の仲間に加えてやっても良いぞ。ここには五千人もの霊体がおるからの、お前の一人ぐらい増えても別に問題もない。まあつまらぬ現世におるよりは、我々と一緒にここにおるのも悪くはないぞ」

男は不気味に笑い、その声と同時に再び僕の体が空中に舞い上がった。どうにか体を動かそうとしたが自由は利かない。身体はまるで振り子の先端のように軽々と一度部屋の端まで空中を動くと、再び停止した。

「言い残す事はあるのか？　怨むならここへ来たお前の運命を怨め」

そう言うと僕の身体はまるでジェットコースターのようなスピードで、壊れかけた壁に向かって滑り始めた。投げ付けられたと言った方が良いかもしれない。この時ばかりは死を覚悟した。死ぬ運命にある自分が、死ぬ事を意識する事など可笑しいかもしれないが、不思議に、死を意識した。事故で死んだ時は何も意識しなかったのに。

壁にぶつかる瞬間、奇跡が起きた。

奇跡？

意図？

今になっては良く判らないけど、僕の身体はまるで急ブレーキをかけられたように壁の直前でストップし、それからゆっくりと地面に降ろされて僕は気を失った。当然の事のように、記憶なんてない。ただその後、ワシ様が出て来た事だけは後になって知った。

寝ていた身体がゆっくりと起き上がり、元に戻り直立した。目は開いていない。それでいて不思議に落ち着いた静かで低く、それでいて威厳のある声が静かになった病棟に響き渡った。

「おい。お前」

それからゆっくりと目を開けた。目はその男を見据えている。それから、

「おもろい芸をする」

と言った。

「お前？　俺の事か？」

突然の出来事で、男は驚いたように答えた。

「お前はお前やろ。おもろい芸をすると言うておる。金縛りをし、大の男を部屋の端まで飛ばすとは大した芸じゃ。ちょっとでけん芸である」

お前と呼び捨てにされて馬鹿にされたのが半ば腹立たしく思ったのか、その男、死神は大声で怒鳴り返した。

「お前こそ誰だ！　もしかして人間ではないな。人間は俺の技を止める事はできん。我々と同じ仲間か」

「我々と同じ？　お前らとか。フン。面白い事を言う。同じ仲間と言われれば否定はせんが、ちと違う。人間ではない」

それを聞いて、男は人間に馬鹿にされたのではないと安心したのか、饒舌になった。

「お前もやはり魔族か。こいつを乗っ取っておったのか。それとも今乗っ取ったのか。まあどちらでも構わない。こいつの魂は俺のものじゃ。手出しは許さない、早く俺に渡せ。俺は魂を

取るのが、そう、幸せそうな奴を殺すのが趣味、唯一の趣味よ。邪魔立てするなら、お前も同じ目に遭わせるぞ。たとえ同族であっても容赦はしないからな、承知しておるな！」

それから、怒りとも、憎しみとも取れる眼差しでワシ様を睨み付けた。

「ほんまにお前はおもろい奴じゃ。ワシに目を直接合わせる奴がこの世にいたとはな。それはそれ。お前確か五千の霊体の親玉じゃと言うたな。それほどの数がここにおるのか。ほんまかどうか見せてみ。どうせ嘘かはったりじゃろ。最近嘘をつく奴が多くなって困っておる」

「嘘だと。お前なんぞ身分の低い魔にこんな数の霊体見た事もあるまい。冥土の土産にでも見せてやろう。驚くな」

男は虚空に向かって右手を上げて手招きをした。すると無数の小さな光の霊体が壁の隅々から病室に出て来て人間の姿に変わった。血だらけの若い男と女のカップル、中年男性、女性、子供を抱えた女性、初老の男、事故で死んだであろう顔が半分ない霊もいる。自殺や事故、病死した霊体であろう。それらでぼろぼろになった病室が一杯になった。普通五千もの人間がそんな小さな部屋に入るはずはないが、不思議とここにいる。異様な雰囲気が辺りに満ちた。

同時に今まで柔らかな言い方をしていたワシ様の口調ががらりと変わり、まるで詰問するように、低く、それでいて威厳のある声が部屋の端まで走り抜けた。

「お前、聞く。誰が許可した？」

「許可した？　許可などない。俺を誰だと思う。魔将第十六将第五十六系列筆頭の、死神の五味よ。お前も魔の端くれなら、俺の名前ぐらいどこかで聞いた事あるだろう。この病院を統括して早や二十年。この地域の霊体のトップじゃ。良いか、俺に逆らう事は魔将第十六将様にたて付く事。お前なんぞ十六将様にかかればすぐに地獄に落とされるぞ。四の五の言う暇があったら、早くそいつの魂、俺に遣して立ち去れ。お前の身のためじゃ」

擦れた濁声が病院の闇の中を響いた。

「ハハハハハハ。これは面白い。お前の名前。聞いた事もないし、全く知らん」

ワシ様は大声を出して笑った。

「何が可笑しい。知らんだと。どういう事だ。まあどうでも良い。お前が知ろうが知るまいが関係ない。それより、こいつの魂を渡せんと言うのか。それともお前は魔将とは何かも知らんのか？　痛い目に遭わんうちに早くここから立ち去れ。俺が欲しいのはこいつの命だけよ。後はいらん。邪魔されるのだけが嫌なだけだ。さもなければ無事には帰れんぞ。お前の魂ももらい受ける」

「ハハハハハハ。お前ホンマにおもろいぞ」

ワシ様が腹を抱えるように笑う姿を見て、腹を立てたのか、今度は死神が凄んだ声を張り上げた。

「何が可笑しい！　気でも狂うたのか」

「実に面白い。あいつの事は知っておるが、その第何系列の死神とかは良く知らんし、聞いた事もない。ましてお前の名前など知るはずがないだろう」

「あいつとは、第十六将様の事か？」

「何将様かはよう知らん。が、現世にお前等霊体がいる事など許可しとらん。死んだら誰でも真っ直ぐに閻魔の所で裁判受ける事になっておるはず。まあ良い。今回は忍び故、普通なら目をつぶらん訳でもないが、まだこいつの身体がいるからのう。そう簡単にお前に渡す訳にもいかん。それにお前が欲しいという魂は、こいつのではなく、今ではワシじゃからの。それもまた困る。取られるような事にでもなったら、ワシの娘に顔向けがでけん」

そう言うと、また大声で笑った。

「何？　お前がこの若造を乗っ取っておるのか。まあ誰の魂でも構わん。この際、お前のでもよこせ、駄賃代わりじゃ」

「お前も話の判らん奴やの。無理やと言うとるやないか。本来ならあいつを呼んでお前を処分させるが、今回は忍び。大目に見てやるよって、その女とそこのアホ医者とこいつを家に帰らせ。ほんでそのまずい面を早うこの前から消せ。それで大目に見たろう。どうじゃ、寛大な裁きやろ」

「寛大な裁きやろだと。一体どこの言葉じゃ。大阪弁か？　そんな田舎臭い言葉聞いた事もない」

「ハハハハハハ。聞いた事ないか。これが熊野弁じゃ。ワシの故郷の言葉、生粋の熊野弁よ。

聞けるだけ光栄に思え。まあこれで判らんとは下郎はどこまで行っても下郎じゃ。ワシが怒らんうちに、はようどこかに行け、目の穢れじゃ」

「下郎だと！　そんな田舎言葉を使いやがって、田舎者の魔体ごときが。さらに俺様に対しての無礼の数々、もうお前を許す訳にはいかん。なぜこの俺がお前の言う事聞いて、大事な獲物を逃がすのだ。土下座し、許し請うまで、この病院から一歩も外には出さん。土下座したところで無事に帰すつもりはないが、ついでにお前の魂ももらい受ける。いよいよ覚悟せよ」

「覚悟？　どのように覚悟すれば良いのじゃ」

ワシ様は笑っている。

「魂を差し出す覚悟に決まっておるではないか」

「何度も言うが、魂というのはワシの魂という事じゃゃな」

ワシ様の目が怒りの色に変わった。

「当たり前じゃ、お前の魂に決まっている。ええいしゃらくさい、皆の衆こいつを処分してしまえ。それと誰か第十六将様のところに行き、何人か魔将を送ってくれるよう依頼して来い。魂どころか、我が大将に依頼し、お前をあの恐るべき炎熱地獄に送り届けてやろう」

そう言い放つと同時に、誰もいない静かな病室が俄にざわめき立ち、五千の死霊がワシ様の周りをぐるりと取り巻き、今にも飛びかかりそうになった。

「良いか。こいつは誰か判らぬが、どこかの魔将の下っ端に違いないが、許可なくしてここに来たためか、田舎者故ここに迷って来たのか、上の魔将にも報告できないみたいだ。魔の体を食べると終世その力量がアップするという。お前ら、こいつを八つ裂きにして食うてしまえ。遠慮はいらん。まあ、心臓だけ俺においておけ、そこは俺が食らう」

一同はその声に勇気付けられたのか、ざわめき立ち、八つ裂きにしようと一斉に襲いかかろうと身構えた。

飛びかかろうとしたその瞬間、五千の死霊の動きが止まった。

いや動けなくなった。ワシ様の方を見た時、一同は申し合わせたかのようにその動きをぴたりと止めた。

「しょうないな。アホもここまで来ると面白いの。おい不動、不動明王。どっかで控えておるやろう。こいつら、どうもワシの話が判らぬらしい。こんな機会もめったになかろう。許可する、出て来よ」

そう虚空に話しかけると、唐仕立ての甲冑に身を包んだ二メートル以上もある不動明王がワシ様と霊体達の間に割って入るように姿を現わした。その異形に圧倒されたのか、五千の霊が一瞬ざわめき立ったが、すぐに静かになった。取り囲もうと狭くなった円が、自然と大きくなった。彼ら死霊達は、目の前で何が起こっているのかすぐには理解できなかったが、唐冠を被った大男の登場に、言葉を失っていた。不動明王は優しく、そして力のある目で一同をゆっくりと何気なく見渡すと、五千の死霊の中から、

「不動明王様じゃ！」

と言う声が起きた。何人かの老人はその姿を見て拝み始める者もいる。生前どこかで拝んだ記憶がよみがえったのであろう。その声は、知らず知らずの間に、取り巻いた霊体の中に広がって行った。しかしながらこの時の状況は違った。今まで信仰対象であったその対象が、今回は彼らの敵であった。その事実が受け入れられずにいる者もいる。

「何をしておる。こいつは偽者じゃ。こやつの力に惑わされるな。不動明王様がこんな場所に来られるはずなかろう」

五味と名乗った死神は、動揺の走った五千の霊体に呼びかけた。事実そんな事はないと信じていた。常識的に、こんなところに、それも一人の人間のために、魔界を制するといわれる不動明王が姿を現わす事はないはずだからだ。

「そうじゃ。偽者じゃ」

霊体の中の誰かがそう叫んだ。

「そうじゃ。偽者じゃ」

別の老人が奇声を上げた。

「それよりはよう、こいつを食おう。こんな幻を見せる力を持つ奴は滅多におらぬ。これは霊力の高さの証明じゃ。食えばそれだけ一層力が増すぞ」

誰かの叫び声がした。それが、再び輪の中に広がって行く。

ワシ様はその声を聞くと、まるで呆れた表情を不動明王に向けた。

「こいつら、ほんまにアホやろ」

不動明王は、軽く一礼をした。それから黙ったまま両手の拳を握ると、三メートルもある銀色に光る二本の剣が姿を現わした。寂しい月の色をしたその光は、暗くなった病室を隅々まで明るく照らし出した。

「もしかして、お前だけで楽しもうとしとるな？　悪い奴やの、ほんまに。ワシにもちとは楽しませてくれんかの。最近退屈でかなわん、だから簡単にはやんな」

ワシ様は癖のある熊野弁で叫んだ。

「これらのものでしたら、私一人で充分でございますが」

不動明王が剣を一旦収めると、再び部屋が元の暗さに戻った。それから改めてワシ様の方を見て話しかけた。

「そんなん分かっておる。こいつらの処分はお前の力もいらん。ワシだけで充分じゃが、お前も戦の勘を戻さねば行かんやろ。これもお前への気遣い」

「御意」

と答えると、少しだけ顔がほころんだ。拳を軽く握ると、再び二本の剣が部屋に現われた。と同時に、周りにいたおよそ千の霊体がいなくなり、彼らを取り巻く円が自然と大きくなった。

「いかがでございますか？」

「いかぬ。楽しんでおらんではないか。楽しまないかん。そう簡単に地獄に落としたら、面白うないやろ、時間をかけよ、時間を」

ワシ様はがっかりした声を出して、もう一度「あかんがな。減ってもうた」と溜息を吐いた。

目の前にいる残りの死霊達は恐れをなし、後ろに下がると円が一周り大きくなった。もはや誰も攻撃しようとするものもいなかった。

直視できるだけの勇気を持ったものはいなかったし、目を合わせると、それだけで自分の存在はなくなってしまうという恐怖を誰もが感じていた。それで二神の周りの円がさらに大きくなった。中には、再び土下座をし、手を合わせ、拝もうとする老人の死霊もいる。

ワシ様はそれを無視するように、土下座した一同をゆっくり見回すと、無表情のまま不動明王に話しかけた。

「今日も退屈じゃったろうて」

「退屈でございました。亡者相手に刀稽古をしておる最中でございました」

「そうじゃろう、そうじゃろう」

ワシ様は嬉しそうに笑った。久しぶりの戦に何とも言えない喜びを感じていたので、興奮している。それが不動明王にも自然と感じ取れた。

ウキウキしながら話し続ける。

「ところで、今日の相手はこいつら五千の霊体じゃ。そうこの目の前におる死神と亡者どもよ。じゃが、お前が始末したお陰でもう四千じゃ。判るか？　お前のお陰で四千になったんじゃ。もうちょっと時間をかけよ。楽しめぬではないか」

「いつも思うのですが、これくらいでは時間をかけるにもかけようがございません。それに先ほど申しましたように、これくらいの数でしたら私がわざわざこちらに来る必要もないのではないかと存じますが」

不動明王が、いつもの立ち位置であるワシ様の右手に来て、軽く一礼をした。

「何度も言わせるな。これはお前への気遣いじゃ。今回は便宜図ってもろうたし、忍びじゃろ。それに退屈なひと時を過ごしている我が武将の事を考えたら、やっぱりここはちょっと呼ばんといかんかなと思うての。気遣いじゃ、気遣い。久しぶりにお前の刀遣いもたまには見てみたいと思うての」

「恐縮でございまする」

不動明王は軽く会釈をすると、死神とざわつく四千の死霊を見据え、それから重たく通る声で辺りを制した。

「頭《ず》が高い。この方が一体誰なのか知っておるのか、馬鹿どもが。お前ら、言葉を発するだけで全員地獄に落とされるぞ。否、粉にされる。詫びるなら今ぞ。平伏しひたすら詫びよ。この方こそ……」

　聞いた事のない野太い声のためか、ざわめきが止んだ。

　そういう不動明王を静かに左手で制止して、嬉しそうにニヤリと笑った。

「お前は実に優しい。さすがに平和主義者である。だがそれ以上名乗るな。ワシの名が穢れる。詫びさせて閻魔に裁かせようと思うたな。誰が助ける言うた。久しぶりの戦じゃぞ。こんな事は滅多にないわい」

　ただでさえ不動明王登場に度肝を抜かれていた死神は、自分の置かれている状況が把握できなかったが、一応形ばかりはとひれ伏し、頭を地面に擦り付けた。それでも偽者という疑いは晴れずに、凄い霊能者か幻術士かもしれない、きっと幻を見せられているだけだと思い込んでいた。どうせ、魔将が来れば簡単に片が付く、それまでの辛抱だと思い我慢した。死神が土下座すると、同時に残された四千の霊も同じように続いた。その様子はまるで波紋のように、古ぼけた手術室の中に広がって行った。

〈これは幻術か、いや絶対に幻術である。でないとこんな事は起こらない。そうなら黙って土下座している自分の権威に係わる事になる。よくよく考えても千もの霊が一瞬でいなくなることは、たとえ魔将の力を借りてもありえない事だ。見えなくしただけではないか。ただ事実は事実として、目の前の千の霊体がいなくなった。隠したか。ではどのようにしたのだ？〉

　そう考えて土下座をしている時、あの声が死神の頭の上をかすめて通った。

「千体ほど処分せい。暫し時間をかけよ」

「御意」

そう話しかけると不動明王は表情を変える事なく、ちらりとワシ様の方を見た。同時に先ほどの剣が燦然と現出した。閃光がもう一度部屋中に光ると同時に、その場から土下座している千の霊が姿を消し、ぽっかりと右手中央に丸い空間ができた。

「流石《さすが》、その太刀さばき。もうちと見たかったけどまだまだ剣の動きが早いな。あいつらは地獄界の下に落としたのか。それで良い。これでこの部屋も広くなったの。まあワシの分もある。二千ほどで我慢せよ」

不動明王は黙って会釈した。

死神は驚いたが、それでも考えている。

〈奴は一体どんな幻術を使っておるのか？　どうしても見極めないといかん〉

常識上、起こる事ではなかったし、ありえない事である。かつて人間だった頃の経験も踏まえても信じられない事実であった。昔、有名な霊能者がこの場所に来た時に、僅か五人の死霊を成仏させるのに三時間はかかった。それも、最後には気分が悪いと浄霊を取りやめたくらいであり、それがここの常識である。だから数千の霊体を、それも一瞬で消し去る事自体ありえない。それで、今度はその技をじっくり見ようと、上目遣いでこっそりと彼らの方を見た。

「なんじゃ、その目付きは。こいつまだ信じていないようじゃ」

ワシ様は、上目遣いに見上げる死神を見もせず半ば怒った声を出した。

「面白い奴です。ここまで現実を信じない奴がいるとは実に珍しい。よっぽど平和ボケをしておるのではないかと」

不動明王の声にワシ様は黙って笑みを浮かべて、気の毒に、と独り言のように呟いた。

「次はワシの番か。どれを使うか、たまにはあれでも使うか」

そう言って右手の拳を軽く握ると、瞬間に千の死霊の姿がなくなった。あまりにも突然の速さであったので、死神はあっけに取られた。自分の目を信じれずに、死霊をどこに隠したのかと辺りを窺った。残った二千余りの死霊も、その現象に口々にざわめき立った。再び拝み始める者が続出し、数々の経文の声がまるでざわめきのように部屋の中で起こった。死神も何が起こったのか判らず、言葉を失っていた。

「どうじゃ、切れ味は。悪くはなかろう。久しぶりに使うたが、これがあの剣よ。僅か千位にはもったいないが、まあこれも座興」

「初めて見させて頂きましたが、瞬間でございまするな。我々の数千倍の早さゆえ、剣の形も色も良くは判りませんでした。流石《さすが》に十握剣《とつかのつるぎ》は違いまする。神々が恐れるだけの剣だけの事はあります。私の持つ剣どころの騒ぎではありませぬ。このような剣で地獄に落とされた亡者どもも、限りなく幸せかと存じまする」

不動明王は、興奮した面持ちでワシ様に語りかけた。

「そうじゃろ。剣も流石じゃが、ワシの腕もこれぐらいでは判らぬわ。もうちと数があれば楽しめるのじゃが、中途半端な数じゃ。残りはお前がやれ、剣が穢れる。それにこれはつば走りが速すぎて、こいつら相手には余り上手くいかぬ」

「御意」

不動明王がそう言って剣の持つ右手を僅かに動かすと、瞬時に千の霊体が姿を粉に変え、部屋がさらに広くなった。

「流石に不動。戦仕立てが綺麗じゃ。じゃが、できるならもうすこし時間かけて遣れんのか。首だけ切るとか、胴を真っ二つにするとか、ホンに芸がない」

とワシ様はフンと鼻で笑いながら、不満そうに言った。

「あまりにも数が少のうございましたので。ゆるりとやったつもりでございましたが、誠に失礼仕《つかまつ》りました」

「ワシやったらその程度の切れ味の悪い剣であれば、ゆっくりとばらばらにするんやけど。お前はえげつない。時間をかけへん。可哀想とは思わんか。すぐに粉にして地獄送りやで。もう少し考えてやれ。ここまで未練がましくおる霊体どもに、最後の現世の名残にゆっくりゆっくり切り刻んでやらんと可哀想と思わんか？」

ワシ様は不満そうにそう熊野弁で語りかけたが、不動明王は、

〈いったいどちらがえげつないのか判らぬ〉

と心の中で呟いた。それと同時に、恐ろしさも感じていた。

昔、話を聞いた事がある
まだ不動明王が生まれる、いや存在する遥か前にその事件はあった。御の母君のイザナミが黄泉の国に行かれた時、熊野で黄泉の国の陽の入り口を統括しておった《御》が「母に会いたい」と、無理やり黄泉の国に入ろうとした事があったという。統括者自らが入る事など決して許される事はなく、仕方なく出雲にある陰の黄泉の入り口からこっそり入ろうと思い移動している時の事、大山の麓にある川の支流でその地を統括していた魔将の一人の「ヤマタノオロチ」に会ったという。放って置けば良いものを、その「オロチ」は、

「我こそが魔将筆頭、我に勝てる者はなし」

と称したらしい。まあそれまではワシ様も許したのであろうが、どういう訳か気に入った女を取って食おうとしたという。それが逆鱗に触れ、その後のオロチに起きた惨劇は、今でも天空界の語り草になっていて、話す者も恐れると言う。

「何事じゃ！　何の騒ぎじゃ！　そうぞうしい！」

闇夜の奥から聞こえて来るおどろおどろしい声と共に辺りが一瞬暗くなり、二メートルほどある魔将第十六将が隣の部屋に姿を現わした。登場と共に隣の部屋全体が一瞬、緑色と紫色になるのが誰の目にも判った。目を凝らすと、ところどころに刀傷の付いた真っ黒な甲冑と兜が

見て取れた。僅かばかりの光がその影に吸い込まれ、それから弾けるようになくなった。神妙な顔つきで土下座をしていた死神が急に元気を取り戻し、立ち上がり、土下座する死霊を尻目に、急いで隣の部屋の方に走って行き、跪《ひざまず》いて直訴した。

「何を慌てておる。久しぶりである。何かあったのか？　お前が使いをよこすなぞ、今までなかったからな、急ぎ閻魔宮よりはせ参じた。本日は閻魔大王と百年に一度の酒宴での。魔将三十三将が呼ばれて、みなで飲んでおった。酒に酔ってはいるが、気にするな」

擦れた低い声がまるで木霊《こだま》のように部屋に響き、ざわついた風のような音になった。

「魔将様直々お出ましとは誠にありがとうございます。隣の部屋にいる者達が、我が配下を次から次に隠した次第でございます」

「隠しただと、どういう事じゃ？」

「見る見る、目の前からいなくなったのでございます」

「どれ位の数じゃ？」

「およそ、四千位かと」

魔将は声高々に笑った。

「あり得ぬ。あり得ぬ事じゃ、お前酔っ払っているのか？」

「いえ、酒は一滴も飲んではおりません。私の思うに、滅ぼしたというよりは、幻術か何かで隠したのではないかと。もしくは、これほどの力を持つのはどこかの魔将ではないかと思いますが」

「魔将？　魔将にはできぬ。そんな事を勝手にすれば俺様と戦争になる。それにもつけ、全ての魔将は閻魔宮にて今宴の真っ最中じゃ。こんなところにいる訳がない。まあ可能性としては、どっかの高僧か、神主、もしくは霊能者ではないのか？　じゃが、そんな奴らでもそれほどの数を隠す事も、まして滅ぼす事なんぞ、できはせぬ。どんなに力があったとしても、せいぜい十程度を成仏させるのが関《せき》の山よ」

　宴席を邪魔されたのが腹立たしかったのか、不機嫌そうに酒臭い息を辺りに吹き散らかした。まるで生ごみが腐ったような臭いが辺りを包んだ。死神もその臭いが耐えられず、思わず吐き気を催したが、それも失礼かと思い、吐き気を忘れるように声を張り上げた。

「誠でございます。決して酔ってはおりません」

　あまりにも真剣な顔付きの死神を不審に思って、隣の部屋の方に顔を向けたが、暗闇だけが横たわり、喧騒も感じられなかった。

「風体はどういう奴じゃ？」

「田舎者です。ワシ、ワシと言ってどこか大阪弁のような言葉を遣う、三十そこらの普通の小柄な若造です。その横には不動明王と名乗る大男の幻術師がおりますが」

　突如、魔将の顔色が変わり、怒りが闇の中から噴出した。

「何。不動明王様の名を騙《かた》ったのか。それは以《もっ》ての外《ほか》、恐れ多し。名乗る事さえ許されるはずもない。不動明王様の名が穢れる。ましてここは俺の統括地。いかなる者でも、我が死霊どもを滅ぼすとか、隠すとか、処分するとかは許されるはずもない。幻術であろうとなんであろうと、勝手な真似は許さぬ。そんな奴らはすぐに成敗し、地獄に落とそう」

目が怒りに満ちて、紫色と黄緑の色に変わったとたん、魔将の見た古びた電灯、戸棚、机等そこにある物全てが瞬時に朽ち果て、砂となり、どさりと音を立て床に崩れ落ちた。

「ありがたき幸せ」

死神は芝居がかった言い方をした。これで自分の面目も立つ。いなくなった霊体も姿を現わすであろう。

「そいつらはどこにおるのじゃ！」

「こちらでございます。御案内致しますので」

死神は一礼をして、隣の部屋の奥の方を手で差し示し、十六将の前を仰々しく腰を屈めて、歩き出した。その後を魔将がゆっくり、ゆっくり移動した。闇夜の中を残された僅かばかりの光を吸い込みながら、黒い影が部屋の端から端に流れるように動くその姿は、暗闇の中であってもはっきり見て取れた。死神はその目を出来るだけ見ないように、下を向いたまま足を速めた。その目を直視したら、自分でさえ地獄に落ちるであろう。それを本能的に感じ取っていた。

「ただでは済まさぬ」

魔将は独り言のように怒り、ノシノシと歩きながら、腰の剣を抜き放った。紫色の光が部屋中に広がった。不気味な光は部屋の床を無造作に切り裂き、コンクリートの粉塵が舞い散ると、やがてミシリと音を立て、割れ目を作り出した。その音に時々外から聞こえて来る虫も鳴くのを止めた。

「お前らはいったい何ものじゃ！　我が配下の死霊をどこに隠した！　直ちに出せ！　さもなくば、八つ裂きにし、地獄に落とすぞ！　誰あろう我こそは魔将第十六将、閻魔大王の筆頭先触れにて死霊百億の統括、さらには死神百万の統括よ。ひれ伏せやひれ伏せ！　逆らえば地獄の業火で燃やそうぞ」

手術室に入るなり闇の奥に立つ二つの影に向かって、剣を正眼に構えおどろおどろしい声を張り上げた。

声が部屋の端に向かって流れた。

普段、その声を聞くだけでも、辺りのものは朽ち果て、生を成す全ての者が恐れをなすはずである。ただ、今回はいつもとは様子が違い、発せられた言葉は二つの影の手前で力を失うと、床に落ちて消え、粉のようになくなった。手に持った地獄刀もその異様な光を失い、石のようになり、魔将の手の上に山のように重く伸《の》しかかり、持つ事さえも難しくなった。何とも言えない力が、身体全体を包み込み、まるで押さえ込むかのように、立っているのもままならない状態になった。

同時に奥から地響きに似た、低い、それでいて遠雷のように隅々まで行き渡る声が、部屋の中を走り抜け、魔将の全身を包み込むように降りかかった。

「ワシじゃ」

瞬間。

魔将は恐怖した。

恐怖が体中を走り、全ての毛穴が開くような感覚に襲われた。この数千年、いや数万年経験をした事のない恐怖が、地響きを上げて駆け上がって来る感覚に襲われたので、無意識のまま慌てて剣を床に投げ捨て、這いつくばるように土下座した。

死神は、初めはあっけに取られるように立ちすくんで見ていた。が、自分だけそのままでいるのもおかしく思って自分も魔将と同じように土下座をした時、横から魔将の呻《うめ》くような腹の底から搾り出す声が響き渡った。

「そのお声は、もしかして出雲様ではございませぬか。こんなみすぼらしいところに、そのような醜いお姿をして見間違えました。御無礼の言、恥ずかしき限りでございまする。いやはや今を去る事二百数十年前、神有月のお祭り際、閻魔大王様よりお声をいただき、御殿の外のお庭の池端にお招きいただき、誠にありがとうございました。我が身晴れての栄誉でございまする。さらにその際、頂戴致しましたあの百八将様に準備されたと言う、二一の間の御酒を一垂れ、自ら庭先に出られ、注いでいただきました事、終生忘れえぬ思い出になっておりまする。その味、正に甘露。我々下郎にはあまりある光栄。今もなお、下々の鬼どもにも、あの時の感動と興奮を地獄の酒宴の時には伝えておる次第、本日も閻魔大王様と魔将三十三将の宴の席にて、その話ご披露させていただいておりましたら、皆の魔将に羨ましがられた次第。誠にありがたき光栄でございました。それに隣にいられますのは、噂に聞きまする不動明王様、お初にお目にかかります。先ほどの出雲の祭りの時に、神殿の奥に鎮座されておられ、御酒を御飲み遊ばせられた姿を、遥か彼方に拝見させていただいた記憶がございまするが、こんな近くでお目にかかれるとは、なんと善《よ》き日。恐悦至極、今後我が生涯におきまして魔将連中の間で語り草にさせていただければ幸いです。地獄の亡者の噂で、その慈悲深き事は、海の深さより勝ると拝聴させていただいておりまする。さらに最近では鬼どもに代わりて、地獄の亡者どもを炎熱地獄に送る練習をされておられるとの事。その温かさと慈悲深さ、それに厳しさをお持ちになられるそのお姿は、誠に軍神中の軍神と言われる由縁でございましょうか。御目にかかれるだけでも誠に幸せ。それも遠路遥々出雲様に御同行とは御苦労様でございます。こんなむさ苦しきところにおいで遊ばせられるとは。恐れ多きこと。いや誠にて我が身の栄誉でございまする」

そこまで一気に話すと再び頭を下げ、下を向いたまま言葉を継いだ。

「ところで本日はなぜこんなみすぼらしいところで、いったい何をされておられますのでしょうか？」

　質問の答えの代わりに、ワシ様の威厳のある静かな声が、部屋の中をするりと走り抜けると、静寂が周りを包み込んだ。

「十六将よ、久し」

「はは」

「直言許す」

「はは」

　十六将はさらに平伏した。

　声が再び響いた。

「先ほどお前が部屋に入るなり、地獄に落として業火に焼こうと言うたが、もしやそれはワシの事か」

「滅相もございません。地獄の業火をお造りになられたのは、あなた様ではございませぬか。その方をどのようにして。考えるだけでも恐れ多し事」

「そうじゃった、ワシじゃった。忘れておった」

　ワシ様は楽しげに笑った。

「失礼の段、平にお許しを」

　ワシ様はそれには答えず、静かな目をした。

「ところで、こいつはお前の下か？」

ひれ伏す死神の方をあごで示した。十六将は少しだけ頭を上げ、目を合わせないようにしながら、大声で叫んだ。

「は。こいつと申しますと、この死神でございましょうや。ただ今この地域の墓守をさせております。御承知のように、死んだ者がすぐに裁判を受けない場合は亡霊となり、現世をうろろ彷徨《さまよ》い歩き、人間の害になりますのでこの者を使いて、地域を治めておりまする。言わばゴミ溜めの管理と申しましょうか」

ワシ様の見据える視線が、まるで洞窟に差し込む光のように、毛穴の一つ一つ迄入り込むのを魔将は恐れながら言葉を選んだ。


「誰が許可した？」

重い声が再び魔将の上に伸《の》しかかった。

「は。閻魔大王様に許可をいただいておりまする。何分、最近地獄に来る亡者どもの数が増えたため、順次裁判にかけるように取り計らっておる次第」

「外に出すのもか？」

「外にと申しますと？」

「この世にじゃ」

「いえ。管理だけでございまする」

「そうじゃの。外に出すには誰の許可がいる？」

「あなた様でございまする」

「そうじゃの。ワシじゃ。ワシの統括じゃ。許可なくして外に出すのは、ワシへの反逆じゃの」

「反逆とは滅相もございませぬ。反逆するものは、もはや天上、天下広しと言えども、蟻一匹おりは致しません。しかしてこの者が何か致しましたでしょうか？」

魔将の声が自ずと震えた。これほどの詰問をされる以上、自分の責任も問われかねない。

「おもろい芸をする」

ワシ様ははじけるように笑った。

「おもろい芸でございまするか？」

「そうじゃ。芸じゃ。部屋の端まで飛ばされ、危うく魂を奪われるところであった」

その雰囲気を察したのか、魔将は死神の方を向き、睨み付けると叱りつけた。

「まさか、お前の言うはぐれ魔将とか、不動明王様を名乗る幻術士とはこの方々の事か！おい、この御方に何をした！それよりここにいる亡者どもはなんだ。俺の許可なくして外には出さぬ事になっておるはず。勝手に動かしたのか」

「動かしたというよりは、散歩みたいなものでして」

死神は作り笑いを浮かべながら、頭を掻いた。

「たわけものが！　笑い事で済むと思うのか！」

その怒声に恐れをなしたのか、状況をようやく理解したのか、死神は笑うのを忘れ、頭を低くし、床に這いつくばった。亡霊達も、前にもまして頭を地面に擦り付けた。それから俯いたまま、搾り出すような声を地面に叩き付け、魔将の方に向くと恐る恐る尋ねた。

「ところで、こちら様はどなた様でしょうか？」

十六将は唾を飛ばし、再び怒声を頭の上から降らせた。唾が死神の頭に降りかかると、高温となり薄くなった頭を焦がしたが、死神は恐れのあまりその痛みに耐えた。

「馬鹿かお前は。こちらにおられる方こそ、あの出雲の神々百八十万の長であり、伊勢筆頭侍大将にて黄泉の国、地獄の最高責任者にて、我々魔将三十三将の総統括。さらには閻魔大王様をして「兄上様」、はたまた人をしては大魔王と呼ばれる……」

「おい」

声が飛んだ。

「口が過ぎる。誰が説明せい言うた」

言葉は一陣の風になり、魔将の兜を部屋の端まで吹き飛ばすと、空中で跡形もなく粉々に砕け散った。その声に恐れをなし、魔将は再び地面に頭を擦り付けると、コンクリートの床が割れ、粉塵が舞った。その姿を見て、自分の置かれている状態が理解できたのか、死神に何とも言えない恐怖が生まれた。

「平に平にご無礼、どうぞお許しくださいませ。まさかあなた様のような方が、このようなむさ苦しい廃屋においで遊ばされるとは夢にも思いませんでした。今後このような事は二度と致しません。どうかご勘弁を」

ワシ様はそれには答えなかったが、目の色がさらに怒りを含むと、部屋全体が暗闇のように光を閉ざし、辺りを覆いつくすと、今まで見た事のない漆黒の闇が降り注いだ。その暗黒を見て、死霊達はさらなる恐怖を感じたが、もはやどうする事もできないでいる。

「下郎。話すな耳が穢れる」

死神とそれを取り巻く千の霊体は、その言葉に向かってさらに頭を地面に埋まるほど擦り付けた。そうしないと、その闇が体中に染み透り、細胞の一つ一つまで叩き潰すのであった。それは魔将にも認知できた。

「私の方で墓守は解任し、すぐさま地獄に落としますので、何分ご容赦のほど宜しくお願い申し上げます」

魔将は下を向いたまま声を張り上げた。木霊《こだま》が木霊を生んで共鳴し響き渡ったが、一瞬の声がそれを静寂に戻した。

「直言許さず」

ワシ様が目を見開くと、その目の光が一段と増し、その闇を切り裂くと驚いて頭を上げた二百人ほどの死霊達は消えてなくなった。先ほどの雰囲気とは違い、今度の言葉には隙がない。恐ろしさというよりはむしろ威厳だ。十六将もさらに頭を地面に擦り付けたが、これ以上頭を擦り付ける事は出来なかったので、頭の半分が床に埋まった。辺りの者達もそれにならった。誰もが恐怖でそうしないといられなかった。

　その様子を見下ろしながら、不動明王が不思議そうに尋ねた。

「ところで魔将の言うとおり、なぜ、御自からこんな肥溜めみたいなところにお越しになられたのですか？」

「ワシが来とうて来たんやない。このアホな人間に連れて来られたんじゃ。《肝試し》らしい。お前の選んだ奴じゃぞ。実にくだらない、くだらな過ぎじゃ」

　それを聞いて不動明王は思わず噴き出した。

「御が肝試し、ですか。御でも怖がるものがあるのですか？」

「ワシと違うがな。こいつやこいつ。お前の選んだこのカスじゃ。こいつとやな、そこに寝てる奴らおるやろ。それが来たんやな、こんな汚いところに来んでもエエのに」

　と自分を指さしながら、疲れた表情をした。

「それはお気の毒でございました。それではもう下界もお嫌になられたのではありませぬか？」

　そう言って不動明王は笑った。

「何を言うてるねん。おもろいで。こっちの世界は。充分楽しんでおる。それより、お前は誤解している。ワシにも怖いものはある。大きな声では言えんが、伊勢様とワシの娘、それと嫁さんやな。この方々には今でも頭が上がらん。まあ、そんなんはどうでも良い。しかし、今回はこの忍耐強いワシでさえ、堪忍袋の緒が切れたんじゃな。なんとこいつワシの魂が欲しい、と言いおったわい。それは怖かったぞ。魂取られたらどうしようと思ってしもうた。なあ十六将よ、お前もこんな汚らしいおっさんが暗闇から突然現われて、「魂くれ」言われたら怖いやろ。若い綺麗な娘ならちょっとは考えるけどな」

声は笑っている。

「忍耐強いとは、御には似付かわしくないお言葉で。この数十億年の間、忍耐なぞされた事はございませんでしょう？」

不動明王は笑いを噛み殺した。忍耐という言葉が出た事が面白かった。

「こっちに来て覚えたんじゃ。このアホのお陰でな。忍耐という言葉は、ワシのイメージにぴったりと思わんか？」

と半ば怒るように、それでいて笑みを浮かべながら言った。

不動明王はそれには答えず、笑いながら、

「それではこのたびの休暇も、あながち無駄ではありませんでしたな」

「無駄も何も、実におもろい。それに今日は、初めてこんな経験をさせてもろうた。死神程度に魂を取られそうになるとはな。はははは。十六将の教育も行き届いておるわ」

魔将は頭を上げ、自ら投げ捨てた剣をつかんだ。自分の手で死神を切らねばこの場は収まらない、いや、処分しないと、自分も粉にされ、炎熱地獄に落とされる危険を感じていた。

「馬鹿者が！　このお方の魂が欲しいだと、恐れ多し。八つ裂きにしてくれよう。いや八つ裂きでは気が済まぬ」

手にした剣が異様な光を取り戻した瞬間、はずみで床が割れ、行き場を失った切っ先で、ひれ伏している何十人かの死霊達の胴と首が二つになった。

「待て。処分するな。お前も短気はいかん。忍耐じゃ、忍耐。ここにいるボケどもも、ワシに関わらんかったら良かったものの。それにこのアホも肝試しに来んかったら、お前らもこんな目に遭わずに済んだものを。実に可哀想ではないか。死神の何とかよ、そうは思わぬか」

死神は、無意識に二、三度頷いた。

ワシ様の顔が思わず怒りに歪んだ。

「お前、もしかしてワシの言葉に頷いたのか！　誰が、直言許すと言うた。これ以上の無礼は許さぬ。直言は百八将以上の者との決まり。この無礼者めが！」

低い声が再び全てを支配した。

「誠に申し訳ありません。何分下郎故、教育ができておりませぬ。私の不注意。どうかご容赦を」

魔将は頭を床に擦り付け、再び絞るような声を上げたが、それを無視するように、ワシ様は、何事もなかったように温和な顔になり話し続けた。

「それではお前が責任を取るのか。ワシが怒ったら怖いぞ。それでも取れると申すか？」

魔将は下を向いたまま黙り込んだ。万一自分の軍である死神百万と死霊百億、それに配下の鬼どもを全部動員し攻撃をしかけたとしても、瞬時に全滅するだろうし、まして死ぬだけでは収まらない。仮に反乱罪に問われる事があれば百万年、いや一千万年もの間、あの炎熱地獄から出る事さえも許されないであろう。事実、炎熱地獄で蠢く元神や魔将を見た時のあの恐怖は、語る事のできない残酷なものであった。

ワシ様は笑みを浮かべた。

「まあ恐れるな。なんと忍耐の素晴らしき事。お前には責はない」

魔将はさらに頭を擦り付けた。

ワシ様は続ける。

「今回は忍び故に、初めはこのまま帰ろうと思っておった。この世で覚えた忍耐の賜物じゃ。それがな、不動が剣を使うのを見てまあ興奮したんやな。戦は実に美しい。美というものでは、あの富士の山に匹敵するかもしれぬ。それを見せられ、ワシも久しぶりに剣を抜きとうなった。血が騒いだ訳よ。まあ久しぶり故、十握剣《とつかのつるぎ》は出しては見たが、切れ味が良すぎて、何の切れ味も楽しめなんだ。エエか。これはワシの責任じゃないぞ。お前らの仕業《しわざ》じゃからの。抜いた事、決して伊勢には言うなや。秘密やど。あの姉君はどういう訳か、ワシが剣を抜くのを嫌がるからの。どうやら昔の悪さを思い出すらしい」

そう満面の笑みを浮かべながら、右の拳をグーの形に握ると、スーと空間に二メートル位の剣が姿を現わした。薄く半透明であるが、遠くから見てもそれが剣だと判かる。

「ええ剣やろ。土雲《つちぐも》じゃ。実にいい匂いがする」

剣をまじまじと眺め、それからそれを鼻の前にかざして、匂いを懐かしそうに嗅いだ。「土雲」は黄泉の国を統括するために母イザナミからもらったもので、主として罪を犯した魔将や鬼の首を刎ねる時に使う。鬼の血が剣について、土が腐ったような臭いを発している。それで土雲と呼ばれるようになった。魔界では誰もその剣を《土雲》とは言わず、《血雲》と呼んだ。一度その剣を見た者は、どう逆らおうと首が刎ねられる位置に自然と動くという。どんな魔であっても、それを目にするとひれ伏す黄泉の国の伝説の刀である。

その姿を見て、不動明王も第十六将も言葉を失った。言い伝えでは聞いていたものの、まさかそれをこんなところで出すとは思わなかったからである。

「どうぞ御慈悲を」

第十六将は再び剣を放り出し、土下座した。一緒に残りの死霊が一同無意識に頭を床にすり付けた。が、ワシ様はそれに見向きもせず、ただ五味と名乗った死神に向かって、

「ワシはなんと慈悲深いのであろうか。これで切られるとお前も一人前の魔や。ついに仲間入

りやの。まあ魔というても魔界ではなく、炎熱地獄じゃけどな。知っておるやろ。さっき言うてたもんな。噂に聞いた事もあるやろ。鬼さえ、いやそこにおる魔将さえ恐れる場所よ。一旦ここに行くと、地獄さえ天国に思えるらしい。これで切ったら何の躊躇いもなく炎熱地獄じゃ。お前も幸運やったの。実はワシがそこの統括。閻魔には地獄を統括させたが、あまりにもえげつない場所なんで、ここは伊勢の命にてワシが自ら治めておる場所。そこに送ってやろう。それに、お前ごときにこの剣を使う寛大さ。なんとワシは優しいか。これはやはり美学であろうか、なあ不動よ」

と闇の中から湧き出るような、嬉しそうな笑みを浮かべた。それを見たとたんに不動明王も背筋が寒くなった。天をも恐怖したあの《破壊神》が蘇るかとも思えた。

「十六将はどうや？　この剣、実に綺麗な刃ではないか。それにまた良い香りがする。そうやろ？」

「御意」

「嗅いでみるか？　いい匂いじゃぞ、腐った土の臭いがする」

ワシ様は目を瞑り、鼻の前にそれをかざして、懐かしそうに手にかざしながら香りを楽しんでいる。

その言葉を聞いて、魔将は恐怖のあまり動けなくなった。

「結構なお誘いでございまするが、私には申し訳なく、恐縮ですが遠慮させていただければと！」

俯いたままその血の腐ったような臭いから逃げようと、叫ぶように言った、その剣を見れば引き込まれるように、首が刎ねられる事を感じていたから、ただただそれを見ないようにしていた。

「そうか、残念じゃ。ところでこれを使うところを見たいとは思わぬか？　遠慮は要らぬぞ。言え、言わずともお前の心は手に取るように良く判る。この剣を使うのが見たいじゃろ、そうじゃろ。最近はホンマに使うてへんからの。最近ではお前ら魔将の間ではこの切れ味、酒の席では語り草になっておるらしいではないか。確かお前も魔将第八将と酒を飲んでおる時、この剣の話になったの。知っておるぞ。四百年ほど前の事じゃ」

ワシ様は満面の笑みを浮かべた。

「おっしゃる通りでございます。良く御存知でおられます」

「当たり前じゃ。お前等の会話は、全部ワシのところまで上がって来る。あの時確か、お前、本当に見るだけで首が自然に刃の前に出て、首が刎ねられるかどうかとアイツと議論しておったな。確かお前はそんな事はない、と奴に言ったはず。良い機会じゃ、やってみやせぬか？おもろいど」

「どうか御容赦を」

魔将は恐怖のあまり、途切れ途切れの声を腹の底から出した。先ほどから自分の首が刃の前に行こう行こうとしているのが判っていたし、その剣で首を刎ねられたら、どれだけ気持ちが良いか、という妙な感情を理性で抑止していた。

それを制止するように、不動明王が慌てて会話に割って入った。

「遣り過ぎではございませぬか。普通の死神や死霊にはあまりにも酷でございます。地獄、いや粉にして地獄の下まででしたら落とすのは構いませぬが、その剣をお使いになられるのは、あまりにも度が過ぎているようで。使われるのは、反逆をした魔将、そして鬼の極刑の処罰のみかと。それにこのたびの間違いは、あくまでも、部下の死神が魔将の許可なくして、勝手にやった事。十六将には気の毒だと思われます。またその剣を直々お使いになられるような事がありますと、百万年以上炎熱地獄から抜け出る事あたわず。それは人間上がりの死神とて同じ事。あまりにも可哀想でございます」

それを聞いて、死神はさらに恐れた。神々や魔将でさえ恐れる剣で切られるとどうなるのか、瞬間恐怖が走り、それから自分のした事を後悔した。存命中、何人かを押し込み強盗で殺した時でさえ、恐怖というものを感じた事はなかったし、反省すらした事はなかった。磔獄門と言われても怯える事もなく、奉行に唾を吐きかけたくらいの心意気はあったし、死後その残虐性を買われ死神に昇格し、この二百年の間で五千の死霊の指導者の威厳を持ち、何人もの人間を殺すか廃人にして来た。それが唯一の楽しみでもあった。だから恐怖というものは、彼の中では存在しなかった。それが今では、計る事のできないほどの恐怖が、彼を覆っていた。

「この剣はの、ワシのおかんが十握剣《とつかのつるぎ》じゃと魔将や鬼を切る時に、穢れるからあかん、言うてくれた大切なものじゃ。お前もワシに会えて幸せやったやろ。これで斬られるその喜びは、想像を絶すると思う。まあ、まずはそこに控えておる霊体共から処分するかの」

そう言って、持っていた剣をおもむろに一閃させた。剣を軽く振ったというよりは拳を動かした。八百近い死霊が姿を消すと同時に土の腐った臭いが辺りに散り、空間がさらに広がり、少しだけ部屋が明るくなった。

魔将も死神も再び地面に頭を擦りつけた。顔が地面にめり込み妙な音を立てたが、それに一瞥もくれずに、剣の刃を鼻の前に近付け、嬉しそうに話しかけた。

「久しぶりに良い匂いじゃ。この香りじゃ。なあ不動、やはり戦は良いの。お前もこの剣の匂いを嗅いでみるか？　実にいい匂いじゃ」

不動明王は黙って首を横に振った。土の腐ったような血の臭いはあまり好きではなかったし、死霊の処分の仕方はどうでも良い事であったが、ワシ様の満面の笑みを見て言葉を失った。あの神界でも今では伝説となった《破壊神》がそこにはいた。一度この神があばれ始めるならば、誰も止める事はできず、天はさけ、地は割れるであろうし、地上にいる全ての生物は、その瞬間に姿を消してしまうかもしれない。

「お怒りはそれにて、残りは私が遣ります。この死神は炎熱地獄に落としますので。これにて剣を御収めいただければ幸いと存じまする」

不動明王は思わず言葉を口にした。

「否！」

切れるような声が病室中に響いた。

怒りを含んだ目がさらに怒りを含むと、側に控える不動明王でさえ恐怖を感じた。

「ワシがやる。こいつもそれを望んでおる。なあお前、望んでおるやろ？　遠慮はいらぬ、望んでおるやろ？」

死神が何か言おうとした瞬間。

「直言許さず！」

と一閃、光が走った。

土の臭いが辺りに四散した。五味と名乗る死神は、身体の胴の中央から真っ二つになり、下半身は姿を消していたが、まだ意識は残っていたので、残り半分になった姿を信じる事ができないでいた。

「可哀想に。半分になってしもうた。ちょっとは怖いか、怖いやろう。エエか人間は死ぬ事はできる。されどお前らは死ぬ訳にはいかん。人の苦しみ、悲しみ、命、それらはワシらの決める事で、お前ら死神や死霊が勝手に決める事ではない。今まで何人も人を殺して来たんやろ。死んだら終わりじゃと思うておったようじゃが、違う。この通り現実がある。こんなゴミ溜めに、好奇心だけで来る奴も確かに悪かろう。が、人間の自由意志を妨げる事は誰にもできぬ。

それはワシらにもできぬ。それをお前のエゴで殺し、不幸にした事、とうてい許す訳にいかぬ。しかしながら、ワシは忍び。これも慈悲じゃ。半分残しておいてやる。その姿で炎熱地獄に行け、永久にな。あそこに行けば、お前の犠牲になった人間どもの気持ちも判ろう。まあ感じる余裕があればの話じゃが」

その言葉が終わると同時に、死神の姿はなくなり、部屋の中がさらに明るくなった。

「面白うない。これだけかい、少なすぎる」

ワシ様は吐き出すように言うと、次に魔将の方をじっと睨み付けた。その目を見ると一瞬にして粉になると思ったから、魔将は上を向く事もできずに頭を低くした。

「将よ、今日は忍びじゃ。それ故今回は許す。同じ間違いを起こす事あれば、アイツと同じ目に遭うぞ。良いな。それとも暇つぶしに、そこにあるお前の剣でワシの相手でもするか。何ならお前の配下百億の死霊と死神全部とでも相手になっても良いが、どうする？ 退屈しのぎよ。何秒持つかやってはみぬか」

ワシ様は、剣をとぐように手の平の上でゆっくり動かすと嬉しそうな声を出した。

「滅相もございません。恐れ多き事」

「つまらん。もう去《い》ね！」

不機嫌そうな吐き捨てるような低い声と同時に、十六将は怖れに震えながら、声も立てずに土下座したまま姿を消した。辺りは一段と静かになった。誰もいなくなった部屋に、二神だけが残された。

「数は少なかったが面白し。またやりたいの。今度は千億くらいおらんかの。不動、どっかで探して来いよ。それに肝試しできるところがないのかの、どこか知らぬか？　これだけ肝試しが面白いとは夢にも思いもせなんだ」

「いかに忍びと言われましても、この件、地獄の端々まで行き届くはず、ワシ様が来られると判れば、恐れいってたぶんどこに行かれても死霊や死神は出て来る訳なく、間違って出て来る事あるなら、いかなる場所でも聖地になりまする」

不動明王は声を出して笑った。

「浮世も退屈じゃの、面白うない。そうじゃ、あそこに金縛りになっておるあの男助けてやれ。こっちの女は無事じゃ、気を失っておるだけだ。ワシはまたこのアホに戻る」

ワシ様は思い付いたように話した。

「さっきも言うたが《十握剣《とつかのつるぎ》》と《土雲剣《つちぐものつるぎ》》の事はくれぐれも伊勢の姉には内緒じゃぞ。どういう訳かすぐに暴れると勘違いされる。それに娘にもじゃ。すぐに怒りおる。怖いんやど、ああ見えて。誰に似たのか知らぬが、短気じゃ」

「御意」

不動明王が一礼をした。ふと気が付くと、霊体達が姿を消した部屋に一人小さな赤ん坊をしっかりと抱いた髪の長い女性の霊が、うずくまっていた。恐れのあまり身体中震えている。

「不動、そうそう忘れておった。あそこの子供を抱いたあの女。どうも可哀想な死に方をしたらしい。旦那に捨てられて自殺し、それにここにも誘われて来たようじゃ。何分自殺するのは大罪ではあるが、あいつらと一緒に炎熱地獄に落とすには気の毒、一緒に連れて行って裁判にかけてやれ」

それを聞いて不動明王は、その心遣いに安心し、嬉しくなった。

「御は残酷なくせに、ほんに優しい方じゃ」

「残酷はよけい。仕置きは仕置き。ちゃんとしておけ。閻魔のところには直接お前が連れて行け、ワシからよしなにと伝えるように、そうすれば刑も軽くはなろう。それと、今度一緒に酒でも飲もうとも伝えておいてくれ、今日の酒宴は、主賓で招かれておったのじゃが、黙って参加せんかったからな。急用で悪い事したと伝えてくれ。ワシが下界に来ておる事は、内緒じゃぞ、良いな」

きついが、優しい声が周りを覆うように通った。

その声を聞くと子供を抱えた女の霊体は、頭を地べたに擦り付けるようにもう一度深く頭を下げた。泣いているようだったが、それを見るのが嫌だったのか、一言小声で付け加えた。

「後五十二日、楽しむぞ」

朝日が差し込むと、廃墟の病室の中も、昨日とはまるで違った風情になった。瓦礫の山も日光に照らし出された場所は、まるで全てを明らかにするようにどこにでもあるコンクリートの塊となり、黙りこくったままそこにあった。差し込んだ強い日差しは、空中に漂っている微細な埃を照らし出し、ゆっくりした動きを、まるでスポットライトに浮き上がらせるように明確にした。

僕は、朝方近くになって病院の床に転がって、気を失っているのに気が付いた。昨日の事件全てがまるで夢のようで、何が起こったのか良く理解できていなかったが、体中についたアザと傷からそれが事実だった事がようやく理解できたし、命があるのはワシ様のお陰であるとは何となく判ったが、まるで悪い夢から覚めたといった感じだ。ふと横を見ると、差し込んだ朝の日差しの中に高橋が隣で眠るように気を失っているのが目に留まったので、埃まみれになった服を二、三回手で払ってから彼女にゆっくり近付き、両手で彼女の体を揺らした。声をかけながら、体を二度、三度揺らした。気を失っていた彼女は、薄目を開けて差し込む日の光を眩しそうに手で覆った。

「ここはどこなの？　昨日、中年の幽霊に襲われて気を失ってしまって、それから記憶がないけど、今でも怖い。あれは夢だったの？　違うよね？　怖い」

まるで独り言のように呟いて、彼女は僕にしっかりと抱き付いて来た。混乱した頭の中で何が起こったのか判らなかったけど、こんなチャンスはないと、彼女をしっかりと抱きしめ返した。彼女のくびれたウエストが、僕の腕に納まった。

「そう、木村先生がどこなのか捜さないと」

腕の中で彼女が言った。僕はもうちょっとこの状態でいたかったが、そういう訳にもいかずいやいやながらも動く事にした。太陽の光がさらに差し込み、今では明るくなった病室内に目をやると、壁際にうつ伏せで倒れている木村に気が付いた。ピクリともしていない。僕達は恐る恐る近付いた。ふと気が付くと、木村の傍らの床にビデオカメラが無造作に落ちていたので、それを拾い上げると中から素早くテープを抜き取った。木村の生死よりも、その方が大切だった。テープの中には僕が記憶をなくした後の事が取られているかもしれないからだ。しかし、僕がどうだったかという好奇心と、一方でワシ様が映ってるかと思うと見てみたい衝動に駆られたが、どんな事があっても、見てはならない気がした。そして、木村には絶対に見せる事はできないと思った。

「もしかしたら、昨日の中年の幽霊が撮れてるかもしれないわね？」

ポケットに入れるのを見て、彼女が思い出したように言った。

「そうかもしれないけど、見ないでもいいものを見て、祟られたり、呪われるといけないから、消去しよう」

僕は、彼女がそれに興味を持つのを怖がっていた。成り行き上、見たいというなら見せない訳にはいかないが、たぶんそこには《真実》が映っていると考えたから、できる限り早く消去したかった。でないと、ワシ様に申し訳がたたない、そう感じていた。

「それもそうね、実際昨日の事を思い出すだけでも怖いから。消去した方が良いかもしれないわね。それより、他の人達はどうしたのかしら？　あれからだいぶ時間が経っているけど、まだ外にいるのかしら？」

「ここじゃ判らないいけど、多分警察を呼びに行ってると思うよ。そうするように指示して病院の中に入って来たから。それより、木村先生を早く起こさないと」

木村の肩に手を添えて外に出ると、木々の間から朝日が差し始めていた。車はそこになかったが、代わりにサイレンの音がして、パトカーと救急車がこちらの方にやって来るのが目に入った。

人間というのは不思議なものである。現実は現実として存在しながらも、それが目の前に現われると、信じようとはしない。どれだけ自分が寛大な男だと信じている人でも、たぶん同じだろう。僕もそうだった。

一昨日のショックがあまりにも大きく、日曜日は人と会いたくなくて家から一歩も外には出る事ができず、テレビを見ながら一日中ゴロゴロしてた。こんな事はあの事故前には良くあった事だったが、ワシ様に満足していただこうと休日はいろんなところに出かけた事もあり、家にいるのは久しぶりで、新鮮だった。違うと言えば、汚いワンルームではなく、東京湾が見晴らせるマンションである。気持ちが良い。風が海を伝って時々入って来た。

昨日の腕の怪我は出血こそあったが、思ったより軽かったので、八王子総合病院で縫合する事もなく、傷の上に大きな絆創膏を張ってもらった。木村先生と言えば、よほどショックが大きかったのか、自分の病院に運び込まれたのが恥ずかしかったのか、そのまま入院する事になった。運び込まれた時、理由を言うのを躊躇ったのか、説明が面倒だったのか良く判らないが、急性アルコール中毒という理由で入院をしたという。その時はアルコールも抜けていて、点滴を受けてから一応検査入院という事で検査は受けたらしいが、周りの看護師からは「先生余り飲み過ぎないように」と注意を受けたらしい。僕自身も、頭の中では「神様」と話はした事があったけど、実際にあんな異形《いぎょう》なものと遭遇するなんて夢にも思っていなかったし、実感のない世界から現実の世界に引き戻される貴重な経験だったから、興味はない訳ではなかったが、本当のところ不気味でもあった。あの時回収したビデオテープは、テレビの横に無造作に置いていた。見るつもりなら、いつでも僕のビデオカメラと接続して見られるが、それはどうしてもできないでいる。

現実逃避。

そう考えられても仕方がない。僕はその一連の不思議な感覚の中で生活していた。

二人の女性

月曜日に会社に行くと、高橋が僕の机の方に近付いて来て、満面の笑みを浮かべた。僕はそれに戸惑った。かつて女性に話しかけられた事なんてない。まして微笑みかけられる事なんかなかったから、どう反応をしたら良いか判らなかった。彼女は、「加藤さん、金曜日はありがとう、助かりました」と丁寧にお辞儀をした。

「そんな事ないですよ」

「だってあの時、加藤さんがあの死霊に立ち向かってくれていなかったら、私は絶対死んでいた、首を絞められて。加藤さんの勇気には感謝しているわ、普通なら絶対助けてくれないから。だから、少しだけ加藤さんの事見直しちゃった」

高橋は声を上げて笑った。

「大声で話したら駄目だよ」

僕は小声で叫ぶように言うと、慌てて人指し指を口の上に当てた。金曜日の出来事は、僕と高橋だけの秘密である。奥谷や藤田には病院で迷った事になっているから知られる事はないが、いったいどんな噂が立つかも判らないし、ワシ様の秘密を知られる事にもなる。

「だけどあの後大変だったじゃない。木村先生は入院するし、私達は何が起こったか警察に病院でしつこく聞かれるし。もうちょっとで住居不法侵入で逮捕されそうになったんだから。全部木村先生のせいよね」

高橋は怒っていたが、僕は少しだけ木村に感謝した。だってこうして仲直りできたから文句はない。

「本当に無事に帰れて良かったよ。あんなところから、僕も生きて帰れるなんて思っていなかったから」

僕は、右腕に貼った絆創膏を差し出すように見せると、高橋は痛そうに顔をしかめた。

「大丈夫？」

「うん。病院で運び込まれた時に消毒されただけだから。別に縫ってもいないし」

「なら良かった」

「だけど川崎さん達も、道に迷わずにもっと早く助けを呼んでくれたら良かったのに」

「しょうがないさ、彼らも一時間くらい待って助けを呼びに行ったらしいけど、街灯一つない、あの曲がりくねった山道だから道に迷って、なんか警察に連絡が付いたのは、朝の六時頃だったって言うし」

「まあ、それじゃしょうがないよね。ところであのビデオ見た？　木村先生のカメラに入っていたビデオテープ」

「見る訳ないよ。そんな怖いの」

僕は強く否定した。

「だって、私はあの幽霊見て、怖くて気絶したじゃない。あの後いったい何があったの？」

興味のせいか、高橋の目が大きくなった気がした。

「判らないよ。僕も気を失ってたんだから」

話を逸らすように笑った。彼女は、僕のから笑いには反応を示さないまま、真剣な眼差しをしてこちらをじっと見た。

「加藤さん、好奇心は起きないの？　あのビデオに映ってたものが何か」

「ないよ。怖いから」

「そう？」

と落胆したような声を出した。

「実は私も怖いんだけど、ちょっとだけ見たくって。だって、結果的には三人とも無事に帰れた訳なんだから。あそこで何があったか知りたくない？」

僕は戸惑った。無事に帰れたのはワシ様の力であるのは判ってはいたけど、気を失った後で何が起こったのか見てみたいという好奇心がないと言えば嘘になる。ただ、一人で見る気にはどうしてもなれなかった。

「二人で見ない？」

高橋の目が、子供のように輝いた。

料金受取人払郵便

新宿局承認

7219

差出有効期間
平成21年8月
31日まで
(切手不要)

郵便はがき

1608791

843

東京都新宿区新宿1－10－1

(株)文芸社

愛読者カード係 行

ふりがな お名前				明治 大正 昭和 平成 年生 歳	
ふりがな ご住所	□□□-□□□□			性別 男・女	
お電話 番号	(書籍ご注文の際に必要です)	ご職業			
E-mail					
書名					
お買上 書店	都道 府県	市区 郡	書店名	書店	
			ご購入日	年 月 日	

本書をお買い求めになった動機は?

1. 書店店頭で見て　2. 知人にすすめられて　3. ホームページを見て
4. 広告、記事(新聞、雑誌、ポスター等)を見て (新聞、雑誌名　　)

上の質問に1. と答えられた方でご購入の決め手となったのは?

1. タイトル　2. 著者　3. 内容　4. カバーデザイン　5. 帯　6. その他(　　)

ご購読雑誌(複数可)	ご購読新聞
	新聞

文芸社の本をお買い求めいただき誠にありがとうございます。
この愛読者カードは今後の小社出版の企画等に役立たせていただきます。

本書についてのご意見、ご感想をお聞かせください。
①内容について

②カバー、タイトル、帯について

弊社、及び弊社刊行物に対するご意見、ご感想をお聞かせください。

最近読んでおもしろかった本やこれから読んでみたい本をお教えください。

今後、とりあげてほしいテーマや最近興味を持ったニュースをお教えください。

ご自分の研究成果や経験、お考え等を出版してみたいというお気持ちはありますか。

ある　ない　内容・テーマ（　　　　）

出版についてのご相談（ご質問等）を希望されますか。

する　しない

ご協力ありがとうございました。
※お寄せいただいたご意見、ご感想は新聞広告等で匿名にて使わせていただくことがあります。
※お客様の個人情報は、小社からの連絡のみに使用します。社外に提供することは一切ありません。

書籍のご注文は、お近くの書店または、ブックサービス（☎0120-29-9625）、セブンアンドワイ（http://www.7andy.jp）にお申し込み下さい。

「駄目だよ。だってビデオでも見て呪われたりしたらどうする？」

僕は口をとんがらせた。

「御祓いに行く」

「それでも駄目な時には？」

高橋は少し顔をしかめるような素振りをした。

「うーん。判らない。やっぱり止めよっか」

高橋はニコリと笑った。

「さ来週の日曜日に、一緒に銀座にショッピングに行きましょうか？　私も時間があるし、服を選んであげる。これでもセンスは良いのよ。それに品川に引っ越ししたんでしょ。買うものもたくさんあるかと思うし。この間のお礼で手伝ってあげるから」

「さ来週って？」

「十一月十八日。予定ある？　本当なら来週でも良いんだけど、お母さんと出かけないといけないから」

「予定はないけど。本当に？」

「引っ越ししてからもうそろそろ二週間になるんじゃない？　忙しかったから、何にも買ってないでしょ。だから手伝ってあげるから」

僕は半ば驚きながらも、高橋の心遣いに感謝した。実際、応接セットとベッドは購入したが、カーテンとかキッチンの備品は買っていない。それより高橋との初めての「デート」を考えると、胸がドキドキしてどうして良いのか、今までの人生においてこんな幸せな時はないとも思った。川崎と初めてデートした時と違う感覚が、胸の奥で生じた。どういう感覚かは言葉にはできない。前回は何とも言えないプレッシャーがあったが、今回はそれとは違う何かだ。言葉にはできなかったが、僕は黙って頷いた。緊張をはぐらかすように微笑んだ記憶はあるが、高橋にはそれがどう映ったのかは判らない。

「川崎君、あれには参ったよ。本当に出て来るなんて思わなかった。嘘なんかじゃないよ。だってね、古い着物を着た中年の幽霊が出て来て、『お前の命をもらう』と言われた後、もう金縛り状態。意識がどっかに行ってしまって、あんな事があるなんて、今でも夢のようだよ。もう頭の中が真っ白だ。未だに信じられないけど、実際は、僕を助けに来てくれた加藤君も高橋さんも経験してる訳だろう。信じられない反面、信じないといけないような、そんなへんな気持ちだね」

八王子総合病院の個室で点滴を右手に差し込みながら、見舞いに来た川崎相手に話を始めた。土曜の朝はショックのせいか立てる状態ではなかったので、川崎の指示で自分の病院まで救急車で搬送してもらい、無理やり空いている個室に入れてもらった。理由もなく入院している自分に理由を付けなければならず、過労という事で朝から二リットルの点滴を受けている。

「まあ良い経験だったじゃないですか。あんな経験は滅多にないですよ。だけど本当だったんですね、あの都市伝説は」

川崎は見舞いに持って来た花を、常備してあった花瓶に差し込んだ。それから空気を入れ替えるために、窓を開けた。涼しくなった朝の新鮮な風が、病室の中に飛び込んで来た。

「見てないから、そう簡単に言えるんだよ。何人も病院送りになっているし、死亡者も現に出てる。だけど、まさか自分の前に出て来るなんて思わなかった。それより、なぜあの二人は無事に帰って来られたのかが不思議で、昨日の朝からずっと考えている。幽霊が出た時ね。僕も一応は抵抗したよ。それがもの凄い力で壁に押し付けられて、動く事さえも一切できなかったんだ。だけど彼らはほとんど無傷だろ。一方、僕は、打撲と検査で三日間の病院暮らしだよ。何かおかしいと思わない?」

木村は窓の外を何気なく見て、ベッドの隣にある椅子を手で指して、川崎に座るように勧めた。病室は禁煙なので、イライラしているのか語気が少し荒い。

「それは不思議ですよね?」

「それだけじゃないんだ。僕のビデオカメラからテープがなくなっている。まさか幽霊が盗むなんて事しないでしょう」

「本当にテープは入ってたんですか?」

「当たり前だよ。僕がそんなミスする訳ない。まあ携帯の電波は失敗したけどね」

木村は笑った。

「じゃ、どうなったんですかね？」

「僕はね、どう考えても加藤君と高橋さんの仕業じゃないかと思っているんだ。だって、彼等以外、テープを取り出せた人はいないからね」

「そうですね」

川崎は椅子に腰かけると、ゆっくりと点滴の落ちる様子を見ながら返事をした。透明の液体は一旦液止めに落ちると、吸い込まれるように木村の体内に向かって動いて行く。見慣れた風景ではあるが、それに目を取られていた。

「彼らが取ったとしよう。そうすると、問題は、なぜ彼らがテープを盗まないといけなかったか、それが重要なんだ。ビデオに映った何かを見られたら拙《まず》かったんじゃないかな？　なぜ、僕に見られたらまずい？　いったいそこに何が映っているのか？　そう思うと、昨日の晩から一睡もできないままでいる」

「そうですよね」

「あのテープを持っているかどうかを、加藤君から探り出してくれないかな。もし、持っているようだったら、何とかあのテープ取り戻せないかな。川崎君に頼んで悪いけど、何とかしてよ。好奇心はあるだろう？」

木村はベッドの上で説得するように言ったが、川崎には興味はなかった。どうしたらそれが取り戻せるのか、と考えるのも無駄なように思えた。

「ほら彼、飲み会で品川に引っ越ししたって言ってたから、今度の休みでも引っ越し祝いに行ってみたらどう」

「だって、まずいじゃないですか？　人の家からビデオを持ち出すなんて」

「そんな事ないさ。だってあれは、元々僕のビデオテープなんだから、盗むんじゃなくて取り戻すだけだからさ」

「じゃ、先生が直接行けば良いじゃないですか」

「そんな事できないよ。だって、ただでさえ敬遠されているのが雰囲気から判るから、部屋にも入れないいんじゃないかな。それに、こんなプライベートな事を頼めるのは清美ちゃんしかいないし」

　川崎はそれに答えず、仕事に戻りますからと言って席を立った。なぜそこまで自分がしないといけないのか、釈然としない気持ちがあったが、心の中では病院の中で起きたという超自然現象がどうしても心から離れないでいた。同時に、今まで何かと疎遠だった木村と、理由はどうであれ、これだけ話しができるのは何かしら嬉しかった。最近良く木村の部屋に行く機会が多いので、同僚からも急接近をやっかむ噂話も耳にしたが、それだけ優越感も感じている。特別な存在である事に何かしらの、快感を覚えていないと言えば嘘になる。医者というブランドより、木村という人間が、自分の心のどこか奥で大きくなっているのも否めないでいた。

あの肝試しの夜から一週間が経った。死んでから、いや生き返ってから四十三日目の金曜日の午後、久しぶりに武部長に呼ばれた。最近は忙しくなり、またプロジェクト準備室の入り口が部長室と離れたのが原因なのか、以前と比べて会う機会は少なくなっていた。

部屋に入ると、武部長は、何時《いつ》ものように背もたれにもたれかけ、銜《くわ》えタバコをしながら自分の目の前の席を指差した。顎を片方の手で持ち上げるように頬杖を突きながら、煙を吐き出した。

「久しぶりだな。元気そうで良かったよ。最近は会う機会がないよな。お互い忙しいからな」

手に持ったタバコを灰皿に押し付けながら、部長は笑いかけた。

「昨日、やっと社長と一緒に、笹井社長にお会いできたよ。実に凄い人だね」

「昨日ですか」

「いやあ、君の事はべた褒めだったよ。それより何より、笹井社長の御親戚に当たるんだってね。小さい頃から面倒を見て来たとおっしゃってね。まあそれならそれで隠す事もないし、入社した段階で言ってくれたら良かったのに。お母さんと関西に住んでるのは知ってたけど。だけど血は争えないね。建設業界ではあの人はまさに伝説だから。その甥っ子の君が、こんな会社にいるなんて。信じられない。こんな中小企業に来ずに、そのまま薄井建設に行けば良かったのに。またなぜこの会社を選んだの?」

突然の事で、僕は言葉を失った。はっきり言って笹井社長とは何の血のつながりもないし、まして小さい時に面倒を見てもらった事もない。これもワシ様の仕業かと思い、黙ったまま頷いた。それを奥ゆかしいと感じたのか、それとも自信と思われたのか、武部長は納得するように二、三度大きく頷いた。

「その態度こそ、建設業を支える笹井の血である。その片鱗を見た気がする。僕も、君の上司である事が嬉しい。いや、誇りでさえある」

急に立ち上がり、両手を強く握った。ここで握り返さないのもおかしいと思ったので、僕も力を入れて全力で握り返すと部長もそうした。その一日は、握られた手が痛くて仕事にはならなかった。

部長が誰かに話したのか、それともまた藤田がどこからか聞いたのか、その日以来、僕の会社での株は一段と上昇した。話には尾ひれが付くらしく、一日一日と僕の評判は上昇し、一週間もする頃には、薄井建設がM＆Aでこの会社を吸収し、初代の社長に僕がなる話まで飛び出だして来た。少々迷惑なところもあったが、その一件以来、僕の悪口を陰で言う者がいなくなったのは、精神的に楽になった。末永課長も態度が変わり、新しく本社から来た営業社員に向けて、「お前も加藤課長のようになれ。人間やれば出来るんだ」と毎日のように説教をしているとか、家でも子供達に「三年寝太郎」の民話を始めたと藤田から聞かされた。僕は、この話を聞いた事も読んだ事もないが、たぶん推測すると、寝てた人間が突然起き上がり、活躍する話だと想像できたが、それは誉め言葉なのかどうなのか理解できないでいる。

奥谷に至っては、張り合う気力もなくなったのか、それとも保身のためなのか態度が急変して、ついには敬語を使うようになった。ポジション的には僕の方が上だから、彼が敬語を使っても当たり前なのだろうが、彼の性格から、自分のプライドよりもむしろ将来の保身を選んだのだろう。それが露骨に判るから、彼への嫌悪感は増したのは言うまでもない。ムシズの走るような言い方にはどうしても慣れないでいるので、最近は目を合わせないようになった。

それよりむしろ、仕事の面でも不思議と契約が成立し（不思議ではないのは良く判ってはいたが）、僕自身のこの一ヶ月半の受注額は全部で十五億と栄建設受注総額全体のおよそ三ヶ月分にも及んでいた。そのためか、当然のように栄建設の営業社員四十人全体の中で断然トップになり、表彰も受ける事にもなり、金一封と書いた封筒と一緒に十万円をもらった。


高橋は三軒茶屋にある自宅のマンションに戻って「ただいま」と小さな声を出すと、冷蔵庫を開けて、冷やしてあるお茶を自分のマグカップに注ぎ込み、リビングにあるソファーの上に落ちるように座った。その音で、夕食の仕度をしている母の佳代が、忙しい包丁を止めてちらっと振り返ると、再びまな板の方に振り返り今迄の作業を続けた。

「お帰りなさい」

「ただいま」

もう一度疲れた声を出した。

「お疲れ様、この頃忙しいの？　そんなに疲れた声を出して」

「少しだけね」

溜息のような声だったが、母はそれには振り返ろうとせずに包丁で何かを刻んでいる。

「明日は土曜日だから、久しぶりにゆっくりすれば。だけど、宥希絵はこの頃何だか嬉しそうね？」

「別に」

と、無愛想に返事をした。

「だって、最近ニコニコしてるから」

仏前に、できたばかりのご飯と小皿に盛った少しばかりのおかずを供えながら、佳代は言った。小さいなりにも貿易会社をしていた父が、台湾の航空機事故で亡くなったのは、宥希絵がまだ小学校三年の時だった。当時の記憶はほとんど残ってはいないが、葬式の事だけは今でも記憶から離れないでいる。雨の日にも拘わらず斎場に五百人もの人が集まったのは、父の人望のせいかもしれない。父が死んだ事を、今では亡くなってしまった祖母から聞いても実感は湧いて来なかったが、出棺の時、霊柩車がクラクションを鳴らすと同時に、母が声を上げて泣いたので、自分も悲しくなって泣いた。

あの日、朝起きた時、父は一番の飛行機に乗るために成田に出かけた後で、一緒に朝食も摂る事ができなかった。唯一、その前の日のすき焼きの甘さだけが今でも覚えていて、時々思い出すと寂しくなる事がある。出張ばかりの父は、ほとんど家にはいなかったが、家にいて機嫌の良い時は、近くの肉屋で牛肉を買って来て自分ですき焼きを作った。台湾に行く前日は、砂糖の分量を間違えたので食べる事ができず、近くの老舗のうなぎ屋からうなぎを注文して家族で食べた。それほど好物ではなかったけれど、出前が運ばれて来たのはもう九時を過ぎていた事もあって、がむしゃらに食べたのは、前後の記憶がない割には今でも鮮明に覚えている。

父との想い出は、小学校の一年の時に祖母のいる下田に帰る時、車で伊東温泉に立ち寄った事くらいで記憶らしい記憶がないが、湯当たりして鼻血を出して冬にも拘わらず、ベランダで寝かされ、風邪を引いたのは今でも忘れられない。

貯蓄もそれなりにあったし、保険に入っていたせいか、父が亡くなっても、それ以降の生活には困る事はなく、なんら不自由もなしに私立の女子高校に進学した。早稲田大学に現役で合格し、昔から興味のあった設計の勉強もする事ができたのも父のお陰だと今でも感謝している。夢に出て来て欲しい事もあったが、一度も夢に出て来てくれなかった。時々夢の中で背の高い男性と話はするものの、顔ははっきりしなかったし、それが父であるかも自信はなかったが、目が覚めるとそれでも時々目尻に涙が流れている事があった。が、その人と何を話したか思い出そうとしてもどうしても思い出す事ができなかった。

母は不思議と再婚しなかった。大学生時代にミス大阪大学に選ばれたくらいだし、娘の目から見ても十歳は若く見える。五十を越えたばかりだがスタイルも良く、どう見ても四十そこそこにしか見えないのも、単に贔屓目ではないと感じている。

以前、母の友人という男性を家に連れて来た事がある。その時は小学六年生になっていたから、もしかしたら新しい父かなとも思ったが、理由なく反対して、ほどなくその男性は家に来なくなった。それが良かったのか悪かったのかは今でも判らないが、それ以降母が家に男性を連れて来る事はなかった。そんな事を思いながら高橋は、

「嬉しそうに見える？」

と繰り返した。

「最近ね。宥希絵も色気付いて来たのかな？」

母は笑った。

「お父さんと何で結婚したの？」

「またおかしい事聞くのね」

母は笑った。娘がそんな事を聞いた事はなかった。男性の話を、それも特に父の話は躊躇《ためら》いからか、する事はなかった。

「どうしてかな、と思って」

声が上擦った。自分のした質問に恥ずかしくなった。

「素敵だったからよ」

意外な言葉が返って来た。恥ずかしがり屋の母が、そんな答え方をする事なんて滅多になかったからだ。

「素敵って?」

「優しかったし、家族想いだったし、守ってくれる安心感があったからかな」

「守ってくれるって、やっぱり大切よね」

高橋は自分に言い聞かすように、母の背中越しに話した。

「それはそうよ。もしかしたらそれが一番大切かもよ」

「守るって?」

「そうね。仕事が出来て、責任感があって、もしもの時に助けてくれる人」

佳代はくすっと笑った。どうも父の事を思い出しているみたいだが、それを悟られたくなかったのか、

「ところで彼氏ができたの?」

と照れを隠すように聞き返した。

「何で?」

「急に変な質問をするから」

「ううん」

高橋は首を横に振った。

最近、加藤真一の事が少しだけ頭を過《よ》ぎるようになっていた。顔も普通だし、背も百七十に満たないくらいだから、目立つ特徴もない。それでも気になっていた。あの悪夢のような事件で、加藤が立ち向かっていった事を考えると、夢に出てくる父と重なる感じもしないではなかったが、どう考えてもダンディーな父の姿ではなかった。

「元気にしてるの？」

久しぶりに電話越しに聞く大阪弁の母の声は、新鮮で若々しく聞こえた。

金曜日の夜の事である。

「ありがとう。忙しくて、二ヶ月以上電話する事できなかったから」

「仕事は順調に進んでるん？」

「うん。順調や。今日は賞金をもらったで。十万円。成績優秀者の表彰も受けたし。そうそう、バタバタしてたから言うの忘れてたけど担当課長にも昇格したんや」

日常生活なら何でもないが、相手が大阪弁だとこちらも移ってしまう。

「それは頑張ったな。それに十万円もか。それは良かった。お母ちゃんも嬉しいわ。本当は心配してたんよ、最近連絡がなくて。私もバタバタしてて忙しいから電話もでけへんだし。最近はしっかりご飯食べてるの？」

「食べてるよ。大丈夫、最近は栄養価の高い物ばっかり食べてるから」

「猫マンマだと力付かないから、栄養のあるのもたまには食べるようにするんやで。あんたは好物やけど、あればっかりやろ。最近は食べてるんか？　なんなら送るけど？」

母の気遣いは嬉しかったが、冷蔵庫には封の空いていない鰹節が山ほどある。

「ありがとう。大丈夫やで。まだあるから。ところでこの間、引っ越したやろ」

「品川だよね。ところで、品川ってどこ？」

「東京駅より少し手前。新幹線が止まるから、一度休みでも遊びに来てよ。温泉にでも連れて行くから」

「温泉て良いな。お母さんも一回行きたいけど、仕事が忙しくて」

「そうか。だけどできるだけ早く来てよ。どうしても会いたいから」

そう言うと涙が出そうになった。後四十日もしたら母と会えなくなる。寂しくはなかったけど、親孝行したかなと思うと、涙が目から飛び出た。母はその雰囲気を察したのか、真剣な声色になった。

「十二月になったら行くから。たぶん時間も取れると思うし」

その夜はどうしても眠れなかった。

十一月十六日の事である。

十八日の日曜日の昼過ぎに高橋と品川駅で待ち合わせて、銀座のデパートに行く事になった。ワシ様はあの事件以来、全然話かけてくれなかったので、寂しく感じたけど、まあそれでも満足してくれてるのかなと思っていた。ワシ様が来られてから、女性との「国造り」はなかったけど、それも僕の実力を考えて、諦められたのではないかと感じていた。

日曜日のせいか、銀座は子供を連れた家族で賑わっていた。彼女の几帳面な性格からか、前日、僕にデジカメで部屋の写真を取らせておいて、色彩を喫茶店で話し合った後、小さな紙に書き上げて、それから各フロアーを回った。

「部屋に行って良い？」

銀座四丁目にある路地裏の小さなイタリアンレストランで軽く食事が終わった後、高橋に急に言われたので戸惑った。

「ほら、今日はカーテン買えなかったじゃない。だって、写真じゃ色合いはやっぱり分からないしサイズもそうよ。それにまだ買ってないものがあったら、もう一度付き合ってあげるから。チェックが必要よ、でないと変な買い物してしまうから。そうなるとお金がもったいないから。でしょう？」

僕は高橋にお礼を言おうとしたが、言葉にならなかった。これほど細やかな気配りを見せてくれる人に出会った事はない。母親がそうだった。小学生以来何もできなかった僕に気を遣ってくれたから、母といると気が楽だった。今日はそれと同じ安堵感がある。

「海の前でしょ、きっと夜景が綺麗でしょうね?」

と、僕が何も話さないので、彼女は話題を変えた。

「凄く綺麗だよ。だって、レインボーブリッジの前の家だから」

「凄そうだよね。ちょっとだけお邪魔してすぐに帰るから。今日はコップとか掃除用品とか買ったけど、必要なものをまた一緒に買いに来てあげるから」

そう言って高橋は、手前のコーヒーカップをスプーンで二、三度かき混ぜた。スプーンを上げると、小さく出来た渦が右手周りに何度か回ると、やがて元に戻った。

彼女の気配りは正直言って嬉しかった。こんな女性もいたのかな、と思うと、感動に似た何かが込み上げて来た。

「誤解しないでよ。絶対へんな事しないでね、信じてるから。ただ行くだけだから。独身の男性の部屋に行くのはなんだけど、絶対約束してね。加藤さんの事は信じてるから。この間の感謝の気持ちだけだからね」

「大丈夫だよ」

と言った時、頭の中で声がした。

「良かったな」

ワシ様の声である。

「これでワシも安心じゃ」

「何がですか？」

「ワシの好みじゃ。エエ趣味してるやろ」

「初めて会った時から、そうでしたからね」

「あかんか。これでは？」

「いえ、充分、充分過ぎます。僕にはもったいないです」

「そうや、もったいない。それで今日はついにあれをやる」

「何をですか？」

「何をって、何をじゃ」

「それって」

「それってあれじゃ」

「いやそれはまずいですよ。初めて彼女が家に来るんですよ。それでそんな事できませんから」

「大丈夫じゃ。今度は酒なんか飲ませんから。お前が急性インポになる事もない。さらには別の惚れ薬の投入じゃ」

「別の惚れ薬ですか？」

「まあ一種の興奮剤やな。これで一巻の終わりじゃ。コーヒーにでも混ぜてくれ。見た目は砂糖じゃから、心配はするな」

「興奮剤ですか？」

「そ」

「そ、って簡単に言われても困ります」

「大丈夫じゃ。出雲創立以来、いやワシが誕生して以来、久しぶりの投入じゃ。かつて一回しかないからの。まあ貴重じゃぞ。弁財天以来二度目じゃ」

「弁財天以来ですか？」

「そ」

「それでもまずいです」

僕は焦った。

非常に困る。

「何がまずい。した事ないのか？」

「ええ、ありますが、昔です。遥か昔」

「遥か昔。ちょっと待て、プログラム調べて見てみる」

そう言うとワシ様は黙った。何かを調べているようだった。

「何をされてるんですか？」

暫く沈黙があったので尋ねみた。

「閻魔帳やな。前に見せたやろ」

「どうされたんですか、それ?」

「借りて来た、閻魔から」

「閻魔って、あの閻魔大王ですか?」

「そう。飲み友達よ」

「飲み友達ですか、閻魔様と」

それに答えようともせず、

「えーと、加藤、加藤真一と。あった、あった。三十三歳にトラックとぶつかって交通事故で死亡と。これやな」

「そこまで書いてるんですか?」

「当たり前やな。まあそれ以降の記録はここには当然ないがな」

そう言ってワシ様は嬉しそうに笑った。

「国造りの段はと。お前ホンマに昔やな。大丈夫か、覚えておるか、やり方?」

「何とか」

「何とかやと。この記録だと遥か昔やど」

「はい。以前もお話致しましたが、全くありませんでした。あまりにもないので時には神は本当にいるかとも思ったくらいです」

ワシ様は深い溜息を吐いた。

「おるがな、ここに。それより何とかしてくれよ。おい、不動。どこかで聞いておるやろう。こいつあかんぞ。心の底からあかんぞ。何とかせいよ、この年になって知らんというのはちょっと問題やど。それにやな、女の経験言うても、今から十年前、それも三鷹のソープで三十歳も年上のおばちゃん相手したきりやないか。それも酔った勢いで、そない書いてあるぞ。その時も、前回みたいに酒に酔ってあかんかったんか。あたたた、頭が痛い。ホンマにあかんのか、ようせんのか」

半ば怒りと諦めの声を出した。

「すいませんです。アルコールが入ると全然駄目です。まあ酒を飲んでも安全だと言うのが、自慢と言えば自慢なんですが」

「そんなん自慢せんでも良い。それより、それ以外の記録がないやないかい」

「はい。縁がありませんでしたから」

「縁がない。本当に縁がなかったのか？」

「はい。取り次ぎが相手にしなかったぐらいですから」

「お前もしつこい奴じゃな、まだ根に持っておるんか。ワシがここに来る事になるなら、腐るほど用意したったんじゃが。失敗した。ところで練習はゼロか」

「はい。ゼロです。何もなかったですよ。見事に」

「偉そうに言うな。男として最低やな。お前、初詣でで彼女かなんか作ってくれと頼んでいたではないか」

「一度は頼みましたよ」

「それでどうじゃった？」

「それで三鷹でした」

暫くの間、頭の中で沈黙があった。

「ワシが誕生して以来、初めて《絶望》という文字が頭の中で右に左にラインダンスしておるわ」

「それに」

「それに？　それに何じゃ、まだあるのか？」

「はい、実は腰痛で」

「何。お前、腰痛まであるのか？」

ワシ様は慌てて、プログラムを繰って、それから溜息まじりに手を打った。

「あかん、最低じゃ。使い物にならん」

「いえ、腰痛と言いましても最近は滅多に出ません。腹筋を一日十回するようにしてからは大丈夫ですよ。ほら寝る前に何時《いつ》でもやってるじゃないですか。あれで大丈夫です」

「あれか。また無意味な運動をしておったと思ったら、その練習か」

「はい。かなり自信ができましたが」

「腰を使うた事のない奴が偉そうに言うな」

そう答えると、ワシ様は怒るように叫んだ後、溜息を吐いた。

「おい、不動。どこかで聞いておろう。ワシもついに矢つき、刀折れた。誰でもエエから別の探してくれ。今からでも変更はきくやろう。こいつはまったく役にたたん……。こんなんでは戦にならぬ……。糞、アイツ返事もしおらん」

「ところで、今日はどうなるかというプログラムはあるんですか？」

不思議に思った僕は聞いてみた。

「あるか。お前の将来のプログラムは死んだ時に破棄されとるから、だからワシにも今日は何が起こるかはよう判らん。前回もそうやったやろ。しかしホンマに不動もお前みたいな男、よう選んだわ。あいつはもしかして、ワシの人気を羨んでる違うか」


「加藤さん。真一さん」

高橋の声に気が付いた。

「何を考え事してるの、急に。驚いたわ、急に静かになるから」

ごめん、と僕は謝った。会話の途中でワシ様が話しかける事なんてなかったから戸惑ってしまったけど、ワシ様のショックは理解できた。が、今さらどうする事もできない。

「それで、私は行っても良いの?」

「ぜひとも。銀座からだとタクシーで二十分位だから」

時計の針は八時近くを指していた。


「凄い場所ね!」

彼女は部屋に入るなり、驚きの声を上げた。

「こんなところに一人で暮らしてるの?」

一人というか、八十平方メートル位ある二LDKである。僕自身なら絶対に住まない、いや住めないところである。

「加藤さんってお金持ちなんですね! 知らなかった」

彼女は買い立てのソファーに座り、窓の外の夜景を見ながら言った。窓の外の海は漆黒の闇に包まれていたが、お台場の夜景が綺麗に見えた。

「そんな事ないよ」

「だって、こんなところに住める事自体凄い事なんだから。普通の人は住めないから。家は資産家なの?」

「とんでもないよ。たまたまお金が入って来たから。こんなところに住むのも良いかなと思って」

「そうなんだ。ところで、この間の飲み会で清美さんが言った事って本当なの？　会社ではこんな事聞けないし」

「言った事って」

「ほら、加藤さんが事故に遭って、それから笹井社長のお母さんの足を治して、私が加藤さんのところの会社に突然出向になった話」

「うん」

「そんな事って、本当にあると思う？」

「はっきり言って僕には良く判らないよ。だって、先日の幽霊もそうでしょう。あれは事実だし、僕が生き返ったのも事実だし。何か訳が判らない事ばかりで頭の中が混乱している。ただ事実は事実だから」

「そうよね。全部事実だわ。そう先日のビデオテープはまだ持ってる？　あれやっぱり気になるの。二人だったら怖くないから少しだけ見てみない？　私達の知らない事が映ってるかもしれないし、あれから、無事に帰れたかも凄く不思議に思えてしょうがないから」

その時、携帯電話が鳴った。

「加藤さん、久しぶりです。清美です。川崎です。先日はどうもありがとうございました」

「こちらこそ。元気でしたか？」

「おかげさまで。あの時はショックだったけど。木村先生ももう現場に復帰されたんです」

「そうですか。それは良かった」

「ところで今、どこにいるんですか？　よければお茶でもどうかなと思って」

「今自宅です。品川の」

「そうですか。実は私も今品川なんですよ。この間、引っ越しされたって、この間の飲み会で言ってたから。時間があれば、今から行っても良いですか？」

僕は戸惑った。

だって家には高橋がいる。頭がコンピューター、いやそろばんのような速さで動いた。

「川崎さんでしょ。来てもらえば。私はもう帰るし」

電話の声が漏れてたのだろう。彼女が隣から話しかけた。

「高橋さんがいるけど、大丈夫だから来て」

「本当に？　お邪魔じゃないの」

「大丈夫だよ」

僕は胸を張って言ったが、高橋は少しばかり怪訝な顔をして、黙って夜景に目をやった。

「お邪魔します。お取り込み中に」
五、六分で彼女がやって来た。急いで来たのか息が上がっている。
「こちらこそ邪魔したみたいで、私、今から帰るから」

高橋は玄関で一礼をして帰ろうとするのを見て、川崎が声をかけた。

「せっかくケーキを買って来たから一緒に食べましょう。引っ越し祝いを持って来たんです。ちょっと遅いけど」

気まずい雰囲気が僕の周りに漂っている。

「綺麗ね。高橋さん。こんな場所が東京にもあるのね。こんなところに一人で住んでいるんだから、加藤さんて贅沢よね。ところでお邪魔じゃなかった？」

「こちらこそ。私も加藤さんのところに突然来たから。約束があったとしたら、迷惑だったかしら。ごめんなさいね。川崎さんは加藤さんと付き合ってないの？」

「まさか。そんな一度食事しただけですから。襲われそうになったけど」

そう笑って答えた。

「そうなんだ、私も注意しないと。ケーキ食べたらすぐに帰るから、川崎さん一人になったら気を付けてね」

「ごちゃごちゃ言わないで、コーヒー入れたから。ところで砂糖はいる？」

僕は、二人の間にコーヒーカップを置いて言った。

「いらない」

「私も」

「前にも言ったけども、あれはたぶん後遺症だから。覚えていないから……」

「それは理由でしょ。単なる。男って都合が悪くなるとすぐにお酒のせいにするって藤田さんも言ってたよね」

高橋は、皮肉めいて覗き込むように川崎の方を見た。

「たとえば、私と高橋さんしか世の中にいなかったらどっちを取るの？」

今度は川崎が皮肉っぽい笑いを浮かべて話しかけたので、僕はどっちとも言わずに下を向いて笑った。

「その態度が、女性にモテない最大の理由だと思うわ。そう思わない高橋さん」

「私にはどちらでも関係ない事だけど。そう、ところで、川崎さん、ビデオテープの事知ってる？」

高橋がビデオの話を持ち出した。まさか彼女が突然、そんな事を言うなんて思いもしなかったから、僕は啞然とし、言葉が出て来なかった。

「実を言うとね。この間の肝試しの時に、木村先生がビデオ持ち込んだでしょ、病院の廃墟に。あのビデオがここにあるの」

川崎はその話を急に振られたので驚きながら、高橋の方を見てそれから僕を見た。

「そのビデオが？」

「あるわよ、ここに。だって今から二人で見ようって、さっき言ってたのよ」

「嘘」

「嘘でも何でもなくて、ほらそこの机の上にある奴、それ。ねえ皆で見ない。皆で見ると怖くないかもしれないし。それにあの病院で何が起こったのか知りたくない？　知りたいよね、絶対。だって木村先生が入院したぐらい怖い経験だったから。それなのに、私と加藤さんだけが無事に帰って来たのよ。その真実がそこにあるんだから」

　はっきり言って僕は何も言えなかった。だって、ワシ様の存在が判ってしまう。そんな事はどうしても出来なかった。

「見たい、絶対見たい。だって不思議な事ばかり起こるんだから」

「そうでしょ。今から三人で見ましょうか。ね。加藤さん」

　僕はどうして良いのか判らなかった。否定すれば彼女達は、何かがあったと思うだろう。そうは思われたくなかった。早く消去していなかった事を後悔したが、これ以上秘密にする訳にもいかない。

　電話が鳴った。

　僕のじゃない。

　高橋の携帯である。

「あ、おかあさん。何？　うん、もうすぐ帰るから。後三時間くらい掛かるかもしれないけど」

しばらくの間沈黙があって、急に静かに言った。彼女の顔色から、何か起きたのは判った。

「ごめん。直ぐに帰らなきゃ」

落ち込んだ声と表情が彼女の悲壮さを滲ませていたので、僕達は彼女の次の言葉を黙って待った。茫然とした表情の彼女は、暫く言葉を探していたが静かな声で、

「ごめん。お母さんが病気になっちゃった。今から帰らなきゃ」

「本当に？」

「今、病院の検査がやっと終了したそうなんだけど、今日自宅で急に倒れて、救急車を呼んで、検査を受けたら末期癌って宣告されたんだって。私を呼んでも携帯がつながらなくて、先生が仕方なく母に言ったらしいんだけど。私どうしたら良いの？　だってただ一人の母なのに。もしかして一人ぼっちになるの？」

そう言って、彼女は疲れ切ったようにうなだれた。

僕はどうして良いのか判らず、彼女を見ていた。

「大丈夫だよ、誤診って事もあるし。そうだよ、僕みたいに奇跡が起きるかもしれないし。取り敢えず早く病院に行って、下まで送るから」

「じゃ。私も一緒に駅まで帰るから。加藤さんは何もしなくて良いから」

僕は川崎の好意が嬉しかった。送ったところで僕は何もできないのは判っていたし、かける言葉もなかった。

彼女達が帰った後、僕は窓の外に広がる夜景に目を落とした。前にはお台場が広がり、東京湾がその向こうに横たわっているはずだが闇に包まれ、幾つかの釣り船が落とす小さな灯り以外目にするものはなかった。その風景に気を取られながら、ソファーの上で知らず知らずの内に眠ってしまい、気が付いたのは夜明け近くになっていた。このまま寝てしまうと会社に遅刻するかもしれないから風呂に入り、いつもより早く出勤したが、机の上からビデオテープがなくなっているのに気が付いたのは数日後の事だった。

この日、高橋は会社に来なかった。理由は判っていたが、会社には風邪を引いたと報告したらしい。たぶん高橋も一晩中起きていたのだろうか、と思った。ワシ様にお願いしたらどうなるか、とも考えたが拒否されるのは明確だったし、僕が助けると思う事自体、おこがましい事である。

その翌日、高橋は何事もなかったように、何時《いつ》もと変わらず出勤した。笑顔が眩しかった。

「おかあさんは大丈夫だった？」

僕の問いかけに、彼女は溢れるような笑みを再び見せたが、返事はなく、その不自然な笑いに事の重大さを示していた。

「おはよう」

奥谷が出勤して来て声をかけた。

「風邪を引いていたんだって。もう大丈夫？　もう一日位休めば良かったのに」

相変わらず調子が良い。それが何となく腹が立つ。体を気遣うのは判るが、どうも言い方が僕の性に合わない。

「高橋さん。体調が悪そうよ。顔色が悪いから。早く帰った方が良いよ」

先ほど出勤してきた藤田が、机の上を拭きながら、心配そうに声をかけて、頭に手を乗せて熱を測った。

「大丈夫ですから、心配しないで。体は元気ですから」

藤田は、その言い方に何かを感じたのか、高橋を給湯室の方に手招きして呼んだ。先般の肝試し以来高橋と彼女の仲が急速に深まったのか、時間があるといろいろと話をするのが半ば日課になっている。

「えー、本当に。それは大変じゃない」

突然給湯室から藤田の声がし、それからひそひそ話になった。

「大丈夫何とかなるから。心配しないで」

再び藤田の声がした。そしてデスクのところに帰ってきた時、少しだけ高橋の顔色が赤みを帯びた気がした。良い事があったのかと思った。朝から受注した案件を奥谷に整理させて、僕は本社の契約課と打ち合わせをしていた。大下部長は薄井の本社に出勤していた。机の上の電話が鳴りっぱなしで、息を抜く暇もなく、あっという間に昼休みがやって来た。高橋は、遠慮しながら僕の席にやって来て、小さな声で「相談があるの」と耳元で囁いた。

「何?」

誰にも見られないように、小さく会議室の方に手招きした。内緒話のようで嬉しかったが、このたわいもない話が僕と彼女を急速に接近させる出来事となる。

会議室に入ると彼女は、殊の外真剣そうな顔付きで、絶対内緒よ、と念を押して耳元で囁いた。

「加藤さんにしかお願いできない事なの。聞いてくれる?」

「僕ができる事なら何でもするから」

「実は私、神様に会う事になったの。だからそこに一緒に付いて来てもらいたいんだけど」

「エー。神様に?」


翌日の夜の事。何時《いつ》ものように外で食事をして疲れと酒のせいで家に這うようにして帰った。その日は、注文書、契約書の作成の後で顧客の家に受注の挨拶回りをしていたので、帰宅するのが十一時近くになった。残された一ヶ月余りを旅行とかして楽しむ事ができたかもしれないが、この時の僕は仕事が面白かったし、どこかで時間を持てあます事になるなら、多分「死」と直面する自分が怖かったのかもしれない。むしろ忙しい自分が楽しかった。これほど仕事が面白いなら、これまでにもっと一生懸命にやっておいたら良かったという変な感覚さえあった。

完全に疲れ切ってはいたが、風呂に入らないといけないと思い、湯船に湯を張り終わった頃、台所に置いておいた携帯電話が鳴った。

川崎が深刻な声で電話に出た。

「加藤さん……」

「どうも、先日はありがとう。高橋さんを駅まで送ってくれて」

「ううん」

声に元気がない。

「どうしたの？　何かあった？」

「加藤さん。今から自宅に行っても良い？　実は近くまで来てて」

「どうしたの？　こんな遅い時間に。僕は別に良いけど」

「電話じゃ何だから」

川崎は言葉を濁らした。正直言って何が何だか判らなかったが、その強い言い方に、もしかしたらワシ様の惚れ薬が今になって効いたのかと、ふと思っても見たけど、あの深刻な声からすると恋わずらいではないだろう、そう思いつつ、風呂にも入らずに川崎の来訪を待った。

「私は、加藤さんに謝らないといけないの」

部屋に入って来た川崎は深刻な表情でそう言ったが、僕には何かさっぱり理解できないでいる。

「絶対に許して」

「何が？」

「何がって。許すって言ったら話すから」

僕は笑いながら、

「許すよ。何でも」

と、テーブルの上のカップにコーヒーを注ぎながら言った。

「見たの。私」

「見たのって。何を？」

「あの時の、そう肝試しの時のビデオ」

テレビ台の上に目を移したが、それがないのに気付いたから、僕は目の前が真っ暗になって言葉が出ず、手に持ったコーヒーカップが揺れてテーブルの上にそれが溢れ出た。

「本当に見たの？」

彼女は黙って頷いて、目を下に向け、何もないテーブルの上をじっと見て、ハンドバッグの中からあのテープを取り出し、静かに机の上に置いた。

「もしかしたら、全部見たの？」

僕は、ショックで半ば自失しながら、川崎に問いかけると、彼女は突然泣き出した。

「泣かなくて良いよ。いったい何を見たの?」

川崎は、泣きながら、「全部見たの」とだけ無意識に口から出るように二、三度繰り返した。

僕はその答えにショックを受けて、少しだけ目眩を感じたが、気をしっかり持って覚悟した。

「そうなんだ。僕はまだそのテープは見てないけど、何が映っていたのか大体想像できるよ。ショックだったでしょ?」

彼女は無言のままうなだれていたが、涙が一つ、二つとテーブルの上に落ちて小さな水溜りを作り出した。

僕は、近くの机の上にあったハンカチを黙って彼女に渡した。

「ワシ様を見た?」

「うん」

「どうだった?」

「あなただった」

「他には?」

「不動明王様と魔将と死神と死霊と……」

「もう良いよ。全部話してみて、僕はその事について知らないんだ。だって記憶が途切れて、何が起きたか知らない。だから真実がいったい何か教えてもらいたいんだ。真実は真実だから泣く必要もないし、まして清美さんがそれを持って帰った事なんてどうでも良い小さな事なんだから。くれぐれも気にしないで」

　そう穏やかな声で囁くと、川崎は僕のハンカチを目に当てながら全てを話してくれた。僕自身もワシ様がそこまでの存在だとは実感していなかったが、彼女の説明を聞いて半ば恐ろしく、そして何も言えないほどの恐怖も感じていた。

「そんな事が起きたんだ」

　話を聞き終わると僕は、他人事のように呟いた。

　コーヒーを飲んだが、冷めていて美味しくはなかった。もはや味はどうでも良かった。それから僕は、今まで起きた事を全て彼女に話した。信じてもらおうとか、もらえないとかもはやどうでも良かった。

　事故の話、笹井のおばあちゃんの話、宝くじの話、高橋さんがやって来た話、惚れ薬を飲ませた事も全部。話し終わった時、川崎はもう一度頭を下げた。

「本当にごめんなさい。言い訳みたいなんだけど、最初あのテープなんて見るつもりなんてなかったの。それが、木村先生が取り戻して来いと言われて」

「木村先生が？」

　彼女は黙って俯いたまま、小さく首を一度だけ縦に振った。

「私自分でも何を考えているのか良く判らない。だって確かにあの人の事は好きだけど、あの人は私の事なんて見向きもしないし、頼み事があれば何時《いつ》も一方的。仕事でもそう。プライベートでも」

僕は、川崎と木村の仲がどうであれ、どうでも良かった。

「木村先生が好きなの？」

「良く判らない。誰の事が好きなのか。人間の感情なんて、説明なんてできやしない。真一さんはできるの？」

「できないさ」

「そうよね。昔からずっと先生には憧れてたけれど、それがどうしても言い出せずにいて……。嫌いじゃないけど、今愛してるかと言われても良く判らない。ごめんなさい、取り乱して」

「大丈夫だよ。取り敢えず、見た事は気にしないで。忘れて。だってあれはワシ様、いや神様との約束だから」

「加藤さん。いや神様が言ってたけど、後三十日ぐらいしたら死んでしまうんでしょ？」

「運命だからしょうがないよ。だけど判って欲しいのは、ワシ様との約束で、この事は絶対人には話してはいけないんだ。考えたんだけど、それは人間の自由意志に反する事かもしれない。僕達が神様というものを目の前で見たらどうなると思う？　人間は好き勝手にできなくなる。恋愛もできないし、浮気もできないし、仕事も好き勝手にできない。だって人間の自由意志がなくなるんだから。そうすると、神が人間を創った理由がなくなってしまう。人間は意志があるから人間なんだ。だからワシ様からも、自分の存在を言わないようにと、言われた気がする」

「そうよね。本当に。でないと神様以外あんな偶然を作り出す事なんてできないから。私も、最初加藤さんが生き返った時は不思議という感覚しかなかったけど、そこまで全てが全て神様の意思があるとは今でも信じられない」

「信じられない。それが良いんだ。全部人間の自由意志だから。最初は僕も信じられなかったし、今でも信じていない自分がいる。だって僕は後数週間したら死んでしまう運命なんだよ。それも偶然でなくて絶対に。それでも、自分の意思で、それを否定する自分がどこかにある。不思議な事だよね」

「そんな話を聞くと加藤さん、いや真一さんと呼ばせてね。真一さんは凄く素敵な人だと思う。だって自分の運命を受け入れて、それでも残された日で一生懸命に頑張ってるでしょ。それに比べて私なんて、毎日毎日同じ仕事をして、上司の愚痴を言ったり噂話をしてみたり、五年先十年先も同じ毎日が続くって思ってる。私っていったい何なの」

僕には答えようがなかった。彼女の人生は彼女が切り開くだろうし、このまま行けば、後何十年も続くだろう。それに答えなんてない。誰の人生が良くて、悪いのか。そんなのはその人しか判らない。

「いったい何か、それが判れば苦労なんてしないよ。もしかしたらワシ様も、神様自身も判ってないのかもしれない。だって、判っていたら、僕の体になんか期間限定で来ないでしょ。もうすぐ賞味期限が切れるけど」

そう言うと僕は、悲しげに笑いを作り出した。

「もう一時近くになるから帰らないと。そうだこのテープは木村先生に渡して、見せるか見せないかは清美さん次第だけど。見たらどうなるかは僕には判らないけど、立場的には持って帰らないと行けないだろうし。今、タクシーを呼ぶから心配しないで」

僕がそう言うと彼女は黙って首を横に振って、「帰りたくない」と、聞こえるか聞こえないかくらいの声をその口から発して、こちらをじっと見つめた。僕も彼女の大きな目を見ていた。

次の朝が待ったなしに駆け足でやって来た。朝日が海上に現われると、勢いを付け天空まで一気に駆け上った。生まれたての光は雲間から幾筋にも分かれて、海上に降り注いでいた。その間、僕はじっとリビングでタバコをふかしていた。吸殻だけが灰皿の上に山のように積もった。なるほど、僕のベッドには清美さんが寝息を立てて寝ていた。初めは隣のリビングで絶え間なく流される深夜放送のテレビショッピングを一人きりで何気なく見ていたが、朝が近くなる頃、ソファーから身を起こし、ベランダにある椅子で変わり行く朝の風景を黙って見ていた。

　奇妙かもしれない。結論から言って「やる気」になれば、彼女とできたのかもしれないが、僕にはどうしてもできなかった。

　理由？

　一言で言うのは難しいけど、この状態で彼女を抱く訳には行かなかった。ワシ様には怒られるかもしれないけど、どうしても高橋の優しさ、気遣いが忘れる事ができずにいた。それに、清美という一人の女性の中には明らかに別の男性がいる。そう思うだけで動けなかった。できない自分の気持ちを悟られないように、体調不良と精神的不安定を理由にしたが、彼女はそれを逆に気遣ってくれたから嬉しかった。この約二ヶ月の間、僕はワシ様に喜んでもらおうと努力して来たし、喜んでもらえたら自分の意思なんかどうでも良いと思っていた。だけど、自分の「好き」という意識を捨て、肉体だけでも他の女性に走る訳にはいかないでいる。ワシ様が言う人間の自由意志の重さだけが、無言のまま背中に伸《の》しかかっているようだった。

　太陽がもう少し上がった時に彼女が眠そうにベッドから起きた。一睡もしないで起きている僕を見て、彼女は嬉しそうに耳元で囁いた。

「私、真一さんの事が好きになったみたい」

「顔色悪いんじゃないのか？」

大下部長が心配して声をかけて来た。昼休みのせいか辺りには誰もいなかったので、話し易かったのかもしれない。

「大丈夫です。昨日眠れなくて」

僕は目の前のコーヒーを一気に飲んで、赤い目を擦った。川崎を帰した後、二時間ほど仮眠をし、連絡を入れてバイクを飛ばして会社には昼前に着いた。有給を取るのも考えたが、仕事がありすぎて休んでなんかいられない。もう少しで動く湾岸プロジェクトの建設の下請業者の選定もあり、ＰＱ書類、いわゆる事前資格審査書類の作成があり、薄井本社から送られてくる山ほどの資料に目を通さないといけなかった。薄井建設もうちの下請け会社に適した業者のリストの選定をしてくれてはいたが、何分この会社にとっても大仕事だったから、おんぶに抱っこの状態ではいけない。さらに、今までの仕事の延長となる一般住宅の受注も増加傾向にあったので、これだけの人員では不可能に近い。

「加藤君、部長に言って人員を増加してもらったらどうかね。僕にはここの人事権がないから、余り口出しはできないけど、このままじゃパンクするのは目に見えてるよ。せめて、事前資格審査書類に関しては、別の部門に投げないと体がもたないから。だって、今、加藤君の仕事は、新規受注と営業、さらには薄井建設から三日に一つ持ち込まれる案件の挨拶だろう。それを奥谷君と高橋君とだけでやるなんて、まして奥谷君は役に立たないだろうし、藤田君も事務だけで戦力でもないし」

実際、最近受注が多過ぎて、栄建設のキャパを遥かに超え、ほとんどのケースで「丸投げ」しないと追い付かなかった。が、それでも自分で取った仕事に関しては客に対しての責任を重々感じていたから、空き時間を見ては対応していた。

「大丈夫です。末永課長の部隊をこっちから指示してますから。後は山田先輩にもお願いしていますので契約と挨拶回りでもだいぶ助かっていますから」

「彼のところも全部で三人位だろう。それに、山田君のフォローがあったとしても無理じゃないのか。良かったら私から社長に申し入れしてあげようか」

僕はその好意に感謝した。が、一ヶ月半後にいなくなる事を考えると、簡単には甘えられない自分がいた。生きている間に何かを残したかった。自分の何か。それははっきりとは見えてはいないが、自分の人生でこれだけ充実した時はなかった。満足感と限られた時間の中で僕は何かを見付けようとしていたし、それは目の前にあるように思えた。

それが何か、全然判らなかったけど。

「先生お時間ありますか？　先日のビデオテープの件なんですけど」

夜勤前に川崎は部屋に入ると一礼し、医師会への報告書を作成していた木村に封筒に入ったテープを黙って渡した。

「これ。取り戻してくれたんだ。やっぱり彼が持ってたんだね。で彼は何か言ってた？」

「何も言いませんでしたけど、快く渡してくれましたよ」

「快く？　不思議だね。何も映ってなかったのかな。ところで清美ちゃんはこのテープをもう見た？」

「いいえ」

　彼女は無愛想に言った。映っている内容を知りながらも、それでも自分に渡してくれた真一の事を思っていた。できる事なら渡さないで消そうとも思ったが、真一が最後に言った「決めるのは僕じゃなくて、神様なんだ。全ては人間の意志にかかってるけど、そんなものは神様に取っては取るに足らない事かもしれない」という言葉が気にかかり、結局は渡す事にした。正直ってどうしたら良いのか判らず、現実主義の木村に、神の存在を知ってもらいたい、というよりは現実がいったいどんなものであるのかを知らせたい気持ちで一杯だった。

「一人で見るのは抵抗がありましたから、それに何かが映っていたら嫌ですから。見るなら先生が一人で見られたらどうかと」

「判った。そうするよ。今日は診療ももう終わりだし、家に帰ってから他にする事がないから、帰ってからゆっくり見るよ。取り敢えずありがとう。今度機会があったら何かご馳走するから」

「お気を遣って頂かなくても。ただ加藤さんは、先生には二度とお会いなさらないような気がします」

語気が荒くなった。

「それはなぜ？」

木村は訝《いぶか》るように尋ねた。

「理由はありませんが、そう感じただけです。今から仕事に戻りますので」

木村は、もらったテープの入った封筒を高く上げ確認するように透かして見ると、そのままきちんと片付けられた引き出しの中に入れた。川崎は軽く会釈をすると部屋から出た。


「昨日、いいえ今日はありがとう。眠たくなかった？」

川崎からの電話が、夜の十時過ぎにあった。

「大丈夫だったよ。コーヒーをガブガブ飲んで、胃の中が荒れてる感じがするけど」

僕は眠い目を擦りながら、少しだけ強気を出して彼女に悟られないように元気良く話した。

「ごめんなさい。私が無理言ったばかりに、朝まで眠れずに」

「大丈夫だよ。ところでテープは木村先生に渡した？」

うん、と彼女は小さな声で言ったが、元気がないように思えた。

「渡すかどうか最後まで悩んだんだけど。やっぱりあの日何があったか、知ってもらいたくて。見たからどうって事はないのは知ってるけど。あの日起きた事は真実だし、それに真一さんも後一ヶ月したら……」

そこまで話すと、彼女は言葉を失くした。それから沈黙があって、受話器の先が静かになった。

「真一さんは、私の事どう思う？」

「どう思うって？」

「今朝、私が言った事」

「好きか嫌いか」

「そう。このままだと何だか駄目になりそうで怖いの」

僕は返事に苦慮した。僕がこの世界にいるのは後三十二日しかない。その間でワシ様が望まれる「恋」をするのも考えたが、残された彼女の事が気になった。まして「好きか嫌いかなんて」聞かれても、僕の心の中には、高橋の存在がある。先日の日曜日以来、心の中で彼女の事がだんだんと大きくなって来ているのが、元来鈍感な僕でもはっきりと判っている。ただ川崎の事を傷付けたくもなかった。

「好きだよ。だけど僕は三十二日しかここにいないんだよ」

「それも知ってる。全部知ってるわ。だけど、どうしても真一さんと一緒にいたいの。残された時間だけでも。それとも、昨日何もなかったっていうのが答えなの？」

僕は心の中で葛藤した。女性と付き合った経験のない僕にとって、すぐには答えは出なかった。川崎と付き合うのは簡単かもしれないが、残された彼女には無責任である。ワシ様の「国造り」という考え方からすると、それは理想なのだろうが、僕にはそれがどうしても許せなかった。ずっとこのまま生きる事ができるなら、付き合うかもしれない。結婚するかもしれない。

「ごめん。僕の残りの人生から考えて付き合う事はできない」

と、はっきり答えを出した時にも、川崎はそれでも時々会いたいし、話したいと言った。その感覚は今でも理解できない。母性本能かそれとも職業意識なのか、ワシ様の作った惚れ薬のせいか、僕自身もたぶん彼女も理解できない行動だったのだろうが、その答えは最後の最後になっても出る事はないだろう。

ただ、一ヶ月そこその限られた人生であるが、それでも僕は「死」というものに直面しつつも、自分を失わなかった事は、長い、いや短い人生の中でも特筆すべき事である。

お前、おもろい芸をする

十一月二十五日は、僕の一つの転機になった記念日である。転機になったのは後でワシ様に教えられた事ではあるが、この時はとうていそんな日になるとは夢にも思っていない、ごく普通の日曜のことである。

甲府からのバスは休みというのに意外と混んでいた。駅前から北に三十分ほど行くと、やがて遠くの山の中腹に、てっぺんに金色の丸い大きな玉の付いた屋根が目に入った。山々の景色はもう紅葉が終わったのか、あちらこちらに葉のない広葉樹があり、それが曇りのこの日には意外にマッチしている。

バス停の角を曲がると、大きな赤い鳥居があり、門は金色をしていた。朝早くから僕は高橋と藤田に付き合わされて、甲府近くまで出て来ていた。

「ねえねえ、凄いでしょう。全部金でできているのよ。あの屋根は漆塗り。なんか樹齢二百年の吉野杉から切り出したものらしいわよ。凄いでしょ」

藤田は興奮して上擦った声を出した。

「凄いね」

僕は気の抜けた返事をした。

「こちらの宗祖様は、今から十年前のある日、天のお告げがあり、人類救済のためにこの宗教を設立されたのよ」

藤田は誇らしげに説明した。

「だって、今まで何人の人を助けて来られたと思う？　信者ももう二千人はいるらしいわよ。滅多に会える人ではないの。だけど、宥希絵の事を話したら会っても良いと言われて。宥希絵は本当にラッキーよ。面会するのに、多くの人が順番待ちしているのよ」

興奮しているのか、藤田は息吐く暇もなく話し続ける。

「だってね。近くのおばあさんなんて、胃の持病が一年で治ったらしいの。凄いでしょう。お母さんの癌もきっと治してくれるはずよ。物凄い先生なんだから。いや生き神様と呼ぶにふさわしい方よ」

僕はそれを黙って聞いていた。藤田がこの場所に、友達によって連れて来られたのは、もう二年も前になるらしい。初めは半信半疑だったが、自分の悩みを言い当てられてからここの信者になり、休みの日には時々顔を出すという。奉仕活動だそうだ。

境内は以外と広かった。都内からそう遠くないところにこんな立派な建物を作るなんて、いったいどれくらいのお金がかかるのだろう、と思ったが、やっぱりそれだけ実績があるのかと思い納得した。

僕は、ワシ様と会ってからもう五十九日になるけど、宗教にはとんと縁がない。元来宗教は嫌いであるが、このように新興宗教を訪問するなんて夢にも思わなかった。が、彼女がどうしても付いて来て欲しいという以上、無碍に断る理由はなかった。

「右見て、右よ。あそこにはお釈迦様が祭られてるの。それで左が水子供養の観音様。中が女性の子宮の形になってるの。それから今から行くところには、天照大神様が祭られてるのよ。やっぱり先生って凄いでしょう。ここに来るだけで何でもあるんだから」

そう言うと、広い境内を飛び跳ねるように歩調を速めた。が、僕にとってはあまりにも珍しい建物で、それだけで充分だった。

本堂の脇にある待合室に通されると、もう二十人ぐらいの人が待っていた。入れない人は、外のパイプ椅子に腰かけて話していた。僕達も中に入れなかったが、親切な人がいるもので、初老のおばさんが、おつめしましょう、と、三人の座る場所を空けてくれた。

「今日はどちらからおいでですの？　私と主人は、鹿児島からはるばるこの甲府まで、まる一日かけて来たんですよ。主人の胃潰瘍が悪化して、どうしても先生に診てもらいたくて」

「大変でしたでしょう？　わざわざ来られるなんて」

僕は驚いてそう返事すると、

「だって、それでお医者様から見離された胃潰瘍が治るなら、安いものですよ」

と自信ありげに言った。ワシ様がいたらこんな時どうするのだろうと思ったが、一言も話しかけて来ないのを見ると、どうも興味がないらしい。それより、《奇跡》なんて良く起きるものなんだと変に自分で納得した。

僕達はその椅子の上で四時間ほど待たされた後、大きな神殿の中に通された。神殿も全部大理石でできており、百畳ほどある大広間では、巫女の格好をした赤い袴を穿いた若い女性達が、わき目も振らずに掃除をしているのが目に留まった。

その畳の部屋を通り過ぎると、大きな鉄製の扉があり、一人の男性がそこに立っていた。

「宗祖様はもうすぐお越しになられる。今暫しお待ち下さい」

耳にイヤホンをした二十五、六の神主姿の長身の男性が話した。

「大変なところだね？」

僕が小さな声で話すと、藤田は、

「静かにして」

と、緊張した声で小さく言った。

「どうぞ」と言われ、部屋に通された。そこは十畳ばかりの小さな畳の部屋で、ふかふかな真っ赤な色をした座布団が敷かれていた。床の間には「天照大神」という、掛け軸がかかっている。僕達が席に着くと同時にどこからか太鼓が打ち鳴らされて、笛が鳴り、それから二人の巫女が前にうやうやしく出て来ると、こちらに向かって深くお辞儀をした。正面を振り返ると、その真ん中を白装束の一人のでっぷりと太った中年の男性が出て来て、僕達に軽く会釈をした。

「初めまして」

重い声を出した。

「おかあさんが癌と言われるのか？　それは大変じゃ。容体は重たいのか？」

「はい。医者の診断では余命が一ヶ月もないと」

「それは大変じゃ。しかし心配は要らぬ。おかあさんの癌もたちどころに治る。ただ信仰心があればの話じゃが」

「信仰心ですか！」

「そうじゃ。信仰心じゃ。今を去る事十年前のある日、私のところに天照大神がお越しになって、人類を救済せよと啓示をくだされた。まあ詳しくはテレビで紹介された事があるが、君は見た事があるか。ない？　じゃ本も何冊も出版されていて、それに詳しく書いてあるから、読めばいい。帰り際に一冊プレゼントしよう」

「ありがとうございます」

「先生もったいのうございます」

藤田が隣で外れた高音で返事をし、土下座をした。

「気にしなくていい。まあそれからじゃな、私が人類救済を始めたのは。本当にテレビ見た事ないの？　この間も再現ドラマでやったんだけどな。まあいいや。天照大神の言うには、人類は乱れていて、不況、自殺、犯罪の増加。特に癌が増えた事に非常にお悩みになられている。それら救われない人を助けるのが、私の使命ともおっしゃった。君、君だよ聞いているのか？」

突然その宗祖は、僕の方を見て話しかけた。はっきり言って、宗祖の話なんか聞いてはいなかった。

「すいません。調度品が余りにも豪華でそれに目を取られておりました」

「君、しっかり話を聞かないといけない。これは私の言葉ではなく、あの天照大神のお言葉なんじゃ。君みたいな人間がいるから世の中は乱れ、自殺が増え、不況になるんじゃ。いいか、話はちゃんと聞きたまえ。たとえ付き添いで来たとしても、こんな機会滅多にないのであるから。いいな！」

「すいません。気を付けます」

僕は、気の抜けた小さな声で返事をした。

「まあ良い。言い過ぎたかの。取り敢えず信心する事じゃ」

「先生、信心というのはどのようにしたらよろしいのでしょうか？」

高橋が、隣から深刻そうな顔をして声を出した。

「いい質問じゃ。信心というのは天照大神や仏様を奉る事。そのためには、朝早く出て来てこの境内を掃除するもよし、ここで寝泊りしているものの世話をするもよし、何でもいいから天照大神に尽くす事なんじゃ」

「先生、申し訳ありませんが、私の母は入院中で、外出は禁止されております。私も勤務している場所が新宿ですから、毎日ここまで通う事はできません。そんな時、どうやって信心したら良いのでしょうか？　それができなければ、母を助ける事ができないのでしょう？」

「そうか。それは困ったな。信心が表現できない、それは困った」

宗祖は腕組みをし、大きく溜息を吐いた。暫く沈黙があった。二、三分は黙っていただろうか。僕達は真剣に考える宗祖の姿を黙って見つめていた。

「そうであるならこうしよう。勤労奉仕できなければ他にも方法がない訳でもない。それはお布施をする事じゃ。言わば、お金であなたの代わりに働く人間を見付けるという事。それで全てが解決する。ところで、あなたには幾らほど貯金がある？」

「貯金ですか？　結婚費用にと二百万ばかり貯めております」

「二百万か？」

　宗祖はまた腕組みをし、目を瞑った。

「他にもう貯金はないのか。たとえばおかあさんがあなたのために貯えておいたとか。お父さんの遺産があるとか。そう土地でも良い」

「それは良く判りませんが。それが何か？」

「実を言うとな。ここだけの話。天照大神がご降臨された際、一握りの塩を置いて行かれたんじゃ。癌とか治す時に使えとな。それが今ではほとんど残ってはおらん。まあこの塩を使えば、癌のみならずどんな病気にも効く。瞬間に消えてしまうのじゃ」

「先生、その塩をなんとかお分けしていただく訳にはいきませんでしょうか？」

「私も分けたいのは山々じゃが、先客があっての。その人間がどうしても欲しいという事での、一千万でも分けて欲しいというのじゃ。なんか慢性の痔らしい。まあ私も最後の一握り故どうしても手放したくはないが、どうしてもという事での」

「先生、どうか高橋さんをお助けください。いずれ彼女も、ここの信者になると思いますから」

藤田は頭を畳に擦り付けると、僕にもそうするようにせっついたので、僕も付き合いで同じ真似をした。それを見た宗祖は、もう一度腕組みをしてしかめっ面をした。

「うーん困った。実に困った」

「一千万円ですか。私の貯金と母の貯金を合わせても五百万がやっとです」

腕組みをして目を瞑っていた宗祖が、膝をおもむろに打ち、それから大声を出した。

「判った。これも人助けじゃ。五百万で渡そう。これは特別じゃ。痔より命が大切であるからの。だけどここだけの秘密じゃぞ。まあ今日のところはお引取りいただき、日を改めてもう一度お越しなさい。無理にとは言わんぞ。まあ、容態が容態ゆえ急ぐ事に越した事はないが」

「先生ありがとうございます」

藤田は畳に頭をこすりつけるようしてお礼を言った。それから僕を横目でにらみ付けながら小声で叱り付けた。

「あなたも私のようにやりなさいよ。全然敬神の気持ちがないのね」

「いいよ僕は」

頭を下げる事については性格上なんのためらいもなくできるのだが、相手が〈神〉と名乗る以上、ワシ様がどんな事を言い出すかも判らず、あごをつき出すようにして会釈した。

「これだから、無信心の奴は困る。まあ、こんな奴はどうでも良い。じゃが、わざわざ来てもらった土産代わりに、その塩がどんなものかだけでも見せてやろうか」

宗祖はそうもったいを付けると、「よっこいしょ」と太った体を面倒くさそうに持ち上げ、奥の部屋に消えて行った。

暫くして、宗祖は金色のビニール袋に入った塩を持ち出して来、僕達に見えるように上にかかげた。

「これこそが天照大神の塩じゃ。じゃが、塩を飲むだけではいかぬ。必ず信仰し、時間がある時は必ずここに奉仕しにくるのじゃ、それが条件じゃが良いか。明日まで待つ。明日必ず五百万円を持参するようにな。でないと他の者に渡すぞ、良いか」

はっきり言って、こんな事は自分の人生にはなかった。この二ヶ月の間、ワシ様と一緒に行動してきたが、ワシ様はそんな事言わなかったと思う。いや、言ってない。本当にそんな事で癌が治るのかと思ったが、高橋は真剣な顔をしていた。


金で作られた門を出る時、彼女はがっくり肩を落としながら、

「もっと、お金持ちのところに生まれれば良かった」

そう呟くように言った。

「何で?」

と僕が聞くと、

「だって五百万なんてできやしない。ましてお母さんは何時《いつ》死ぬか判らないのよ。銀行でも貸してくれるか判らないし、お母さんの貯金は入院費で必要でしょ。いったいどうしたらいいの？　お母さんは死んじゃうの？」

僕は何て答えたら良いのか判らなかった。ただ彼女が悲しむのを見たくなかったので、独り言のように、

「ワシ様。ワシ様」

そう小さな声で呼んだが、返事はなかった。

「何か言った？」

「ううん」

と僕。

まさか、神様に話しかけてるなんて言えないし、そんな事を言って馬鹿にされるのが怖かった。僕には宝くじの貯金がまだ千四百万程残っていたから、ワシ様に頼んで許可が出るならそれを宗祖に渡そうと思っていた。

「ねえ。宥希絵さん。今からもう一度行って交渉してくる。二百万に負けてくれるように……。時間がかかると思うから、藤田さんと先に帰っててくれる」

「加藤さん駄目よ、変な事したら。先生はデリケートな人なんだからね」

僕は頷いて、急いでもう一度金ぴかの門をくぐり玄関へと向かった。

いざとなったら、三百万は僕が出せば良い。

そう思った。

途中で先ほどの老人が、金の袋を後生大切に持って帰るのに出くわした。

「塩をもらったんですか?」

「はい。ありがたい事に、最後の一袋という事で分けていただきました」

「失礼ですが、御幾らでした?」

「そんな。御宗祖様とのお約束で、金額は控えさせてください。ほんの気持ちだけでした。今から御宗祖様にお会いになられるのですか? 慈悲深い方でございますよ」

僕はそれを聞くと嬉しくなった。もしかしたらあの塩をもらえるかもしれないし、分割払いにしてもらえるかもしれない。それでも良かった。どうしても高橋の喜ぶ顔を見たかった。

玄関に着くと、先ほどの取り次ぎが再び現われ、それからどのような用事かと尋ねた。僕が塩の事で御宗祖に会いたいと言うと、先ほどの待合室に通され、それから二時間の時間が経った。

宗祖は、やはり太鼓とともに姿を現わした。

「またお前か。何か用か?」

「実を言いますと、先ほどの塩の事でお願いが」

「何だ。早く言え、時間がない」

宗祖は不機嫌そうに言った。

「彼女は二百万の貯金があるそうです。実は僕にも千四百万程度の貯金があります。それから三百万出しますから、どうか彼女に塩をお渡しいただけませんか」

その言葉を聞くと、宗祖の顔はほころんで、嬉しそうに笑った。

「あなたが千四百万も持ってると」

「はい」

内心ドキドキしていた。ワシ様の許可を取っていない。

「それは殊勝である。お前の気持ち、きっと天照大神もお喜びの事であろう」

「ありがとうございます。それではそのお塩を分けていただけるのでしょうか？」

「当然である。お前の気持ちしかと受け取った。しかし、彼女もいいボーイフレンドを持った。宗祖は心から嬉しいぞ。神々もその気持ちきっとお喜びじゃ」

そう聞いて僕は改めて土下座した。これで彼女の母親が治るなら、彼女の喜ぶ顔を考えると心から嬉しかった。

「しかしじゃな。いや止めとこう。言うと不味い」

「何ですか？　教えてください」

「彼女には話はしなかったが、実はもう一つある」

「それは何ですか？」

「それは剣じゃ」

「剣でございますか？」

「剣をこちらへ」

　宗祖がそう言うと、再び太鼓が鳴らされ、三宝の上に置かれた金色の剣がうやうやしく部屋に運ばれて来た。

「これじゃ。これが天照大神から直接譲り受けた剣じゃ。この剣は、全ての病魔を退治する伊勢の宝刀である。またこれを持てば、病気のみならず地位、名誉、金望むもの全てが手に入るという品じゃ」

　僕は思わず土下座した。ワシ様が時々言われるあの伊勢様の剣と聞いて興奮した。そんなものがここにあるなんて、見るだけでも嬉しくなった。

「実のところ、宗祖の手元にこれが三本ある。天照大神がこちらにお越しになられた時に、土産という事でお持ちになられた。三本しかないが、お前の心根が優しい故、譲っても良いぞ」

「いえ僕にはちょっと」

「何を言うておる、こんなチャンス二度とないぞ。それにこの剣を使って病魔を退治し、さらにこのお塩を使えば、末期癌などたちどころになくなるのは必定」

「そのお塩だけでは不充分なんですか？」

「不充分ではない。ただ、もしかしたら効かない可能性もない訳ではない。何分寿命というものがあるからの」

「そうでございますか。では、剣があると完璧なんですか？」

「無礼であろう。当たり前じゃ。もったいなくも御伊勢様直伝の剣じゃぞ、控えろ」

僕は再び土下座した。どうしてもこの剣を持って帰ろうと思った。

「お幾らでしたら、それをお分けいただけるのでしょうか？」

「塩と剣で一千万だせば良い。それなら宗祖の顔も立つであろうし、天照大神も喜ばれるであろう」

僕が再び頭を下げた時、意識がなくなった。

だけど今回は違った。まるで夢のように、僕はこれから起こる事を横で見ていた。幽体離脱って言うんだっけ。もう一人の自分が、部屋の上からじっと僕を見ていた。その理由？　今でも良く判らない。ビデオを見たせいなのか、それともワシ様の気まぐれのせいか、それは今考えても判らない。


「おい、お前！」

静かな大広間に、低いドスの効いた声が響いた。静かな部屋が前にもまして静かになった。

「お前だと！」

突然の言葉に、宗祖は怒った。

「そうじゃ。お前で良かろう。でなければ、下郎が良いか？」

「下郎だと！」

「話すな！　下郎！」

「何を言う、失敬な！　誰かこいつを摘み出せ！」

「出鱈目を言うな！」

ワシ様は一喝した。

「出鱈目だと！　何が出鱈目じゃ！　気分が悪い、早くこいつを外に出せ！」

その声を聞くと、扉を開け二人の大男が部屋に飛び込んで来て、僕の両腕？　いや、ワシ様の腕をしっかりと抱えて外に連れ出そうとしたが、腕を摑もうとした二人の男は微動だにできずに動けなくなった。

僕が？

そんなのできるはずがない。

「聞く！」

鋭い、そして威厳のある声が走る。

「いつ伊勢様が、お前のところに来た！」

「十年前だ！」

「それで、その塩と剣を三本、お前に渡したというのか！」

「そうだがそれがどうした！」

　ワシ様は大声を上げて笑った。

「だから出鱈目だと言うておる。御はそんな事はせん。かつて一度もそんな事したこともない。ワシも癌用の塩を用意した記憶もない」

「お前の記憶なぞどうでも良い。早く出て行け！　でないと……」

「でないと。何じゃ！」

「でないと、天照大神の名において末代まで祟ってやろう。バチをくれてやる。早くここから出て行け！」

　ワシ様がまた大笑いをした。

「バチか、お前、またおもろい事言うの。やって見ろ。それより、バチというのがどんなものなのかお前は知っておるのか？」

「バチとは、天罰を指す。たとえば、お前のみならずお前の家族も全員癌にしてやろう。それが天罰というものじゃ」

「癌にする？　天罰？　実におもろい事を言う。できる事なら見てみたいものじゃ」

　宗祖は怒りの余りに顔を赤らめて叫んだ。

「そうよ、癌にした後、落としてやる地獄に！　よいか！　ただの地獄ではない、炎熱地獄じゃ！　そうじゃそれが良い。私に逆らったものは、天照大神の名の下、全部地獄に行くのじゃ！」

「ホー。またまたおもろい。アマテラスの名においてか。それも炎熱地獄か」

「そうじゃ。判ったら早く帰れ！」

「し・て・み・ろ！」

　語気がさらに低くなり、恐ろしげなゆっくりとした低い声が辺りを制した。それから誰も聞いたことのないような、まるで地獄の底からにじみ出るような声がした。

「誰の許可じゃ！」

「誰の許可。お前、天照大神に決まっておろう！　それよりそれほど信じられないのなら、お前に奇跡と言うものを見せてやろう。そうすれば理解しやすかろう」

　そう言うと、祭壇の上を目がけてエイと声をかけ、気を送った。すると蠟燭が次から次に消えて行った。

「どうじゃ、これが奇跡というものじゃ！　お前の命のろうそくも、あのように消すぞ！」

「お前、おもろい芸をする」

　低い声だけでなく、眼光の力が怒りでさらに増し、矢を射るような目付きに変わった。

「お前がエイと声をかけると、あの祭壇の下の男が風を送って蠟燭を消すのか」

宗祖は、怒りに体を震わせた。

「何を言うか！　誰が人為的に風なんぞ送るか！　お前は、奇跡と言うものが信じられないのじゃろ！　堪忍袋の緒が切れた。お前は癌じゃ！　癌で死ぬ！」

「癌で死ぬ、いつじゃ」

「一週間以内じゃ！　癌か交通事故じゃ！　お前の家族も一緒じゃ！　詫びるなら今じゃ！」

「それはちと困る。まだこいつの体がいるからの。それにワシの家族は、もうちと困る。ワシは娘が一番大切じゃからの。そうじゃおもろい遊びをしよう」

「何じゃ！」

宗祖は自分の力を否定され、さらにトリックを見破られたせいか、怒りを滲ませながら言った。

ワシ様は平然と言った。

「それでは祟り合おう。そうすれば不公平ではない。後で文句も出まい。それで良いか」

「祟り合う？　面白い、判った。覚悟せいよ」

そう言うと宗祖は、何かしら念じ始めた。インドかどこかの呪文らしい。

「終わったのか？」

「終わった」

「もう終わりか？」

「ああこれでお前は祟られた。お前は終わりじゃ！　嫌ならすぐに土下座して謝れ。今なら許してやろう。早く土下座して謝れ！」

「ワシがお前に土下座して謝るのか？　はははは、おもろい奴じゃ。やっぱりここに来て良かった。今日は本当に善き日じゃ。おまえみたいなアホが、ワシらの存在の邪魔をする」

「ワシらの存在の邪魔をするだと。どういう事だ！」

「お前らが困っている人間を騙し、金をむしり取る。それもワシらの名前を騙《かた》ってじゃ。故に人間どもはワシらへの想いがなくなるのじゃ。最近、神社参りをするものどもが減ったのもその訳じゃな。ところでお前の言う祟りとは何が望みじゃ、言え」

　宗祖は呆れた顔をして、

「それでは癌にしてみろ！」

「それだけで良いのか？」

「出来るものならやってみろ！」

　その声にワシ様は何も答えなかったが、宗祖の言葉が終わると同時に、宗祖の額に三つの瘤《こぶ》が現われた。次に首に二つ。そして、胃の上が盛り上がったのが、周りにいる巫女の目にも判った。

「ははははは、何の変化もないわ。痛くも痒くもない」

　自分の姿を見ていないせいか、宗祖は大声で笑いながら言ったが、周りにいる巫女達は異変に騒然となった。

「何かあったのか？」

彼女達の表情を見て話す宗祖の言葉が終わらないうちに、ワシ様は再び恐ろしげな声を出した。

「満足してないらしいの。それでは痛いのが良いのか、じゃあそうしよう」

その声が終わると同時に、宗祖は痛みで悶絶し、神棚を蹴散らした。

「痛いのは嫌やろう。だから痛くないようにしたんじゃが。実に優しいな、ワシは。痛みを取って欲しいか」

宗祖は苦しみながら黙って頷いた。同時に痛みが体中から嘘のように引くと、畳の上に疲れたように倒れこんだ。

「お前は誰だ！　悪魔か！　はっきり話せ、でないと不動明王様のお力を借り、お前を成敗するぞ、良いのか！」

と半ば、吐き出すように言った。

「今度は不動か。人間は嫌じゃの。口が利けるようになったらすぐこれじゃ。傲慢になる。嫌なものじゃ。ところで、不動明王を知っておるのか？」

「当たり前だろ！　ここの敷地の端に祭っておる。本堂に金で出来た像を見たであろう。不動明王と聞いてはびびったかこの悪魔め！」

ワシ様は半ば呆れた様子をして、

「不動明王か。アイツは実に怖い」

と笑いながら言った。

「そうじゃろ。恐れ入ったか。恐れ入ったなら、早くこの社から立ち去れ。でないと今度は本当に不動明王を呼ぶぞ！」

「本当に呼べるのか？」

「呼べる！」

「じゃ。呼んでみよ」

宗祖が今度は別の呪文を唱えると、部屋の奥にある神殿の方を指さした。

「ほら、そこの神殿にお越しになった」

「どこじゃ？　見えん」

「当たり前じゃ。お前如き徳のないものには見えはせぬぞ。徳がないからな。それとも恐れ入ったか」

「恐れ入った。不動よりもお前に恐れ入った。良くこんな宗教作った。それよりも、こんな宗教に騙される人間も人間じゃが。実に情けない」

「何をほざく！　早くここより立ち去れ！　でないと、あの不動明王様がお前を成敗するぞ、判っておるのか！」

宗祖はそう言うと、虚空の一点を強調するかのように指し示したが、そこには何もない。

ワシ様はいよいよ嫌な顔をして、

「不動。このおっさん呼んでおるぞ。たまには来たれや」

と熊野弁で話しかけると、空中にうっすらとした霞がかかり、その中から二メートルもある不動明王が姿を現わしワシ様の右隣に立った。

宗祖はその出現に呆気に取られて、言葉がなかったがやがて、

「嘘じゃ！」

と一声、大きな声を発した。

「不動よ。どうする。先日のは死神じゃったから、処分しやすかったけど、今度はアホの生きてるおっさんやで。ワシが体を使うてるこいつも相当なアホやけど、こいつは年季が入った超一流のアホじゃ。ちょっと信じられんな。お前もなんか芸の一つでもしてやれ」

不動明王が両手を握ると、三メートル位の長さの剣が姿を現わした。それから、居並ぶ一同を鋭い目で見放つと、低くそれでいて澄んだ声を出した。

「頭《ず》が高い！」

周りにいた巫女達はその声に驚き、慌てて畳の上に手を着き土下座をした。先ほどの二人の男もそれに倣った。ワシ様はその様子をチラッと見ると、宗祖に向かって睨み付けた。

「お前は明日死ぬから覚悟しておけ、そうや、伏しておる巫女ども、いや巫女もどきども、手

鏡持って来て、こいつに顔を見せてやれ」

その声に圧倒されたのか、近くにいた巫女数名がそそくさと手に鏡を持ってやって来て、鏡を宗祖に見せ、再びワシ様と不動明王の方を向いて土下座した。

「これは……」

宗祖が鏡に映る自分の顔を見て、声にならない悲鳴を上げた。突然顔に出来た瘤のために、人相が変わって、自分の顔が自分のものであるようには思えない。

「そう。お前の望む瘤じゃ。一応、頭に三つ。喉に二つ、そして胃に一つ付けておいた。まだいるか、望むがままにしよう」

「あんたはいったい、いやあなた様は？」

宗祖は絶句した。どうも自分の顔の異変が信じられないらしい。

「それは言えん。まかり間違うて、お前が裁判で、閻魔の前でワシの名言うかもしれん。気を付けないといかん。ここにおるのがばれるからの。死んでもワシが自らした事を言うなや。人間に対してワシが直接祟るなんて滅多にせん事やからな。内緒にしておけ。でないと炎熱地獄に叩き落し、数百万年出られんようにすんど。今回は忍びやから許す。見て見ぬふりもする。ただ！　お前は大きな間違いを幾つも犯したんじゃ、判るか？　それもワシの目の前でじゃ」

「……」

「判らぬであろう。一つ、御の名前。お前の言う天照大神の名前を使って騙した事。一つ、禁じている金目的の宗教を設立し、人間どもに恐怖を与え、金を巻き上げた事。一つ、ワシと不動明王の名を汚した事じゃ。最後が一番重たい。このアホを騙してワシの生活費を巻き上げようと思うたやろ」

「生活費？」

「そうじゃ。お前に一千万も払うたら、ワシは明日から猫マンマ食わなあかんようになるやろ」

「猫マンマ？　いったい何の事じゃ？」

「別に判らんでも良い。こっちの話じゃ。じゃが、生きておる人間に腹を立てたのは長い歴史で初めての事。その意味でお前は貴重な存在じゃった。実に良い経験させてもろうた。なあ不動よ」

　不動明王は、それを聞きながら表情を変えずに彼らを見据えている。無言ではあったが、その威厳のため、そこにいる誰もを恐怖が支配していた。微動だにすれば、たちまち命がなくなるのを無意識のうちに肌で感じていた。

「これは癌であるはずはない。何らかの魔術じゃ。魔術いや手品かもしれん。そこにいる不動明王も嘘じゃ。猫マンマの意味も良く判らんし、生活費の意味もまして判らん。神が生活費なんているはずなかろう。プロジェクターか何かを使っているはず。もしかしたら、こいつは悪魔か手品師に違いない」

ワシ様は呆れた顔をして首を微かに横に傾げて、横に剣を持って立つ不動明王に話しかけた。

「こいつなかなかのもんやろ。何でまだ判らんのか、よう判らん」

「誰かおらんか！　こいつを外に連れ出せ！　奇妙な術を使う」

宗祖が近くのマイクに叫ぶと同時に、バタバタと走る音がして扉が開けられると、さらに四、五人の白装束の屈強な男が入って来たが、入って来ると同時に、そこに立っている不動明王にビックリして立ち止まった。

「何をしておる！　それは幻影じゃ幻影！　驚くな！　それより早くこいつを連れ出せ！」

と宗祖は声の限りに叫ぶと、同時に男達は、身体を押さえ付けようと恐る恐る近付いて来た。

「下郎共！　動くな！　命じゃ！」

声と同時に男達は、まるで凍り付いたように動かなくなって立ちすくんだ。金縛りにあった事に驚きと恐怖を顔に浮かべた表情のまま、目に表われる恐怖だけがそれをつぶさに語った。

「最後に面白いもの見せてやろう」

ワシ様はそう言うと、左手をその男達に向けた。と同時に男達は、神殿の端から端まで約二十メートルの距離を、まるで木の葉のように飛ばされ畳の上に転がった。

瞬時の事である。

「どうじゃ。この間勉強したんじゃ。汚い病院の肝試しでな。この芸実におもしろし。金縛りにして飛ばすなんてやってみたら、意外とおもろい。そうは思わんか。なあ不動よ」

ワシ様は嬉しそうに不動明王に話しかけた。不動明王は黙って頷くと、剣がその手から姿を消した。影響力が大きいので、人間の前では出来るだけ言葉を発するのを控えている。

それを知ってか、ワシ様の重い声が、宗祖に向けて再び神殿の中に響いた。

「お前、天照大神の名の下あいつらを元に戻してやれ。ワシが命を受けるのは唯一つ、伊勢様だけじゃからの、お前が本物なら伊勢よりワシに取り次ぎが来よう。やってみよ！　やらないとあいつらは二度と動く事あたわず。飢え死にするぞ。身体が動かなくては飯も食えまい」

「お前は狐か！　悪魔か！」

言葉が終わるか終わらないうちに、宗祖は再びのたうち始めた。

「痛たたた、どうか助けてくれ」

鋭い視線が走る。

「下郎！　誰が直言許した。それ以上言うと許さんぞ！　もう一度言う。お前の信仰する天照大神は悪魔や狐より弱いのか、お前は我が姉を侮辱する気か、このたわけものが」

その声と同時に、敷いていた何十畳の畳がまるで強風の中の木の葉のように吹き飛んで、宗祖の横に落ちた。

「いったい、痛たたた、どちら様、いや天照大神をして姉と仰るお方はただ一人……」

「下郎！　口が過ぎる。お前に名乗る必要なぞない。今ワシは怒っておる。お前はしてはならない事をしたんじゃ。ところでワシが今何考えてるか判るか。伊勢の神託を受ける身分なら判ろう。まあ偽者には判るまいて。暫く痛みを緩めてやろう。上手くしゃべれんやろ」

　言葉と同時に、宗祖は話し出した。

「判りません。それより幾らでもお支払いたしますから、どうか私の痛みを完全にお取りくださいませ。それに私の癌をお取りくださいませ。一億でも二億でも、いや十億円でもお支払い致しましょう。それと、彼らを、私の弟子達を動けるようにしてあげていただけませんか。お許しになるなら、月に五百、いや一千万円でもお支払い致します。あなた様がおられれば、きっと信者も増えましょう。幾らでも稼ぐ事可能です」

　ワシ様はあまりの怒りに剣を出そうとしたが、不動明王がそれを手で押し止めた。こんなところであの《土雲》を出された時には、どうしようもなくなる。まして、人間一人相手にそれを出すのは行き過ぎである。

「止めるな。誰が土雲を出すと言うた」

　不動明王を一喝すると、右手をおもむろに握ると、白い光を放つ剣が虚空に現出し、辺りを覆った。

「これがワシの剣じゃ。お前も聞いた事があろう。これが十握剣《とつかのつるぎ》じゃ。地獄の土産に見せてやろう。お前が作った剣とは違うじゃろ。これこそあの伊勢より下賜された剣である。天上天下にてただ一振りしかないものじゃ」

あまりにもその剣の放つ光が神々しかったので、金縛りになっている者も含めてそこにいる一同が土下座をし、頭を畳に擦り付け、目を合わせないようにした。宗祖も例外ではなかった。

「あなた様はやはり……」

宗祖は、頭を畳に擦り付けながら下を向いたまま叫んだ。

「五月蠅《うるさ》い！　お前。まだしゃべるのか。口が過ぎると言うたじゃろ。穢れる。しょうがない、口でも取るか」

「口ですか？」

宗祖は初め意味が判らなかったが、その言葉と同時に宗祖の口がなくなった。瞬時に顔から口が姿を消した。今迄口のあったところがのっぺりとした皮膚に姿を変えた。

「地獄に送るまでにお前に教えておく。心して聞け。人間は生まれ付き全て不平等にできておる。金持ち、貧乏人、男前、ブサイク、全部違う。唯一平等なのが「死」である。どんなものでも必ず死ぬ。金持ちも、貧乏人も、若者も、老人も、美人も、ブサイクも皆同じじゃ。それで人間どもは死への恐怖を感じる。それが我々神々を信じる心になる。それがどうじゃ。癌を取れる塩が五百万だと、挙句の果てには剣じゃと、ふざけるな。癌と祟りはワシが統括しておる。ワシの許可なくしては取る事さえできぬ。なぜそれに値を付ける。お前の言う通りにしておったら、金持ちは死ななくなるわ。ワシがこの担当しておるこの病にて、どれだけ苦しむ者がいるか知っておるのか。明日の命を知らずして病んでおる者らの事を考えておるか、心を痛めておるか、お前には判るまい。その苦しみ、お前が死ぬ明後日まででも感じよ」

そう話し終わると、周りにひれ伏す者を見据えながら静かに言った。

「聞いたのか」

恐怖心のあまり宗祖は首を縦に振った。腰を抜かしているのか、土下座したまま上を見る事もできないでいる。

「エエか。今日を含め三日、時間をやる。それまでに、ここにある財産全部処分して、今まで金を取ってきた奴らに返せ。さもなければ口どころで済まんぞ。良いな！」

宗祖は黙って頷いた。

「ワシとした事が。口がなければ、お前の信者共に説明できわせんわな。それだけ元に戻すか」

そうすると、口が現われた。

「もう一度言う。助かりたかったら、お前の財産を、今より三日以内に処理し搾取した者に返せ。判らない金は癌病院に寄付し、研究費用に使ってもらえ。それが世のためじゃ。でないとお前を処分する。判ったら返事をせよ。そのための口じゃ」

「判りましたから、どうぞお許しくださいませ。私は……」

鋭い視線が宗祖を捉えると、それ以上話せなくなった。

「明後日の二十四時に仮に一円でも残っておったら、癌で死ぬどころの騒ぎではないぞ。それこそ我が統括の炎熱地獄に落とし、懲役一万年にする。さらに」

ワシ様の声は続く。

「ここに仕えしもの聞け。一度は許す。お前らが誑《たぶら》かされたのは理解できる。故にこのたびは咎めぬ。されど同じ事あるならば、この横に控える不動明王に命じ、直ちにお前らを処分する。それと、ただちにこの者の手伝いをし、財産を処分せよ！」

巫女と金縛りの解かれた男達は無意識で土下座し、一層畳に頭を擦り付けた。心根は優しいらしい。そのうちの一人が下を向いたまま大声を張り上げた。

「直言失礼致します。ワシ様は一体どなた様でございましょう。我々はここで働いて、長い者でもう十年になりましたが、今、こいつがどれほどインチキな詐欺師であったかが充分判りました。ありがとうございました。できる事でしたら、どうか私達、いやそのうちの何人でも構いません。ぜひあなた様の弟子に加えてはいただけませんでしょうか。生涯修行に励む所存でございます」

ワシ様の顔がほころんだ。

「おいお前」

「はー」

男達は再び頭を畳に擦り付け、同時に声を上げた。

「ワシは弟子はいらん。それに弟子を取るほど低い地位でもないし、お前らが言う修行の意味もよう判らん。修行は仏がやるもので、我々がやるものではない。それより滝に打たれたり、飯食わぬのが真の修行と思うか、それは違う。肉体を苦しめそれに耐えるのが修行と言うなら、精神はどうする。精神は修行せぬのか。我慢するのが精神の鍛錬か。良く観世音と酒飲みながら『そりゃ、人間のやってる事はちょっとちゃうやろ』という話になるんやけどな。酒飲むか麻酔打って滝に当たっても痛くも痒くもないやろ。肉体は借りもの故、何とでもなる。そやけど、精神の弱い奴は健康でもすぐに死にたがる。自殺もする。何でや。精神が問題よ。ほんだら、精神と肉体を鍛えるにはどうすりゃ良いと思う。それは生きる事よ。滝に当たってていちいち修行、修行と言う奴は格好だけ。ファッション。ホンマに修行したかったら、生きれというのが、お前等の好きな仏の考え。まあワシはどっちでも関係ないけどな。自殺したかったら勝手にせよ。それは人間の自由意志じゃ。まあ死んだらワシの自由意志よ。その後は思う存分に楽しませてもらう。まあ話が長うなった。それより財産を処分した後、こいつを警察に突き出せ、さもないとお前らも同罪として地獄に落とすぞ。それと今日の出来事、他言は無用じゃ。忘れよ、良いか！」

「はー」

腰を抜かし小さく土下座している宗祖を除いて、そこにいる誰もが両手を付いてもう一度深く頭を畳に擦り付けた。ワシ様が、それを見ながら目を輝かせて真剣な面持ちになったので、次にいったい何をするのかと思いながら、不動明王はワシ様の方を凝視した。

「不動よ、一つ聞きたい」

不動明王は、ワシ様の方を直視しながら黙って頷いた。

「ワシの芸はおもろかったか」


それからの事は、はっきり言ってよく覚えていない。気が付いたら家のベッドで寝ていた。身体の節々が痛くて、立てずにいた。時々ワシ様に語りかけたが、何も答えなかった。何時《いつ》もの事である。

機嫌が悪くなったのかなと思ったけど、枕元には一握りの塩が置いてあった。もしかしたらワシ様が用意してくれたのかなと思って、急ぎ品川の駅で高橋と会う事にした。


次の日の月曜日、何時《いつ》もの時間に出社した。会社で宗教の話をするのが嫌なのか、藤田はお茶を机の上に置いて「昨日はお疲れ様」と挨拶したが、それ以上は何も言わなかった。僕もそれに触れなかった。

「ありがとう」

高橋は僕の方を見て、おちゃめな仕草でウインクした。

「昨日のお塩、お母さんが凄く喜んでいて。一度機会があればお会いしたいって」

「気にしないで良いよ、別に大した事ないし、それよりお母さんは？」

「お母さんは、だいぶ良くなったみたい。それよりたいした事よ。だって神様のお塩でしょ、それも無料でくれたのだから。やっぱりあの人は本物よね」

「そうだよね」

僕は話を合わせた。

その時、僕は別の事を考えていた。

なぜ、昨日の事を僕に見せたんだろう。だって、今までワシ様が登場すると、決まって記憶がなくなっていたのに、今回は記憶がある。ワシ様の心境変化なのか、それともまた何かが起こるのか。すぐにでも聞きたかったが、話しかけたところで返事がないのは知っている。

自分の中の何かが変わった？

答えは見付からなかった。

ビデオテープ

「あのビデオ見たよ」

川崎が部屋に入るなり、木村は病院の自分の部屋の隅にあるビデオデッキを指差しながら口を開いた。灰皿に積もったタバコの数からして、この部屋を出なかったのは容易に推測できた。昨晩は夜勤だったから、ずっとビデオを見ていたのだろう。

「凄かったね。あの一夜にあんな事があったなんて。ビデオを見なければ信じられないよ」

「そうなんですか」

「だって実際にあそこに映っていたのは、加藤君いや加藤君の体を借りた神様だったんだから。はっきり言って、今でも信じられない。君も見ただろう？　あのビデオ。見てなかったら見ればいい。あそこには死神の他に魔将や不動明王まで写っているんだから。本当に見てない者には絶対に判らないよね。実はあのビデオを見たんだろう？」

川崎は黙って頷いた。

「だけど私には、何か触れてはいけないようなものに感じられて、話す事もできなかったんです。だってこれは、人間が触れるものではない世界のような気がして」

「その気持ちも良く判る。もしかしたら、彼自身がそれを一番感じてるような気がする。僕が電話したら彼はもう一度会ってくれるかな？」

「なぜ、会いたいんですか？」

川崎は疑問を抱いた。

「彼は自分が神である事を知っているのかな？　いや知らされているのかな？　僕は今の彼の

気持ちを聞いてみたい。だって神様はあのビデオの中で、あの時点で、後五十一日楽しむ、つまり五十一日で彼を殺す事を意味してるだろう。人間ってそんな時どう感じるんだろう。僕も仕事柄、死に直面している患者を毎日目にするけど、彼らにはもしかしたら奇跡が起きる可能性がある訳だろう。だから痛いのは判っていても、最後の最後まで治療をする訳だ。だけど、加藤君にはそれがない。生きようとしてもその方法を持たないんだ。いわゆる全知全能の神から、死というものを宣告されている訳だから。そんな時、何を考えて生きればいいんだろうか……」

「私には判りませんが、お会いしたいと思っても、たぶん彼は会わないと思います」

川崎はきっぱりと言った。

「残念だね。ビデオから判断すると、彼は後一ヶ月以内にいなくなる。そんなの信じられるかね、僕は無理だ。あんな超自然現象を見ていても、僕にはできない。それに、死ぬと判っていて、人間それだけ気丈夫に生きられるのかな？　それが良く判らない」

「私も良く判らないですけど、彼はそれで満足してると思えるんです」

「そんなものなのかな。言わば、死刑宣告されてるのにね。人間ってそんな生き物なのかな？　僕ならもっと抵抗すると思うけど。これも生き方なのかと思うと、考えさせられてしまうよ」

その時電話が鳴った。

「先日入院した時、あんまりやる事がないんで精密検査したんだ。結果が出たらしい。清美ちゃんもありがとう。今度食事にでも誘うからね」

木村は手短にそう言うと、電話を取った。

死と直面した時、自分ならどんな行動に移るのだろうか。部屋を出る時に川崎はふと思った。人間なんて明日の事は判らない。明日が来るのが当然のように、毎日の生活を送っている。朝、目を覚まして、決められたように学校や職場に出勤し、寿命を全うする。その中で例外のように毎日「死」がやって来て、残された家族に空白の空間を無意識に与えて行く。

そう考えると加藤が直面している孤独さが可哀想であったし、一方で時間を決められて生活している彼が羨ましくも感じられた。

それからさらに一週間が過ぎて、あっという間に十二月に入っていた。先月迄の暖かさは姿を消し、木枯らしが時々吹いて、コートがなくては外にも出られなくなった。今日は、ワシ様がこっちに来られて、すでに六十七日が経過していた。この間、僕の生活はまるで音を立てて流れが変わるかのように動いて行く。元来、煽てられるのが性にあってるのか、生まれ付きのせいか、勢いの付いた僕はそれとなく営業をしてみた。送られて来た雑誌アンケート用紙に書かれてある電話番号に無作為に電話してアポイントを取ったり、税理士にコンタクトを取って、空いた時間で今まで馬鹿にしてやらなかった飛び込み営業をしてみたら、余裕からか自然と話が前に進み、一ヶ月で総工費二億程度のビルを三軒受注できた。これも栄建設始まって以来の記録である。この事もワシ様の力であると思ったが、どんな理由であれ、仕事が取れると何となく嬉しかった。

営業成績は、誰も追随できないくらいまで跳ね上がり、新宿支社の僕の売り上げのグラフは天井までその高さを伸ばし、まるで柳のように垂れ下がっていた。だから、会社に来るのが楽しくなっていた。

朝から薄井建設から持ち込まれる仕事を処理し、午後には客先回り、時間がある時には飛び込みの営業をかけた。上手くいかない方が多かったが、三十軒位回ると一つ、二つの引き合いがあり、受注できたのでそれがまた面白かった。人数が足らない事もあり、受注した仕事の事務処理を全て奥谷と藤田に振り分け、僕はできるだけ外に出た。性格上彼らと付き合うのには抵抗があったものの、忙しくなるに連れて彼らの態度も変わったのは否めない。それまでやる気のなかった二人が、これまで拒んでいた残業を喜んでするようになったし、藤田にいたっては、給湯室で無駄な時間を過ごす事もなくなった。

大下部長も、当初は薄井建設との繋ぎに終始していたが、僕の引き合いの数が多いためか、営業面でのアドバイスをしてくれるようになっていたし、必要なら薄井建設の名刺を持ち出し、提携会社という形で営業をしてくれたから、客先への信頼は絶大なものがあった。

この日の午後、会社に帰ると、武部長が僕を手招きして部屋に呼んだ。

「お疲れ様です」

と何気なく部長の机の前で一礼すると、何時《いつ》こっちに来たのか、小松功社長が武部長とソファーに座りコーヒーを飲んでいた。社長と会うのは先日の薄井建設からの初発注以来の事である。その時までこんな小さい会社でも直接話した事はなかったし、廊下ですれ違っても目礼をするぐらいで言葉を交わした事もない。記憶にあるのは、入社試験の時である。

最終面接で「加藤君、人生とは何か判るか?」が、唯一社長が発した言葉で、「全然判りません」と僕が自信ありげに答えた印象が良かったらしい。「その自信が大切なんだ」と言われはしたが、面接に受かった理由は今でも判らないでいる。

苦労して、一代で施工部隊を入れて百二十人規模の会社を設立しただけあって、でっぷりとした体型の割には筋肉質で、やたらと威勢が良く、時々部長室の外にまで声が聞こえる時がある。

社長が、部長室から営業所全部迄聞こえるような大声を張り上げた。

「いやはや。加藤君には恐れいった。まさかここまで、それも僅か五十日の間に成績を伸ばすなんて、まさに奇跡。私を初め、重役も驚いている。先日、薄井建設から話を持ち込まれた時には、私自身も半信半疑でいたのだったが、まさかここまでになるとは、夢にも思わなかった。それでだな。薄井の大下部長から君を薄井建設に欲しい、という依頼を昨日受けたが、これだけ活躍している君をみすみす渡す訳にも行かず、君を急遽次長にする事になった。突然の人事で戸惑うかもしれないが、実力あるものが上に立つというのが我が社の社風であるし、正直言って薄井と姻戚関係のある君への引き止めと考えてもらってもよい。次長になれば固定給になるし、年収も八百万は超えるだろう。期待に答えるようにぜひとも頑張ってもらいたい。無論、武君も次の取締役会で取締役に推薦するつもりである。これだけ新宿営業所の成績を伸ばしたのは君のみならず、武君の力もたぶんにあると思うからな。それでだ、湾岸プロジェクト室に席を置いたまま、今の営業部もすべて担当してもらいたいんだ。戦力不足は経営陣として認識しているから、当面の間末永君は君の下に入れるから。それでどうだ?」

はっきり言って、僕は呆然として言葉にならなかった。それから後、部長が何を言ったか覚えていない。ワシ様が出たんじゃなくて、僕が興奮したからなんだけど。たぶん、頑張ってどうにかこうにかとか言ったようにも思えるけど、頭が真っ白になって何を言ったかは覚えていない。蠟燭が消える寸前に炎が燃え上がると言うけど、僕の場合そんな規模じゃない。だけど、それでも良かった。だって、あのまま死んでいたら、たぶん僕の人生はそれだけで終わっていたんだから。

部長室の外に出ると末永課長は殊の外元気がない。社長の大声のせいか、まだ内示がでないうちに課長の耳に入ったみたいだ。人事異動はどこでも良くある事だが、今まで箸にも棒にも引っかからなかった僕が、課長に代わって指揮を取る事がどうしても許せないみたいだった。

それでもしょうがないという気持ちは僕のどこかにあったが、課長の顔を見ると、少しだけ可哀想に思えた。だけど彼には希望がある。子供にも自分の将来にも可能性がある以上、それだけで充分だと思った。だって僕は、後二十一日もしたら、この会社じゃなくて、この世からいなくなるのだから。

忙しい師走は早く過ぎる。早起きして見る太陽の海から昇る時間も遅くなったし、昇る位置も南の方に動いた。落ちる太陽もその速度を速めて、五時になる頃には、目の前のお台場に電灯が灯され、澄んだ空気の中でそれが良く映えるようになった。海風も急に冷たくなって、気分転換にベランダに出るのも億劫になった。残すところ後十九日と、まるでカウントダウンのように毎日が過ぎて行く。それと同時に、刻々と窓の風景は足を速めていった。あれ以降、川崎からの電話が何回かあったが、どうしても出る事はできずにいる。仕事が忙しかった事もあるが、彼女という現世への「未練」も作りたくはなかった。ワシ様にとって僕は最悪の人選であるのは重々承知はしているが、自分の中で高橋への気持ちが深まっている今、他の女性と関係を持つのが許せない自分がいた。

夜、久しぶりに母からの電話があった。一年に一回あるかないかの事である。母と僕はお互い気が通じ合うのか、休みを取ってでも田舎の奈良に帰省しようと考えていた矢先の事である。

「元気にしてるか?」

元気の良い母の声が、受話器から聞こえて来た。

「元気にしてるよ。先日、次長に昇格したから」

「次長か? それは凄いね。この間課長になったばかりじゃない? だけど元気でやっているのが嬉しいよ。元気なのが何よりやからな」

「米はまだある? 鰹節は?」

「大丈夫だよ。腐るほどあるから」

「この頃食べへんようになったん? あれほど好物やったのに。あれは、お母さんの仕事先で店長が、あまったら持って帰って良いって言ってくれてね、幾らでも手に入るからな」

好物は好物であるが、ワシ様との約束で手も付けず、先々月母から送られて来た米も手付かずのままになっていた。

「今度はいつ田舎に帰ってくるん?」

母は続けた。

「ごめん、忙しいからまだ未定やねん。帰りたいんやけどな」

僕も一度帰りたいと思っていた。せめて、死ぬ前に一度は故郷の土を踏んでみたかったが、仕事が忙し過ぎて、それはできないでいる。

「それより、お母さんこそ、東京に来てよ」

「そうやな、お前の新しい部屋、一度見ておかんとな」

結局、次の土曜、日曜を使って、母を東京に呼ぶ事にした。


「え？」

十二月六日、木曜日の事である。この日は僕にとって忘れられない一日になった。

「真一さん、知ってる？」

「この間行った宗教団体」

「うん、どうかしたの？」

「インターネットで見たんだけど、あそこの宗祖、先月の二十八日、癌で死んだんですって。私たちが訪問してから、急に狂ったように寄付を始めたらしいんだけど、三日後の朝に、何か賽銭箱の下から千円札が見付かったって、相当悩んでいたみたいだけど、その日の夜に突然癌で死んだらしいの」

「癌だったんだ」

「それと不思議な事に、真一さんが、宗祖様からのプレゼントだと言って、私にくれた塩があったでしょう」

僕は、うんと相槌を力なく打った。

「それが不思議と効いたの」

「効いたって？」

「お母さんの癌が消えたの。奇跡だってお医者さんが驚いて、レントゲンから血液検査まで全部調べたけど、異常値が何もなくて健康体そのものなの。それで、お母さんと宗祖様にお礼に行こうと思ってた矢先の事でしょ。びっくりしちゃった。宗祖様がお母さんの代わりになってくれた気がして」

ふーん。と僕はから返事をした。それから心の中で、ワシ様の仕業と嬉しくなったが、話せなかった。

「それでね。せめてお礼に食事でもと思って。迷惑？」

仕事が終わる頃、高橋が声を掛けて来た。書類整理は若干残ってはいたが、それも明日の朝すれば間に合う。

「全然、時間あるよ。それより僕こそ話があるから。ちょうど良かった」

あれからずっと自分の中で葛藤があった。暫くすると僕はこの世からいなくなる。が、僕はあの時明らかに自分の意志で、川崎さんを抱く事ができなかった。初めはワシ様に対して申し訳ないと思っていたが、時間が経つと、あれで良かったのではないかという考えも生まれていた。

ワシ様の言う自由意志が自分の中で芽生えている気がしたが、それを固持して良いのかどうかは今でも判らない。敢えて言うなら、僕はこの時、高橋さんに恋をしていたし、できるだけ早くそれを彼女に知らせないといけなかった。

僕には時間がない。

自分の人生を考えた時、あれほど時間があったのに、なぜ今時分になってそれに気付いたんだろう。これまでワシ様の使う体として頑張って来たし、八十八日経って死ぬ事なんて怖くもなかった。だけど、僕が高橋さんを愛すれば愛するほど、「生」への感情が生まれて来た気がしたが、それも迷いと思った。このまま迷ったまま死ぬのが良いのか、彼女に告白して死ぬのが良いのかの答えはないが、このまま死んでしまうと、後悔する気がしていた。


夜の七時に、僕と高橋は待ち合わせて、インターシティーの中庭で会った。木々の間を走り抜けるビル風が、埃を巻き上げて僕を通り過ぎて行く。やがて梢に当たると、それを揺らしザザザザザと音を立てさせた。

「今日は何を食べる?」

庭の木々の間を小走りにスキップして、振り返り様に僕の顔を見るとこぼれるような笑顔を見せた。

「何でもお好きにどうぞ」

「じゃ。イタリアンでも行きましょうか? たまにはアンチョビのピザが食べたいから」

「そうだね。何を飲みたい?」

「ピザならワインかな？　赤、それとも白？」

僕は考えてから、

「カンカンに冷やした赤が良い。ボディがあるやつ。バローロかな」

僕は最近本で読んだ銘柄を言ったけど、彼女の方がもっと詳しかった。

「ちょっとだけ邪道だけど、了解」

彼女は右手を上げて敬礼した。


下弦の三日月から放たれる細い黄色い光は暗い運河の水面を照らし出し、一本の道をその上に淡く浮かび上がらせて、その行く末を作り出していた。時々、風が吹くたびに波が上下し、まるで反抗するかのように、月の姿を、水に浮かぶ葉っぱのようにゆっくりゆっくり動かし、その形を歪ませた。

二時間後、僕達はアルコールを醒まそうと、近くの運河を散歩していた。久しぶりに寒くない冬風が時々通り過ぎたが、火照《ほて》った体には心地好かった。

「良い月ね……」

遮る雲のない空を見上げながら、高橋は僕の右横を歩いていた。

「ねえ。こんなゆっくりした時間があるんだね」

「そうね、真一さんと会ってもう二ヶ月近く。いろんな事がいっぱいあったから。そう、ところであのビデオ見た？」

「もう消しちゃった。あのビデオを皆で見る直前にお母さんが病気になったでしょ、怖くて」

「そうよね。残念だけどそれが良かったのかも」

小さな嘘だったが、それで良かったと思い、僕は波の上を伝ってくる海風を感じながら、遊歩道をゆっくりと歩いていた。水面にはマンションや街灯の明かりが映り、さっきの月を少しだけ判らなくした。

「ところで、私に話があるって何なの？」

思い付いたように僕の顔をじっと見て、先のベンチまで小走りに行って弾けるように座った。

「こんな事を言うのは何だけど、高橋さんって付き合っている人はいるの？」

「突然に何？」

彼女は怪訝な顔をした。《いるわよ》と返事が返ってくるのが嫌だったから、僕はそれを聞かないように話を続けた。

「唐突でごめん。怒らないで聞いて欲しいんだけど、実は僕は……」

そこまで言ってから少しだけ照れてしまって、次の言葉が出て来ず、ポカリと沈黙ができた。だってこんなことを言うのは人生においては初めての経験である。

「何なの？　男らしくないわよ」

「実はあなたの事が好きで、好きでたまらない。初めて道で声をかけた時からそうだったけど、どんどんその感情が深まって行って、今では自分の気持ちをどうコントロールしたら良いのかも判らない。不自然かもしれないけど、僕の人生でこんな気持ちになった事なんてないから言葉になってないけど」

彼女は微笑んで、僕の顔を覗き込んだ。

「嘘じゃないの？」

「嘘なんてつかないよ」

「男の人が嘘をつく時は、目を見れば判るって死んだお父さんが言ってたから。今のあなたの目、嘘じゃないようね。で？」

「で、って？」

「私はどうしたら良いの？」

僕はその質問に答えを用意してなかったから、戸惑ってじっと高橋の顔を見つめた。一陣の風が吹いて来て、彼女の黒髪を意地悪そうに後ろになびかせた。

「できたら、僕と付き合って。いや、駄目なら良いんです。あなたみたいな綺麗な人が僕には不釣合いなのは知ってるけど、自分の気持ちだけを伝えたくて」

「良いわよ。だけど私の事幸せにしてくれる。一生なんて言わなくて良いから、私といる時だけで良いから、楽しくさせてくれたら……」

僕は戸惑いながら大きく頷いて、手をそっと握った。握る強さなんて知らないから、彼女は痛い、と小さな声を上げて手を引いた。

「ごめん」

「本当に真一さんて不器用ね。女性の手を握るにはもう優しくしないと。逃げちゃうから」

彼女は僕の手をそっと握り返した、すべすべした肌を通して体温が伝わって来た。心臓がバクバク音を立て、体中の温度が五度ほど上がった気がした。

どうにでもなれと思って、僕が抱きしめると、さっきより体温がもっと近くになって、うなじの香水の匂いも温かく感じた。

風が、さっきより強くなった気がした。

音が、もっと動かなくなった気がした。

僕は彼女をしっかり抱きしめると、軽く唇にキスをした。長い人生、いや短い人生の中で初めての経験だった。軽く乾いた唇の感触が僕の唇に伝わった時、興奮してどうしたらいいか判らないくらいに心臓が波を打って、もしかしたらこのまま死んでしまうくらいに血が逆流した。

それ以降は、神に誓って何もない。

ワシ様はそんな事誓うな、というかもしれないが、そんなのどうでも良い事である。ワシ様が何と言っても、どうでも良かったたし、これで地獄に落ちたとしても、どうでも良かった。

もしかして、これが自由意志なのかな。

翌日から僕の人生はばら色になった。俗な言い方と言われたらしょうがないが、それでも他に表現のしようがない。仕事が順調である以上に彼女ができた。この三十三年間の中でこんな感覚を持った事はなく、羽があれば飛びたい気分である。昨日は興奮したせいか、一睡もできなかったが、それでも満足していた。

翌日、眠い目を擦りながら、朝の八時に出社すると、もう彼女は会社に来ていて、「昨日はご馳走様でした」とにっこり笑って言った。

僕は照れくさくって、下を向いたまま頷いた。

「久しぶりに楽しかった」

「ありがとう」

「今度は何時《いつ》会う？」

僕は会話にならない返事をした。

彼女はおちゃめに言って笑った。

その時、携帯電話が鳴った。川崎からだった。

「お仕事中ごめんなさい。今忙しい？」

「全然、と言っても長電話はできないけど」

「電話じゃ話難《にく》い事なんだけど」

「どうしたの？」

「実は……」

そこまで話すと、川崎は黙った。

「何があったの？」

「木村先生が……」

「ん？」

「あの人が癌になったの」

「癌？」

僕は思わず電話口で声を上げた。

「そう。末期の肺癌なんですって。余命が一ヶ月以内らしいの。木村先生本人は知らないらしいんだけど、主治医の先生がこっそりと教えてくれたの」

「本当に！　何時《いっ》判ったの？」

「先日の肝試しで先生が検査入院したでしょ。あの時の検査で」

僕は言葉がなかった。はっきり言って僕は、木村のような人を苦手にしている。だけどまさか彼に僕と同じような運命が降りかかるとは、想像すらできなかった。

「今、先生はどうしてるの？」

「八王子総合病院に一昨日から入院してる。明日から抗癌治療に入るの。あの人としては、できる限り医学で解決したいと思ってるみたいで」

「そうなんだ」

「できる事なら一度お見舞いに行っていただけないかな」

「僕が？」

「やっぱり先生も、先日のビデオの事気にしてるみたいで。一度お詫びをしたいって伝えて欲しいと」

「実のところあんまり気乗りはしないな。それに、あの人にかける言葉なんて何にもないよ」

「駄目だと判ってても、私からお願いしたいの。木村先生は長くて一ヶ月だけど、もしかしたら転移が早くてそこまでもたないかもしれないから。最後にあの人の願いを叶えてあげたくて……」


十二月八日、土曜日の朝は晴れだった。窓の外から見る風景は空気が澄んでいるせいか、房総半島がくっきりと浮き上がり、風が出ているのか、煙突の煙が南に向いて流れて行くのが目に入る。ここからだと沖合いの「海蛍《うみほたる》」迄見る事ができる。僕の残された日にちは段々と少なくなっていたが、それでも海を見る度に、今迄の自分と違う自分がいるように思えて、嬉しく

て、嬉しくて仕方なかった。

午後に母が上京して来た。最後の親孝行にとお金を送って、グリーン車で来るように言ったにも拘わらず、もったいないからとの理由で、自由席で来たのは母らしいと言えば母らしい。品川の新幹線の改札まで迎えに出て、近くの定食屋で食事をした。もう少し贅沢なものと言ったが、母はお腹が一杯だとかたくなに拒んだ、それも僕の給料を考えての事だろう。

「元気そうで良かった。電話が来ないし、奈良にも帰って来ないから、心配してたんよ」

運ばれて来た番茶を音を立ててすすりながら、癖のある奈良弁を話す母を見て、懐かしくもあり悲しくもあった。これが母との最後の別れになるのかと思うと、何とも言えない感情が込み上げて来て、頼んだコロッケ定食も喉には通らなかった。

「食欲がないね、どうしたん？」

「最近疲れてるから」

「そう。仕事は上手くやっているの？　それだけがお母さん心配でね」

母は、手元にあった、ぬるくなったお茶を再びすするように飲んだ。歳のせいだろうか、目元の皺が増えたような気がした。

「順調、順調、めちゃくちゃ順調で、この間話したように、社長のお声係りで万年平社員から一挙に次長に出世したくらいだから」

「そうだね、お母さんも鼻が高いわ。最近は生活できるようになったんか？　一時期は大変やったやろ。心配したから」

　母は心配そうな口調で話すと、また箸を進めた。

「小さい会社やけどな。次長言うたら成績優秀者でも大体四十歳越えないとなれへんから、出世やな。ところで最近お父さんからは連絡はあるの？」

　僕は父親の事を気にした。父に会ったのは大学時代で、もう十年も前の事になる。母と離婚した後、再婚したが、性格の難しさからか長くもたなかったみたいだ。母と離婚した理由は、母に言わせると、借金ぐせと浮気が原因だが、父に言わせると母の家事の怠慢だった。僕には、働き者の母がそんなはずもないと思い、父の言う事をとうてい信じる事はできなかったが、今となってはそんな事はどうでも良かった。今は、大阪で小さいながらに造園会社を経営しているみたいだが、僕に連絡が来る事はあれ以降なく、時々思い出したように母に電話が来るらしい。

「一年に一、二回かな。元気にやっているみたいや。未だに再婚しよう、しようと言うてるけど、お母さんはなあ、その気になれれへんから」

「再婚すれば良いやん。お互い歳やし、老後の事考えたら一緒になるんもエエかしれへんで」

「まあそうかもしれんけどな。一人が気楽やし。お母さん幾つか知ってるか。もう来年で六十やで。次の三月十九日や」

　そうか、三月の十九日だ。もやもやしている疑問が解けた気がして、一瞬嬉しくなったが、年の経つのが早い事も実感していた。

「もう六十歳か、早いな。もう定年やろ?」

僕は心配した。老いた母を置いてこのまま死ぬ事を思えば、少しだけ辛かった。それが運命だったとしても、心のどこかに迷いが生じていた。与えられた三ヶ月の命は充分理解していたが、愛すべき対象の将来を考えると、迷う事を、この時初めて感じさせられた。

「そうや。まだまだパートでも働けると思うけど、もう歳や。この歳になったら体がキツイわ」

「まあ心配せんでもええ。僕がバリバリ稼ぐから」

強がりとは判っていても、言わざるえなかった。たとえ死ぬ運命にある事を話したところで、母はその現実を受け入れないだろうし、受け入れたところでその悲しむ姿を見たくはなかった。

「ところで、あんたはまだ結婚はせんのか?」

「まだまだや」

「彼女はいるん?」

「うん」

「ホンマか、どこの誰やの?」

僕は答えるのを躊躇った。小学校の一年の時に好きな子ができた。言わば初恋である。どうしていいのか判らず、母に相談したところ、自分の胸を一度ポンと叩き、「判った。お母ちゃんが鉢巻まいて棒持って行ったろ」と言った。

棒？

子供心に頭の中で考えたが、どう考えても喧嘩に行く身支度にしか思えず、あまりに怖いので夜な夜な夢にも出て来て、それ以来母には言わなくなった。

「おれへんの違うか？　おった試しがないやろう。今まで彼女なんかいた事ないでしょ。それより見合いでもせいへんか。この間も近所の尾崎さんの奥さんが、良い娘さんがおるから紹介しようって話を持って来たんよ。断ったけどな。はよう結婚して孫の顔でも見せて欲しいわ」

母が追い討ちをかけた。

孫の顔か、そう思うと心が痛んだ。母に孫の顔なんて見せられない。まして自分がいなくなる事さえ話す事もできない。

「そんなの要らないよ。まだまだ奥さんを取る甲斐性もないし。それに彼女は綺麗やで。ビックリするくらい。一度紹介するから。ところで、今の部屋見てよ。ええところやから、お母さんも気に入ると思うで」

母は少しだけ嬉しそうな顔をした。今までどうしようもなかった息子でさえ、母にとっては大切なのが良く判る。

駅前の定食屋を出て、散歩がてら家に向かって歩いた。この日は久しぶりの晴天で、気温は低くはなく、風が適度に吹いて、心地好かった。天気予報によると、今年は秋が長く、冬が短いらしい。

「凄いところやね。家賃は幾らするの？」

家に着くなり母は、リビングの窓辺まで歩み寄って、目の前に広がる東京湾の景色を見て驚きの声を上げた。

「五十万位かな」

「五十万円。あんたがか？　嘘やろ。あかんがな、そんな無駄遣いしたら。貯金しなさい、貯金。将来結婚とか子供できたらまたお金がかかるし、独身の時しかお金って貯められへんからね。ところで、何であんたがそんな大金持ってるの？　お母さん不思議でかなわんわ」

「実を言うと、宝くじが当たってな」

「宝くじ？　幾ら当たったん？」

「二千万」

「二千万？」

母は再び驚きの声を上げた。彼女にとっては、いや僕にとっても大金であり、一生見る事もできないであろう。

「悪い事言わんから、それも貯めときなさい」

ぶっきらぼうな言い方だったが、母の優しさを感じた。

その日は珍しく、スーパーに買い物に行って、秋刀魚《さんま》と刺身を買って来て、母の手料理を味わった。母の作る味噌汁は相変わらず薄口だったが、それでも懐かしくて三杯もお代わりした。手料理を食べるなんて、何年ぶりの事だろう。この二、三年は記憶がない。嬉しかった。

「冷蔵庫に鰹節がようけ残ってるな！」

母はビックリするような声を上げた。この三ヶ月の間に、鰹節の大きな真空パックを三袋も送ってもらったが、ワシ様の約束で封を開けてもいない。

「もったいないな。あんた食べれるやろ。お母さんが作ってあげるわ」

「良いよ。最近嫌いになったから」

と言ったが、母はパックをはさみで切ると、中から鰹節を一握り取り出し、ご飯の中に混ぜた。

「冷蔵庫やから大丈夫やと思うけど、古くなったらあかんから、久しぶりに猫マンマ作ってあげるわ」

「猫マンマ？」

僕は驚いた声を出した。猫マンマなんて食べられない。ワシ様との約束である。僕は目の前に出された鰹節を乗せたご飯を黙ったたまま、じっと見ていた。

「大丈夫か？　あれほど好物だったのに」

なるほど好物と言えば好物である。もしワシ様がいなかったら、どれだけ食べるか判らない。その誘惑に負けて一口食べた。鰹節の風味が口の中に広がった。

「美味い」

「残さんと、ちゃんと食べるんやで」

懐かしさも手伝ってか、ワシ様に悪いと思いつつも、気が付くと三杯目に箸を付けていた。

次の日は夜まで母と過ごしていた。新幹線で帰る事も勧めたが、夜行バスで充分と頑なに拒んだから、僕は時間まで母と一緒にいた。外食はせずに母の手料理を味わった。バスに乗る時に何かに必要かと、十万円ばかり手渡そうとしたが、母はいつものようにそれを拒んだ。最後の親孝行と思った行為ではあったが、嬉しくもあり、悲しくもあった。母は帰って行った。


師走は早く過ぎる。誰かがそう言ったが、嘘のように過ぎて行く、特に今の僕には。次の日僕は、会社を休んで川崎と一緒に八王子総合病院に行く事になった。そこに行くのは、あの肝試しの日以来の事である。はっきり言って、木村の見舞いに行くのは気乗りはしなかった。ワシ様の存在を知っている人にどのような事を頼まれるか判らないし、まして本人は医学中心主義で生きて来た人である。死に直面した人間と、これ以上「死」について論議するつもりもなかったし、まして、僕自身に取っても死ぬ事は他人事ではない。できる事なら、これ以上目の前の「死」に関わりたくなかった。僕は、バイクを飛ばした。

木村は、タバコの煙を部屋の中に撒き散らすように吐き出した。病室の中は禁煙だったが、別にどうでも良いと思っていた。タバコを吸う度に咳き込んだが、それも気にはならないでいる。この二日というもの、食事もまともに取れなかったのは単に病院の食事が不味いせいではなく、どうしても食べる気がしなかった。入院してから、何人かの同僚のドクターが気の毒そうに見舞いに来てくれたものの、誰も彼もが見舞いというよりは興味本位で来たのが判ったから、気乗りはしなかったが、極力明るく振舞うようにしていた。だが、川崎が来た時だけはどういう訳か心から嬉しかった。何が嬉しいのか判らなかったが、彼女が毎日持って来てくれる、小さい花束もお菓子も特別に感じられた。

何時《いっ》の事か思い出せないでいたが、新婚時代もこんな楽しい思い出があったような気がする。毎日病院から抜け出すように帰るのも、可愛く色とりどりの弁当を食べるのも楽しかった。僅か二年前の話だが、それが遥か昔のように感じられた。

「こんにちは、加藤さんがお見舞いに来てくれましたよ」

ノックがされてドアが開いた。

「こんにちは、肝試し以来ですね」

僕は明るい声を出した。

「ありがとう！　わざわざ見舞いに来てもらって」

ベッドの横の手すりを持って、ベッドから体を起こすと、木村は元気そうに声を出した。

「早く良くなってくださいね」

僕はありきたりの挨拶をした。

「いや良くはならないよ。肺癌らしい。片肺は明日摘出予定なんだ」

「だけど摘出すれば、大丈夫なんでしょう?」

「いやそれも良く判らない。転移している可能性もあるらしい。むしろ転移している可能性が高いらしいよ」

落胆した声を出した。

「そうなんですか」

「今日が最後のタバコだよ。あれだけ止めようとしたのに止められなかったのに、皮肉なものだね。ところで今日無理言って来てもらったのには理由があって、実は先日の肝試しのビデオ見せてもらった。本当に驚かされたよ」

「そうなんですか」

「ああ。実に不思議な映像だった。いや、愉快だった。神が写っていたよ。単刀直入に聞くけど、あれは本当に神なの? 話をしていたのは加藤さん本人のようだったけど」

「僕にも良く判りません。記憶がないし、僕はビデオを見てないですから。ただ見たのが全ての事実だと、僕にはそれしか判りません」

「そうなんだ。あのビデオでね、加藤さん、いや神様は後五十二日楽しむと言っているでしょう。と言う事は後五十二日経ったら、いやあれから日にちが経ってるから、後何日かすれば加藤さんは死んでしまうんだろう」

僕は無言のまま頷いた。

「一つ聞きたいんだ。加藤さんはそれでも怖くはないの？」

「僕ですか。はっきり言って、怖いと言えば怖いかもしれませんが、この体は僕のものと言うよりは、神様のものなんです。だからそれを返すだけですから。先生もご存知のように、この体は今から七十四日前にもうすでに亡くなっているんです、事故で。そう、あの日の事故ですす。それ以来僕は生かされてる訳ですから、おまけと言ったらおまけの人生なのかもしれません」

「そうなんだ……。僕は、どうしても生きるという事に固執してしまって……」

「誰でもそうだと思いますよ。僕も心の中では迷いがありますから。だけどしょうがないと諦めてます。だって、人間誰でも一度は死ぬ訳ですから」

「加藤さんは立派だよ。僕に言わせれば、達観している。僕も、一度は肺の摘出手術をすべきかどうか考えた。だって、転移している可能性が高くて、切ったところで、また再手術の可能性がある。このまま死ぬのも良いかと思ったけど、やっぱり自分なりに納得したいと思って」

「それが良いと思います。人間誰でも希望を捨てたら終わりですから。僕の場合は特殊だけど、今考えればそれでも良かったと思ってます。だって神様が猶予期間をくれた訳ですから。やり残した事はいっぱいあるし、満足できないまま死んでしまうかもしれないけど、それはそれで運命だと思ってます」

「ありがとう。勇気付けられる。ところで、加藤さんの体を借りてる神様って何時《いつ》でも出て来るの？」

「出て来ません。身分が違うから話す事も許されてなくて。だけど、時々僕は、空を見上げながらとか、部屋から見える水平線を見ながら祈ってます。果たして聞いてくれてるかどうかは判らないけど、それでも良いんです。全部自己満足でも。ところで先生は、神様を信じるんですか？」

「全然ないと思って来た。医学が全部万能であると。だけどこの間の出来事と、自分の経験を踏まえながらあのテープを見て、考えが変わりつつある、というのが偽りのない気持ちだ。脳という人間の一部を今迄研究して来たけど、まだまだ解明されてない部分が多々ある。人間の体や生命の神秘を考えると、やはり神はいると思わざるをえないと思うのが自然だが、自分の中ではまだ納得はできていない、というのが正直な感想でもあるんだ」

「それで良いんじゃないですか。僕にも、実のところこれだけ奇跡の連続を見せてもらっても、心のどこかには疑う気持ちがない訳でもありません。だって見た事がない訳ですから。ビデオ一つ取っても、映ってるのは自分自身だそうですから。でも、空を飛べる事もできない、普通の人間なんです」

「そうだよね。僕もどこかで信じている自分がいるにも拘わらず、それを否定している自分もいる。思えば人間って勝手な生き物なんだね」

「そうだと思います。都合の悪い時だけ神様に頼る人が多いんじゃないかな」

「僕もそうかな？」

「先生は自分の意思で医療で治そうとしてる訳だから、それはそれで一つの考え方です。頼るも頼らないも自分自身が決める事だと思います。そこには宗教も何も関係なくて、ただ自分と神との一対一の関係だと僕は思えてしょうがないんです」

木村は黙って頷いた。僕にはそれ以上かける言葉はなかった。数分間の沈黙があった。それが意外と長く感じられたが、それ以上は何も話せなかった。僕も、後二週間もすれば死んでしまう。木村もそうなるだろう。だけどそれは僕達の意志ではどうする事もできない運命であるのも充分に判っていた。

「今日はありがとう。忙しい中、わざわざ来てくれてありがとう。楽しかった」

「こちらこそ」

僕は笑った。

木村も嬉しそうに笑った。素晴らしい笑顔だった。こんな笑顔をする人なんだなあと改めて思うと、木村の事が今まで以上に気の毒に思えた。

「ビデオは君に返すよ。僕が持ってるものではないから」

木村はそう言うと、引き出しを開けてテープの入った小さな箱を手渡した。僕は黙ってそれを受け取った。二度とそれを見る事がないから、家に帰って焼いてしまおうと思った。理由なんてない。

触れてはいけないものを触れる感じがした。だから早く処分したかった。

「神様と話をする事があったら、宜しく伝えておいてください。もう直ぐ行くからって」

こけた頬をした木村は、作り笑いを浮かべた。

「了解です。ただそれは自分で話してみたらどうですか?」

「そうだね。そっちの方が早いかもしれないからね」

今度は声を出して笑った。


病院からの帰り道、僕はバイクで川崎を駅迄送る事にした。女性と二人でこんな緊密にして乗るのは初めての事だったから緊張をした。川崎は僕の後ろにしっかりと抱き付き、途中何か話したようだったが、風とエンジン音に消されて、何を話したのか判らなかった。緊張しながらハンドルをしっかり握ってはいたものの、木村の最後に残した寂しげな表情が頭から離れなかった。

八王子の駅に着いた。

「時間があったら、一緒にお茶でもどうですか？　今日は時間もあるし」

川崎は遠慮がちに誘った。

「うん。そうしよう」

地下の喫茶店に入った。

喫茶店の中で川崎は黙ったまま、ブラックコーヒーの入ったコーヒーカップを、スプーンでまるで渦のように右回りに円を描き、それから元に戻した。川崎は同じ行動をもう一度繰り返すと同じような渦が起きて、やがてそれに飽きたのか、今度は近くにあったミルクを少しだけ注ぎ込んでかき混ぜた。交わす言葉は一言もなかった。

「こんな事があるのね？」

川崎は溜息交じりで僕に話しかけたが、言葉にはならなかった。

「あのビデオを見たせいなの？」

沈黙が許せないのか、川崎は再び質問したが、僕も首を傾げるしかなかった。ワシ様を見たせいか、それとも彼自身の運命なのか。ただ、ビデオを見たから彼が死なないといけないとは思いたくなかった。

「加藤さん」

それから、小さな声で、

「真一さん」

と言い直した。

品川の東口である。

「今日は真一さんが休みだから、会社は大変だったわよ。受注が混乱してて。やっぱり真一さんがいないと、皆何もできないのね。今日はどうしてたの？」

「木村先生が入院したんだ」

「木村先生が？　なんで？」

「肺癌らしい。明日手術なんだって。それでお見舞いに行ってたんだ」

「本当に？　先生が？」

高橋は目を大きく開けた。

本当なら高橋も一緒に連れて行っても良かったのだが、どうせビデオの話になるのは判っていたし、それだけはどうしても知られたくなかった。

「ん、苦しそうだった」

「そんなこともあるんだね……」

しばらく沈黙が続いた。

「ところで、昨日電話くれないから、嫌われたかなって思ってた」

高橋は、ようやくいつもの笑顔でお茶目に笑った。

とんでもないと、僕は首を横に振った。

「じゃ、今から何を食べに行く?」

次の日は二日酔いのせいか、エアコンが暑過ぎたせいか、朝の五時には目が覚めた。太陽はまだ姿を見せておらず、窓の外のお台場の夜景だけが、まだ残された夜の中で輝いている。彼女に誘われた事があまり嬉しくて駅の近くの鮨屋で酒をけっこう飲んだせいか、昨日の事はあまり覚えていない。が、どうにかして独力で帰ったのだろう。リビングに出て、カレンダーに大きく×印を描いた。今日は十二月十一日だから、後×印を十三書いたらさ来週の今頃には僕はこの世からいないと思うと、何となく寂しく、それで悲しくなった。今迄死ぬ事なんか怖くなかったし、何時《いつ》でも大丈夫という気持ちがあったが、現世への名残というか、生きる事への執着が生じたのは紛れもない自分の気持ちである。彼女にしたキスが心に重く伸《の》し掛かっていると言えばそうかもしれない。

未練がましい自分がどうしても許せない。

夜が明けて来たので、バイクに飛び乗り会社に行った。酒のせいで頭は痛かったが、家にいるのも何となく気がめいるし、できるだけ早く会社に行って、昨日できなかった仕事をやりたかった。入社当時のやる気が蘇って来て、仕事をしたまま死んでもいいんじゃないかと思うくらい血がたぎっている。

稟議書、見積書の確認、湾岸プロジェクトで上がって来た下請けの資料に目を通すうちに、あっという間に一日が経った。できる事ならこのまま、高橋と一緒に帰りたかったが、明日に迫った見積書の期限に間に合わすために、奥谷と残業する事になった。もう少し早く見積書の要請を積算課に上げておれば、こんな問題はなかったのだが、奥谷も忙しかったらしく、遅れた。残業がエンドレスになる事も考え、高橋と藤田を先に帰らせて、僕と奥谷だけが残った。

積算が上がって来たのはもう十時を回っていたが、それから表紙を作り、明日の朝に部長から決済をもらわなければ年内の受注に上がらないと思うと、どうしても帰宅できなかった。

後死ぬまで何時間だろう。見積もりができ上がる迄そんな事を考えていた。

「加藤さんも大変ですね」

真剣な眼差しで提出書類に目を通している奥谷が声をかけて来た。これまで話をするだけでもムシズが走っていたが、今日に限ってそれはなかった。むしろ、これほど一生懸命仕事をする奥谷を見た事がなかったので、僕は、驚いていた。

「何が？」

書類に目を通しながら、彼の方も見ずに近くにあった缶コーヒーを手に取った。

「仕事の量ですよ！　そう。半端じゃない仕事の量です」

彼とは最近言葉も交わす事がなく、仕事の指示は全部高橋がしていたから、彼の敬語を聞くのは初めてだった。

「さすがだと思いますよ。それにこんなに一生懸命に仕事に打ち込めるのは、お世辞抜きで加藤さんのお陰ですよ。なんか最近、仕事が面白くなった気がします。いや本当にお世辞抜きです。いままで末永課長の下で働いている時は、決められた仕事しかしなかった気がするけど、最近はちょっと違う。自分が作った書類で相手が納得するんです。それも受注につながる。今迄だったら三十位用意しても決まるのは良くて一つか、二つ。それが最近では、持ち込んだ見積もりがほとんど決まってしまう」

僕は缶コーヒーを持ったまま彼を見つめたが、彼は書類を作成しながら話し続けた。

「今迄だと残業なんてしたくもなかったし、残業代目当てで机の前でだらだらしていたけど、今はお金なんか関係ないような気がして。自分でも判らないんですよ。だから、休日出勤の手当てが付かなくても、日曜日に来てしまう自分がいるんです。これは本当ですよ。趣味になったのかな?」

奥谷は下を向いたままで、書類に目を通しながら笑った。

「昔、僕はいじめられっ子でね。そう小学生から高校まで。何にも楽しい事なんてなかった。友達もいないし、これと言った趣味もないし、クラブ活動もした事がないし、まあ適当な会社に適当に行って定年を迎えて、楽しい老後でも送れたらそれでいいかなって思ってたけど。最近は何か違う自分があるような気がして」

「早く仕上げて、飲んで帰ろうか。今迄飲みに行った事なんて、この間の合コンしかないし。

今日はおごるよ。ここまで仕事をしてるんだから、交際費くらい出ると思うから、バーにでも行こうよ」

彼は書類を作成しながら、心の底から嬉しそうな顔をした。

翌日、いつも通りに会社に行き、昨日作り上げた書類を部長に提出した。あれから奥谷と二人で飲み歩いた。久しぶりに楽しかった。本当なら少しでも高橋といたかったが、それ以上に楽しかった。入社以来ほとんど口も利いた事はなかったが、改めて彼の人格を垣間見たような気がした。彼の演技力と言えばそれまでなのだろうが、いじめられた経験を聞いた時、どうしても嘘には聞こえなかったし、そう思いたくもなかった。

だんだん時間が過ぎて行く。貴重な時間だと思いながらも、どう使って良いのか判らないまま時間がまるで音を立てて過ぎて行く。仕事をこなし、高橋と食事をして、家に帰ったのはもう十二時を回った頃だった。

川崎から電話があった。

「清美です。いま大丈夫？　寝てなかった？」

「ちょうど僕から電話をしようと思ってたところだったんだ。ところで、先生の容体はどう？」

「右肺の全摘出手術は成功したみたいなんだけど、やっぱり胃に転移していたみたいで」

「駄目なの？」

「可能性はほとんどないみたい。余命は二週間もないみたい」

「そうなんだ。僕が早いか先生が早いかだね」

僕は笑った。

「うん……」

川崎は電話口で泣いているのか、低い声と鼻水のすする音がした。

「手術はできないの？」

「できるらしいけど、どれだけもつか。先生は頑張るって。胃も半分以上摘出しないといけないから。大手術みたいだけど、それでも頑張るって言ってたわ」

「偉いよ、頑張るって。僕なんて頑張りようがないからね。頑張るように伝えてよ」

頑張る。

便利な言葉である。でも他に言葉がなかった。頑張るという人間的努力が運命に対していかに無力であるのか。彼自身、いや僕自身もそうだが、幾ら頑張ったところで目の前にやって来る運命に抗う事なんてできやしない。

「ありがとう。でもできる事ならもう一度だけ、時間はないのは判ってるけど、もう一度だけ先生に会ってもらえない」

前回と違って僕は木村に会いたくなった。彼の頑張ってる姿が見たかった。自分と彼が死ぬのは何かの偶然か、それとも運命か判らないが、一生懸命に頑張っている彼を勇気付けたかった。戦争に行った事もないし、行きたくもないが、戦友のように思えてしょうがなかった。

あれから二日が経った。病室に入ると点滴につながれた木村は、前と比べて痩せていた。

「久しぶりだな」

嬉しそうに声を出したが、弱っているのは語気にもはっきり出ていた。以前と比べて体重が減っているのか、ふけて見える。

「いよいよ俺も御仲間入りだよ」

「仲間入り？」

「そう。どっちが先に行くか勝負だな」

木村は笑った。

「勝負なんてする気なんてないから。それより早く良くなってください」

「良くなる？　どう良くなるんだ。肺の次は胃だぞ」

木村は語気を荒くした。

「悪かった。最近短気になっていてね。今迄死ぬ事なんて怖くもなかったし、毎日病院で誰かが死んで行くのを傍観者のように見て来たけど、まさか自分がこんな事になるなんて、夢にも思わなかった。ある意味では死を馬鹿にして来たかもしれない。あれだけ山ほどあった時間が、今では小指の先もないんだよ」

木村はそう言うと、小指を立てた。皺になった血色の悪い小指が目に入った。

「しょうがないじゃないですか。お互い様ですから」

僕は慰めにならない慰めを言った。木村は苦笑いした。

「ところで、神頼みはしたんですか？　宗教じゃないんです。宗教ではなくて神様と直接話すべきです。相手は空でも地でもなんでも構いません。絶対に楽になりますから。先日ビデオで見た、あの神様は出雲のトップ、いえ、天上界ではナンバーツーの方らしいです。だけど信じてくれとは一言も言わないし、出雲に参拝に来いという命令も、まして金を持って来いとも言わない。全てが全て人間の自由意志なんです。神様にとっては、人間なんてどうでもいい存在なんです。だけど、それでも僕は構わない。心の底から感謝してます。それだけで僕は恐怖に耐えられてるんですよ」

まるでどこかの神主か坊さんのように力説した。説法なんて嫌いだし、まして聞く気もない。だけどそれで満足できる自分がいた。

「神ね。心の中でまだ信じられないよ。見たけどね。たぶん、信じる事は絶対にできないと思う。それでも良いのかもしれない。だって病気になって神を信じるなんて、虫が良過ぎない？　だから、僕は医学と心中するつもりだよ」

「そうですね。それで良いと思います。人間の自由意志ですから。ただ、医学は万能でないと理解はすべきです。だって、先生の病気が治せないんですから。でも信じる気持ちがあれば、《奇跡》は起きるかもしれません」

そう言って病室を出た。腹が立っていた。あんまり腹が立っていたから、ドアの扉の閉まる音が廊下中にした。一方で川崎は病室にそのまま残った。どうしても木村の様子が気になるようだった。

「先生、あの言い方は失礼ですよ。加藤さんも気を遣って言ってくれてるんですから」

声の端々に不満がにじみ出ている。加藤のあれだけの力を見た以上、信じるものは何でも信じていいじゃないのか、という考えが過るたびに、怒りや残念さが混じった複雑な感情が川崎の心の中に去来していた。

「ほら僕が離婚したの知ってるよね。結婚するまでにそれほど時間はかからなかったな。半年くらいだったかな。一番幸せな時期だったよ。結婚して子供を作ってっていうのがお互いの夢だったし、実際その夢が叶う寸前迄行ったんだから。だけど駄目だったんだ」

「なぜ?」

「ほら覚えているかな。僕と清美ちゃんが始めて救急治療室に配属された時、もう三年も前になるかな。あの時凄く忙しかったでしょ。家に帰る暇もなくて、その時、かみさんが妊娠したんだ。僕も帰りたかったよ、だけど帰れなかった。日曜日も働きづめで。それがどうしても許せなかったみたいだ」

「そうなんですか」

「そう。夜勤もあって、帰るのも遅い。その上日曜日もない、というのは、彼女が看護師の激務を経験してても、理想とは違ったみたいだ。それにある出来事も重なって」

「出来事、ですか?」

「そう。彼女が流産したんだ。精神的に弱いところもあったかもしれないし。一生懸命近くのお寺参りとかしてね、お守りももらって。僕は男の子が欲しかったんだけど。それでも何ともならなくて。それ以来、目に見えないものや宗教がかったものには縁がなくなったな」

木村は残念そうに視線を向けると、曇り空からちらほらと雪が舞い散るのが目に入った。ボタン雪だから積もらないだろう。来年の今頃には自分もこの世界にはいないと思うと、このまま時間が止まって欲しかった。雪は窓の外を、風に舞い散るように右から左へと向きを変えると、そこに留まる事はなかった。

「おい。お前」

ワシ様の声がした。

一階の待合室のところでである。

「誉めて取らす」

ワシ様の声を聞くのは久しぶりだったから、嬉しかった。

「お久しぶりです。お元気でしたか？」

「アホは治ってないようやな」

「そうでした。あんまり嬉しくて、くだらない質問でした。だけど、声が聞けると元気が出ます。ところで急に何ですか。いきなり話しかけられましたから」

「先ほどの会話、誉めて取らす」

「はい？」

「会話じゃ。医者との。正にワシの言葉通り。ワシも同じように言うやろう」

「ありがとうございます」

僕は真剣に嬉しかった。この二ヶ月半の間で初めての事である。

「お前が後十日で死ぬように、人間は誰でも死ぬ。それが自然の摂理である。先日のアホ宗教ではないが、人の病気や死を金にしようとする奴が山ほどいる。じゃがな、別にワシらにとって人間の命なんぞ、小さいものである。信じようが信じまいが、それは人間の勝手。神なぞいないというのは人間のエゴにしか過ぎない。が、それも自由意志である。感謝というのは、してもらいたくてされるのではなく、人間の自発的行為じゃからの。それを強制する力はワシらにはないし、したくもない。信じん奴もおるが、信じる奴もおるからの。助けるか否かは信じる人間どもの中から選べばええだけよ」

「ありがとうございます。誉めていただいて本当に嬉しい限りです」

「国造りは下手糞じゃが、何か不動明王の選んだ理由が判った気がする。流石《さすが》にアイツじゃ。とりあえず、後十日間悔いのなきようワシを楽しませよ」

「御意」

芝居がかった大声で叫んだ。患者や看護師が驚いてこちらを見たが、それでも良かった。暗い雰囲気の中で、僕の周りの世界だけが明るくなった気がした。


仕事は次から次に舞い込み、僕達の力ではとうてい追い付けないくらいの状態になり、来年からは本社から五人の増員が決定した。ついに後一週間を切った、十二月十九日の事である。残された時間から考えて、高橋、いや宥希絵と日帰りでも良いからどこか旅行に行きたい気持ちもあったが、仕事量と自分の充実感がそれを許さなかった。


「加藤さん。いえ真一さん」

コンビニで買って来たおにぎりを机の前で頬張っていると、宥希絵が声をかけて来た。

「今度のクリスマスどうする？　クリスマスくらい一緒にいたくない？」

「もちろん。だけど、仕事があるから」

「大丈夫、クリスマスイブは、天皇誕生日の振り替え休日だから。休日出勤なんてしなくて良いのよ。お互い忙しくて電話では話しても、会う事ができなかったから。このままじゃ自然消滅になってしまう」

「この日だけは、どうしても名古屋に行かなければならないんだ。ほら、先日落札した名古屋の会社の社長と会わないといけないから」

僕は嘘をついた。彼女と食事をし、できるなら何かをプレゼントしたかったけれど、一方そうする事でこの世になんらかの未練を残したくなかった。

「じゃあ、夜は？」

「なんか食事会があるみたいで……」

「そんなの、断れば良いじゃない。イブの、それも休日よ」

「できないよ。向こうの好意だし、今後も付き合いのある会社になりそうなんだから」

「つまんない」

宥希絵は、不満そうな表情をした。

「ごめん」

「じゃあ、二十五日は名古屋の帰りでしょ、どうせ帰りなんだから、温泉でも行こうよ？」

「温泉？」

「そう、伊東温泉なんてどうかしら？　小さい頃、お父さんに連れて行ってもらって以来行ってないわ。あそこなら、日帰りできる距離だから」

「そうだね」

「じゃあ、こっちでホテルは予約しておくから。予約と言っても、変な事は考えないでね」

宥希絵は、嬉しそうに笑った。

彼女が笑ったので、僕も釣られて笑ってしまった。電話は毎日しているが、会社を出る時間は早くても十一時過ぎである。電話と言ってもほとんどできないでいたが、できるというだけでも満足していたのは言うまでもない。


その夜、川崎から電話があった。木村の手術の成功の話は、その時彼女から聞いた。結局、胃を開いたものの、レントゲンで映ったはずのガンは跡形もなく姿を消していたらしく、転移もしていなかったそうだ。執刀医も《奇跡》と称したらしいが、それを聞いて木村も涙を流していたという。涙を流した理由は判らない。ガンが姿を消した事なのか、それとも《奇跡》が目の前で起きた事なのか。彼にとっての奇跡は単に医療行為の結果にしか過ぎず、そこには非現実的なものは存在しないのかもしれない。が、それでも僕にとっては良かった。毎日のようにやって来る死と生の間で、僕達は存在し、それから滅んで行く。長い時間の間で、それだけが真理であるのは変わらない。僕自身もその事を充分に理解していながら、どうしようもない恐怖とやり残した事への残念さがあるが、後一週間を切っている今、どうして良いのか、どうすべきなのか、悩んでいたと言えば悩んでいた。

翌日、何時《いつ》ものように会社に行くと、嬉しそうに宥希絵が「社長がお呼びですよ」と言った。

「最近また調子が良さそうだな。武部長から毎日のように報告が上がって来ている。嬉しい限りだ」

武部長の横にデンと座っている社長の小松がタバコをせわしく灰皿に落としながら、何時《いつ》ものように元気のある声で怒鳴るように話しかけて来た。建設現場のように威勢が良い。

「まあ、そこに座れ」

僕は黙って一礼をしソファーに腰をかけると、タバコの煙が目に入って少しだけ目にしみた。

「最近はどこに行っても禁煙、禁煙だろう。だから俺も止めようと思ってるけど、昔からの癖が抜けなくてな」

と豪快に笑い、その後、すぐにまじめな表情になった。

「実はな。加藤君にこの会社を辞めてもらいたいんだ」

僕は唖然とした。なぜ、今この時期に首になるのか、と思った。

「いや、驚く事ではなくてね。実は薄井建設の方からどうしても、君を薄井に欲しいと要求があって。無論、俺は反対したけど、相手が相手だけにどうにもならない」

「どういう事ですか？」

「俺が恐れていたように、お前を引き抜きたいと言う。残念ながら、俺は、いやこの会社は、お前をここに置いておく力がない」

僕は驚いた。何が起こったのかさっぱり判らない。

「笹井社長直々に電話があって、加藤が欲しいと。でないと湾岸プロジェクトに関しても白紙撤回する、と言って来た。それにお前には社長室に入り、室長の職を宛《あ》てがうと言う。当初年収で千二百万も払うと。そこまで言われると、俺も止める理由がない。それに、お前のためでもあるしな。姻戚関係のあるお前なら、将来から考えると、薄井の社長になる可能性もある。総合的に判断しても、我が社の将来のためにも行ってくれんか」

小松が頭を下げた、白髪混じりの薄くなった頭のてっぺんが目に入った。今までの僕だったら断ったに違いない。職場を代わる事自体好きではないし、まして自分が大企業の器ではないのは知ってる。

「それにな、薄井の方から加藤の営業能力は買っているから、抜けるような事があれば薄井建設がその抜けた部分を保証しようとまで提案して来た」

武部長が、落胆した声を出した。

そこまで頼まれると、僕にはもはや断る理由は何一つなかった。

「勤務は来年頭から。それまでに大下部長と話をしておくように指示があったから。それより来週の二十八日の御用納めの後、お前の送別会をしようと思ってるが、どうだ？　今日は片付けをして、明日から出社はしなくても良いから」

「ありがとうございます」

僕は大きな声を出して、一礼をした。

が、僕の頭の中は混乱していた。自分の寿命は後数日しかなかったが、それでも破格の条件で異動になる自分の運命が嬉しいと言うよりは悲しくて切なかったので、その日は終業のチャイムがなる迄仕事に手を付ける事ができなかった。

そして、この会社の最後の就労時間が終わり、僕に残された日にちは後四日になった。

最後のクリスマスイブ

十二月二十三日の日曜日は天皇誕生日だった。朝から部屋の片付けをして、押し入れの中にあった写真を取り出し、買ってきたアルバムに張り付けた。写真嫌いもあって、写真は多くは残ってなかったけど、写真を見ながら、こんな事があったと思うだけでも懐かしかった。訳の判らない写真があっても困るだろうから、母に判るように写真の下に説明を付けたが、母に手紙を書く事はどうしてもできなかった。整理が終わった頃、川崎から電話があった

「真一さん。いよいよ明日ね」

明るい声をしていたが、それが意識的であるのは何となく感じる事ができた。

「ありがとう。ちょっとだけでも楽しかった」

「私こそ。今日は時間ある？　時間がないのは知ってるけど、少しだけでも会って話がしたくて」

「少しだけなら。今日は何もしないつもりだし。家にいても、死ぬ事ばかり考えてしまうのも嫌だし……。宥希絵とは会わない事にしたんだ。会えばこの世に未練が残ってしまう気がして……」

「そう、残念ね。彼女には明日の話はしたの？　そう二十四時の話」

「いや、結局何も話せなかった。彼女からクリスマスイブに誘われたけど、どうしても一緒に過ごす事ができなくて……。最後の思い出というよりは、この世に思い出を作りたくなくて、その日は名古屋に出張するって事にしたんだ。変かな？」

「……」

彼女は、電話口で悲しげに笑った。

「じゃ、今日はあなたの部屋を訪ねさせて」

「僕の部屋に？」

僕は躊躇った。

宥希絵以外の女性を、自宅に呼んでもいいのだろうか、ただ、川崎には自分の意思をはっきり伝える必要がある。たとえそれが残された一日であったとしてもだ。彼女に伝える事で、自分の覚悟が明確になるかもしれないと思っていた僕は承知した。

約束の夜七時になった。

玄関のチャイムが鳴って、彼女が自宅にやって来た。僕自身の腹が決まっていなかったら、どんな事があっても彼女と話しする事はなかっただろう。これも何かの運命かもしれないと思っていた。

「前回ここに来たのが、大昔のような気がする」

「そうか……、あの時は何もしてあげられなくてごめん」

「全然、大丈夫よ。それより私こそ押しかけ女房みたいになって」

「あの後、木村先生はどうした？」

「そう木村先生ね。昨日お見舞いに行ってきたわ。電話で話したけど、幸い他の場所に転移はしていなくて、喜んでたわ」

「それは良かったね」

「先生も大変喜んでて、加藤さんに宜しくって」

「僕も時間があればお見舞いに行きたいんだけど、そうする時間がないから」

「先生もそれは判ってくれるわよ。あの人の性格からして、電話なんてしないでしょうし」

「実は、今日加藤さんに会ったのはね。報告があって」

「何？」

「実は、昨日、先生から求婚されたの」

「そうなの」

僕は驚いた。

「病気の時、あれだけ支えてくれたのは私しかいないって。それで、病気が良くなったら結婚して欲しいって言われて」

「そうなんだ。それは本当におめでとう」

「ありがとう」

川崎は力なく答えた。

「結婚式に出たいけど、僕にはもう時間がないから。僕のためにも絶対に幸せになってよね」

そう言うと川崎は目に涙を浮かべて、「ありがとう」と小さな声で繰り返した。僕は、理由は判らなかったけど嬉しくなった。

「それでも私は、真一さんの事が好き。神様とかじゃなくて。あの人に感じられない優しさがあるから。だから、宥希絵さんの事も判っているけど、どうしても一緒にいたくて……」

「僕にはできない」

そう冷たく言い放った。

国造りが出来ないのは、ワシ様に対して、最後の反乱かもしれない。もしくは、反逆罪で地獄に送られるかもしれないが、それでも満足する自分が、心のどこかにいたのは確かだ。

彼女が涙目で入り口の扉を閉めた後、僕は何をするでもなく、暫く玄関に佇《たたず》んでいた。このまま死にたくない自分とあきらめの自分が、一つの体の中に共存し、僕の気持ちを音を立てずにゆさぶっていた。

十二月二十四日の月曜日の朝になった。太陽は何時《いつ》も通りに、お台場の向こうの千葉の端から一気にフジテレビの上迄上がると、何事もないかのようにじわりじわりとその高度を上げている。明日もやはり同じように太陽は昇るのだろうが、僕にはそれが見られないのは、判っていると言ってもやはり寂しかった。昨日は一睡もできなかったが、それでも緊張しているせいか眠くはない。今日の二十四時、つまり二十五日に変わる瞬間僕はこの世と決別する事になる。クリスマスの日に死ぬとは粋な計らいだと思ったが、それはワシ様の考えなのか偶然なのかどうでも良い事だった。

八時前だったが、最後の日だから母に電話をした。母はいつも通りに猫マンマの話をし、貯金の話をした。僕は来年の正月に帰郷する話をして、毎月かけていた保険の話と貯金の話を会話の間に混ぜ込んだ。僕が死んだら四千万位は母に渡せる、それだけでも良かった。母は何かを察したのか、「何を言うてるの」と笑いながら聞いていたが、母の老後の事を考えたらどうしても知っておいて欲しかった。当然のように、明日になると死んでいる話なんてできなかったが、それでも母と何時《いつ》までも話がしたかった。

一時間くらい話して受話器を置くと、どういう訳か涙がこぼれて来た。これは自分らしくないと、冷蔵庫にあった冷酒を一気に飲むと、酔いが回ったのか眠くなった。

クリスマスイブ。普通なら宥希絵と最後の別れをしたかったが、それもできなかった。一緒に食事をする事になるなら、僕はきっと未練を残す事になるだろう、それがどうしても嫌だったから、最後のプレゼントにと、僕は先日買ったダイヤの指輪を机の上に置いた。僕が突然にいなくなっても、これならきっと判るだろう。そっと机の上に置くと、赤い包み紙に巻かれた金色のリボンが朝日に映えた。


ワシ様の声がした。

「いよいよ今日じゃの、世話になった。これが、お前とワシの最後の会話じゃ」

「ちゃんと、整理はできたか。あんまり見苦しいもの残すなよ、まあそれもお前の勝手やけど。後、残った金はお前のおかあちゃんにでも送金してやれ。ちょっとは生活の足しになるやろう」

「ありがとうございました。この八十八日間は本当に楽しかったです。こんな経験をさせていただいて本当に感謝してます」

「最初はどうなるかとヒヤヒヤしたけど、お前のお陰で楽しめた。まあ特例で、すぐに生まれ変わるようにはしといたるから心配するな」

「はい、ありがとうございます」

「後、お前の付き合ってる女だけにはこの一連の出来事は話しても良い。お前が急に死んでしもたら悲しむやろう。『神様、何で彼を私から奪ったの？』みたいな事言われてもワシのイメージダウンやからな。ちゃんと説明しとけよ。説明せーへんだら、彼女を不幸にするからの。まあ話したところで信じるはずもないが、それでもエエか。お前が死ぬまでには少々時間があるから、後悔のないようにだけはしておけ。後、お前の持ってるビデオテープ、見てもエエけどちゃんと消去しとけよ。ワシと眷属《けんぞく》の不動明王が映ってるはずじゃが、あれはどうしても残す訳にはいかん。医者と看護師は見たけど、あれはしゃあない。一人や二人騒いだところで害はあるまい。むしろ、気が触れたと思われるだけよ。ワシらの存在はどんな事があっても人に見せるもんではないから。それと、これがお前との別れになる。身分が違うから、お前が死んでもワシには会うことはないし、まして話なんぞする機会がないからな。だけどお前を選んでおもろかった。楽しめた。これも不動のお陰じゃ」

「ありがとうございます。それより恋ができたのが、何よりの思い出でした」

「そうか、それは何より。ただ、国造りがでけんかったのはちょっと残念やったけどな」

ワシ様の笑い声がした。

「すいませんでした。それよりどうも腑に落ちない事があって、最後に二つ質問しても良いですか？」

「何じゃ？　聞け、礼の代わりじゃ」

「なぜ、薄井建設の社長は、あれほど迄僕に仕事をくれたんですか？　それだけがどうも不思議で」

「聞きたいか」

　ワシ様の鼻で笑う声がした。

「あの日、お前があそこの社長に会うたやろ。相手はだいぶ疑っててな、何か奇跡見せてくれ言うたんや。まあ人間どもは、これまでワシらを信じるのが嫌なのか、疑うのが好きなのか、お前も最初そうやったけどな。あんまり頭に来たんで《下郎》と叱りつけようかと思ったんやけどな、それも芸がないやろ。ワシの滞在中には、何かの役に立つかと思うての、ちょっとばかし見せたったんや、《奇跡》ちゅうもんを。閻魔帖出して、あいつの生年月日から、初恋、初体験、手術の回数、付き合った女性の名前と人数と。まあ、忘れておったのもあったらしいが。それから右足の古傷の原因まで、全部教えたんやな。まあそれでも疑うのは人情、それでワシの三ヶ月休暇の話をして訳を教えて、この滞在の間お前にできる限り発注せい、言うて。でけんかったら、三日以内にこの会社潰し、親族一同根絶やしにするぞ、と言うてな。ただし言う事聞いたら、この会社の売り上げを驚く位伸ばしたろう、どうじゃ言うてな。奴の相談というのは、今後の東京湾岸工事の受注、下請けへの発注をどうしたら良いかというものやったからな、それへの答えよ。それでもこいつは信じとらんなと思うたから、ワシのホンマの姿見せたったんじゃ。いきなり二メートル十六センチの白装束の髭面の大男が剣持って、目の前に出て来たら、誰でもビックリするで。見たとたんに慌てて土下座して、『ははあ』言うてたわ。まあ、僅か三ヶ月でアイツんとこの売り上げが年間の二倍になったし、株価もだいぶ上がったから、アイツも満足やろ。この間、家族で出雲参りに来てたらしい、眷属からの報告が来ておった。まあ来てもしょうがないのにな。ワシはここやって、出雲にはおれへんちゅうね」

そう言ってまた笑った。

「姿を、いや御姿を、お見せになられたんですか？」

「当たり前やな。お前が仕事取られへんだら、会社の居心地が悪いやろ。給料は上がらへんし。第一、仕事しないと退屈じゃろ。人間がどんな仕事をしてるのかも知りたかったしな。だけどな、ワシが頼んだって、それだけやけどな」

「それだけとは、どういう事ですか？」

「笹井には頼んだけど、お前が電話して取った仕事や飛び込みの仕事。ありゃお前の実力やった。まあワシは、お前が人間の営業という仕事に失敗しようが成功しようが、それに関係なくエンジョイしておっただけよ。全然手助けはしてへんからな。まさに計算外。あそこまで営業やるなら、笹井に姿見せてまで仕事を依頼せんだし、それよりも、お前がそこまで出来る人間だったら、お前の体は間違うても使うてなかったな。そんな男生き返らせてみ、歴史が変わる。その意味では、お前は正におもろい芸そのものであった。実におもろい。

社長室長の話もそうよ。あの社長、何をどう考えたのか、死ぬのは薄井の社員で終わらせようと思ったのか、御利益があると勘違いしたのか、何なのか良く知らんが、最後の最後までお前の仕事ぶりを気にしておったみたいじゃな。毎日、部長からお前の働きぶりの報告を丁寧に上げさせておった。あれも計算外じゃった。まああれだけやれば、薄井の会社でも、それだけの人材もおらんし、最後にお前が社員として死んだら、会社にとってもありがたいわな。神の宿っておった社員の葬式なんぞ、光栄じゃろ。

看護師もそうや。最初は惚れ薬使うたけど、お前急性アルコール中毒で役にたたんかったやろ。あれ以来、完全にワシは手を引いたから、川崎という女がお前の事を好きになったのは、プログラム外じゃ。そりゃそうやろ、神社できてからやから、五千年で初めて惚れ薬使うて失敗した奴は、お前が初めてやからな。そんな女いらんがな、もう一回惚れ薬で失敗する訳にはいかん。ワシの沽券に関わる。そやからワシは何もしてへん。それでもあの女、お前に恋心を持つなんぞ、全くワシには理解できん。蓼食《たで》う虫も好き好きやな。あれは予想外の人間の自由意志のなせるわざじゃ。それ以上に、お前があの女にちょっかい出せへんだのもまあ判らんでもないが、残念じゃった。来世は、もうちょっと神経質にならん方がエエのかも知らんぞ。まあワシの言う事でもないが」

そうなんだ、と僕は思った。今まで自分は何もできない男だと思っていた。仕事にも女性にも全然縁がなくて、どうしようもないと思っていたけど、本当はそうではなかったんだ。自分の人生で何も努力してなかった自分に、もうすぐ死ぬ段になって初めて気付くなんて、少しだけ情けなく悔しかった。

「もう一つ良いですか？」

「何じゃ？　手短に言え」

「この間の宗祖との戦いですが」

「ああ。あれか」

ワシ様は無愛想に言った。

「あの時だけなぜ僕に記憶があったんですか。それまで一度も記憶がなかったんですよ。ワシ様が直接何かをされる時には、決まって記憶がなくなったじゃないですか」

「あれか」

ワシ様はもう一度繰り返した。

「あれはな、お前が自由意志を持ったからなんじゃ。最初はお前にはそれがなかったやろ。生きようが、死のうがどうでもよかった。まあ八十八日間ワシを満足させれば、勤めを無事に終えたら生まれ変われる、みたいな感覚やった。いわゆる義務やな。それが、お前の意識が途中から変わったんじゃ。ちょうどあの看護師がお前と一晩過ごした夜、ワシに逆らってあの女に何にもせんかったやろ。いや、お前があの宥希絵と言うねーちゃんの事を好きだと意識したあの時、お前の自由意志が生まれた。生きたい、見たい、したい、というたいは、全部自由意志の表われ。あの宗教団体の時、お前はどうしてもあの塩が欲しかった。彼女を喜ばすためかおかあちゃんを救うためか、理由はどうでもエエ。それで、どうしてもその塩の行方が気になった。それまでのケースとは全然違うわな。あの時初めて、何があるのか見たいと感じて、欲しいと思った。そのようにお前が行動しただけの話。これも計算外やったけど。初めは、あそこまでお前が自我を持つとは思わんかった。何回か言うたと思うが、たとえ我々であっても、人間の意志は動かす事ができない。お前が言うておった通り、自由意志をなくせば、人間はもはや人間ではない。ワシ等にとっても、お前らの存在理由がなくなるからな。それで、記憶がそのまま残った訳じゃ。これで良いか。今日の二十四時にワシは出雲に去《い》ぬ。それまでの命やけど、死体はすぐ見付けてもらうようにしとけよ。腐るとウジが湧いて見苦しいからな。まあ礼は言う。後は、美味いもんでも彼女と食べて、最後の名残でもやれ。会うか会わんかは、まあ、ワシにとってはどうでも良い事ではあるが」

僕が頷くと、その声はもう二度と聞こえなかった。

というのが、この八十八日間に起きた。事実である。

遺書。

そうかもれない。ただ、この八十八日間は、自分で言うのは何だが満足していた。今までの人生がいったい何だったのか、と思ったが、まあこれはこれでワシ様の言われる運命なのかもしれない。こんな人生を送っている人もいるかもしれないし、いないかもしれない。もっと恵まれている人もいない人も。だけど、明日死ぬのを感じながら、怖さも感じないでいる。唯一心残りと言えば、もう宥希絵に会えなくなる事かもしれないけど、それはそれで運命かもしれない。

奇跡?

そう、あるよ。

誰にでもきっと。

パソコンを閉じた。三日前から一気に書き上げたこの記録は、宥希絵に渡したいと思った。今日の二十四時になると自分はいなくなる。もしかしたら、二十四時を過ぎたら死ぬのか、それともいなくなるのか、骨だけになるのかそれも判っていなかったが、ただワシ様は出雲に帰るのは確実である。その時、決められた「死」が確実に自分にやって来る。

それで、電話する事にした。明日の旅行には行けない。少なくとも楽しみにしている彼女の気持ちを傷付けたくはないと思った。伊東の旅館には予約はしてくれているが、無駄になるだろう。旅館に迷惑をかける事になるが、キャンセルはしたくない。人生の最後に、最後の我が儘を言わしてもらおう。

初めは彼女にこれ以上会いたくなかった。死ぬ事を恐れる自分が嫌だったし、彼女と二度と会えない自分を考える事自体寂しくて無理があった。が、ワシ様や母と話をするうちに、もう少しだけ自分に忠実になりたいと思っていた。今迄のやり残した人生のように悔いを残したくはなかったし、残された時間を彼女と少しでも一緒にいたかった。

それで、電話をした。

「もしもし」

彼女が出た。

「今日は時間ある?」

考えと裏腹な言葉が口に出た。

「時間って? 今日は出張じゃないの?」

宥希絵は不思議そうな声を出した。

「ん、止《や》めたんだ」

「そうなの? 今お母さんと新宿に買い物に来てて、忙しいんだ。ほら、今日はクリスマスイブじゃない。会えないって言われたから、今日はお母さんと食事する事にしたの。明日会えるじゃない、明日まで楽しみにしてて。プレゼントも用意しておくから」

「そうなんだ」

思わず涙が出そうになって、声がくぐもった。それを察したのか、

「どうしたの？　苦しそう」

と心配そうな声を出した。

「無理言って悪いんだけど、どうしても会いたい。もしかしたら……」

そこで言葉が詰まった。それ以上はどうしても言えなかった。

「もしかしたらって？」

「明日会えないかもしれないんだ」

「会えないって？　どういう事？　どうしても？　会えないって？」

「どうしても。もしかしたら二度と会えないかもしれない」

深刻な言い方で返すと、何かを察したのか、

「二時間待って！」

と言った。

品川で会う事にした。彼女と最初にデートした場所である。いても立ってもいられずに部屋を出て品川駅の近くの喫茶店で時間を潰す事にした。

《時間を潰す》

贅沢な表現である。後八時間もすれば、この世から存在がなくなる自分が、タバコをふかしながら、コーヒーを飲んでいる。明日もここにいる誰もが同じ生活をするだろう。もしかした

ら、誰かはその運命でいなくなるだろう。それは神のみぞ知る世界だが、僕はその神の命によりいなくなってしまう。

長い二時間が短く過ぎた。

携帯がなった。

「どこにいるの？　今インターシティの中庭だけど」

「近くにいるんだ、ちょっとだけ待ってて、今行くから」

外に出て向かうと、彼女が待っていた。嬉しそうに笑いかけると、彼女もそうした。

「どうしたの？　明日会えるじゃない。大変そうな声をしてたから。ところで出張やめたの？」

「うん、どうしても会いたくて」

「しょうがない人ね。おかげで、おかあさんをデパートに置いて来たわ。食事は終わったの？」

「まだだよ」

「私も。何か食べようか？」

「うん、何が良い？」

「何でも」

これが最後だなと感じていたので、最初に会った時のイタリアンレストランに行く事にした。店に入ると、不思議に客はまばらだった。奥の席に案内された。そこからは、クリスマスのイルミネーションで賑やかな中庭が見下ろせた。

　綺麗だった。

　赤ワインで乾杯した後、

「どうしたの、いったい？」

　彼女が切り出した。

「待てなかったんだ」

「待てなかったの？」

　彼女は笑っている。

「私に会いたかったんでしょう」

　僕は苦笑いした。それで涙が出そうになったが我慢した。

「取り敢えず飲もう」

　自分のグラスを空けた。全然酔いが回らなかったから、手酌でついでもう一杯飲んだがそれでも酔えなかったので、もう一杯飲んだ。

「どうしたの？　今日はおかしくない、今までそんなに早く飲まないのに。体に悪いから、止めた方がいいわよ」

「実は……」

そう言ったが、言葉は続かない。

「どうしたの？　突然、明日会えないとか」

宥希絵は心配そうに話を続けた。

「私の事が嫌いになったの？」

「そんな訳ないよ」

「じゃ、どうしたの？」

「実は……」

涙目になりながら、少しだけ酔った勢いで話した。

「実は明日、僕はいなくなるんだ」

「いなくなる。どういう事？」

「うん。よく判らない。だけど、いなくなるのは確かなんだ」

どうしても死ぬという言葉だけは使いたくなかった。

「何を言ってるのか判らないわ。酔ったの？」

「酔えないよ」

どうしても、涙が出てきたので、それを見られまいと、もう一杯ワインを一気に飲んだ。

「たぶん、今から話す事は信じてくれないと思う。だけど信じて欲しい」

そう言うと真一は事故の話、おばあちゃんの話、宥希絵との出会いの話、肝試しの話、新興宗教とおかあさんの癌の話など全部話した。どれくらい時間が経ったのか判らなかったが、話し終えると彼女は口を開いた。

「それで、何が言いたいの。私と別れるというへ理屈?」

口調は怒っている。

「そんな事はないよ」

「別れるなら、別れるではっきり言ったらいいじゃない。そんな訳の判らない事。一体誰が信じるというの!　全部偶然でしょ」

「信じられないのは判るよ。最初僕も信じられなかったから。だけど、偶然だとでき過ぎと思わない」

「だって偶然以外の何にもないじゃない。偶然でなければ何なのよ!」

彼女の怒りを含んだ声を耳にしながら、僕は暫く窓の外を何気なく見ながら考えていた。彼女を説得しないと、どうしてもあの世に行けなかった。でないと、僕の気持ちが伝わらない。

「じゃ。何が見たい?」

「見るって?」

「奇跡だよ。見せれば信じるでしょ」

「おかしいんじゃない」

彼女は明らかに疑い、怒っている。奇跡を見せると言っても起きないかもしれない。それで

僕はワシ様に頼む事にした。頼んだところで来てくれないかもしれない。が、そうしないではおれなかった。それで心の中で、

〈ワシ様、どうか来てください。最後のお願いです。彼女をどうしても信じさせたいんです。信じさせる事ができるならたとえ地獄に落ちても構いません〉

と念じた。

「たやすく、呼ぶな」

と心の中で声がした。

「もうお前との別れは終わったであろう。それより、お前本当に地獄に行く覚悟あるのか？それに興味があって来た」

「あります」

と自然に声が出た。

「何か言った？」

宥希絵は、僕の独り言を不思議そうに思ったのか、確認するように聞いた。

「ワシ様が来られた」

「やめてよ、馬鹿にする気。ワシ様って一体だれよ？」

「さっき説明したでしょ。出雲の神様だよ。それも一番偉い神様」

「何よそれ。そんなの作り話でしょ」

僕は黙って首を横に振った。これが作り話ならどれだけ僕は嬉しいか。

「ワシ様が何が見たいと言われてる」

「？」

「奇跡だよ。宥希絵は信じられないと思うけど、神様っているんだよ」

「もちろん、信じてるわ。お母さんが助かったから。だけどそれはこの間の宗祖様のお蔭でしょ。確かに不思議な力はあるのは判るけど。それが今来られてるって言っても、信じられる訳がないじゃない」

「あれは宗祖の力なんかじゃないって。あれはワシ様がやられた事なんだから。さっきも説明したじゃない」

僕は思わず語気を荒立てた。彼女は思わず黙り込んだ。

「ごめん。だけど全部本当なんだ。だから言ってよ。ワシ様が、何か奇跡を見せると言われてるから。見れば全部はっきり理解できるから」

彼女は戸惑った。だけど、それが起こらなかったら、これで真一との仲も最後だと心の中で覚悟を決めた。

「だったら、あの庭の桜に花を咲かせて。一輪や二輪じゃ駄目。満開にして。はなさか爺さんもできるくらいだからできるでしょ、神様なら」

「良いよ、頼んでみる」

頭の中で声が響いた。

「お前、そんな女やめとけ。不幸になるぞ。ワシらを、信じる言うて、信じてないって、人間の悪い癖よ。そんな女のために地獄行くのか。知ってるか？　地獄って大変なところじゃぞ。針の山や火の池どころの騒ぎではない。奇跡は見せても良いが、ワシが言う以上、必ず地獄に落とすぞ。ワシは必ず言葉は守る。生まれ代わるのも遅くなるぞ、それでも良いのか？」

僕は戸惑った。地獄には行きたくなんかなかったし、生まれ代わりたいとも思った。が、奇跡を見ない限り、彼女は信じられないだろう。見せられないなら、これが理由で別れるのは目に見えている。別れを前にして《嘘つき》と言われる方が辛かった。

「それでも良いです」

僕は、天井に向かって声を出して言った。

彼女は不思議そうな顔をした。

「お前の自由意志に関しては何も言う事はないが、お前とは短い間の付き合いじゃっけどそれは勧めとうない。だから止めとけ」

頭の中でまた声がした。

「それでも良いんです。何年か何十年か判らないけど、地獄からは出て来られるんでしょ。生まれ代われるんでしょ」

「そや」

「だったらやってください」

「ホンマに信じられんくらいのアホじゃ。地獄の恐ろしさも知らんで。判った、やったる。だけどお前、その言葉後悔するなよ。後悔してもワシは知らんぞ」

僕は黙って頷いた。

「誠に人間の考えが信じられぬ。判った、その女に二秒目を瞑らせい」

僕はワインを一気に空けると、改めて彼女をじっと見つめた。

「ワシ様が二秒目を瞑って、って」

「目を瞑るの」

怪訝な顔つきで静かに目を閉じた。

目を閉じる姿も、僕の目には新鮮で綺麗に見えた。

「もう開けてもいい？」

宥希絵は明らかに怒っている。彼女が目を開いた途端、奇跡が起こった。インターシティの中庭にある桜の木がスポットライトの中、満開になった。

「嘘」

そう言って彼女は言葉を失った。レストランにいた誰もがその風景を見て言葉を失い、それから歓声を上げた。満開の桜は冷たい北風の中、その花びらを何枚か散らしながら咲いている。

「他にはないかって、ワシ様が言っている。早く元に戻さないと駄目だって、歴史が変わるから。誰かが写真でも撮ったら大変だから」

彼女は黙って頷いた。

「消すよ」

僕が、ありがとうございます、と心の中で言うと、その瞬間、桜はまた春を待つ桜に戻った。外には冷たい風が吹いている。

「これで信じたか、って」

「う、うん。じゃ、真一は明日本当にいなくなるの。本当に？」

宥希絵は涙目になったが、まだ目の前で起こった事を信じられないでいる。

「見た通りだよ。後何時間かしたら、いなくなる。死ぬのか姿が消えるのか、そんなのは良く判らないけど、君にはもう会えなくなる。だから会いたかったんだ。今日」

「本当に？　本当にいなくなるの？」

「見た通りだって。最初は会うかどうか真剣に悩んだけど、これだけは言っておきたかったんだけど、もうちょっとだけ早く会えたら、君と僕の人生がどれだけ楽しかったか判らない。君に会うまでは、はっきり言っていつ死んでも良かった。だけど、今は嫌だ。会えなくなるのが辛い。だから、来世というのがあって、何十年かして宥希絵が死んで、生まれ変わって来て、僕も何十年か何百年かして、僕が地獄から出て来て生まれ変わるなら会いたい。記憶は飛んでどっかに行っても、もう一度会って、もう一度だけ一緒にいたら絶対に判るから。その時は、もう少しだけ長く一緒にいたいんだ」

彼女は泣きながら、

「私も」

と寂しそうに言った。

「もう少しだけ早く会いたかった。それよりもう少し長く一緒にいたい」

僕は宥希絵が泣くのを見るのが嫌で、苦笑いを顔に浮かべた。

「ワシ様に聞いて。まだおられるの、そこに？」

「いるよ。何？」

「こっちに来て、もう一つだけ奇跡が見たいって」

「なんじゃ、ワシに用か？」

口調ががらりと低い声に変わった。

「あなたは本当に神様ですか？」

「たわけ、その質問のために呼んだか？」

「いいえ、ごめんなさい。後一つだけ奇跡を見せて頂けませんか？　もう一つだけです」

「一つだけって、来たではないか。まあ良い、なんじゃ？」

「真一さんを殺さないでください」

「できぬ」

「なぜ？」

「歴史が変わる」

「変わってもいいじゃないですか。なぜ私から彼を奪うの？」

「奪う。人聞きの悪い。奪うのではない、元に戻すだけじゃ。エエか、元々こいつは死んでおった身。とうの遥か昔に、と言うても八十八日前じゃが。それをワシが借りただけ」

「なぜ、借りたんですか？」

「お前、しつこい女じゃ。しつこいと嫌われるぞ。エエか、こいつはな生きてても価値がないからと判断してよ。価値がない奴じゃと歴史は変わらんじゃろ。それでこいつの体を借りて、この八十八日間楽しんだだけじゃ。それでエエか」

「価値がなければ、生かしててもいいじゃないですか」

「アホ。ワシがこいつの価値を変えてしもうた。いや自ら変えてしもうた。こいつはもはや最低の男ではないわ。ワシも力を貸したが、半分でしかない。残りはこいつが自分の力でやったんじゃ。そんなんがこの世におってみよ。歴史が変わる可能性がある。まあさっきは『奇跡を見せる代わりに地獄に落とすぞ』と言うたら、『それでもいい。お前に信じてもらえたらよい』と言った。それで手を打ったけど、まあ最後のサービス、酔った勢いのクリスマスプレゼントじゃ。ちゃんと順番が来たら、生まれ変わらせるから、それでエエやろ」

「嫌！」

「お前が、嫌や言うてもしょうがないやろ。決まり事じゃ。決まり事。運命なんじゃ。こいつは今日の深夜の十二時でおしまい」

「じゃ、なぜ私を選んだの？」

「私ってどういう事じゃ？」

「なぜ神様は、私を真一さんの相手に選んだの？　他の人でも良かったじゃないの？」

「お前もまた難しい質問をする。そんな質問に答えたらワシがどんな目に遭うか判らん。じゃが答えたろう。ワシは基本的に美形好きなんじゃ。それでお前が、たまたまワシの目に留まっただけよ。偶然にな。退屈やろ、女なしじゃ、八十八日間、それで全てアレンジしたんじゃ」

「それだけの理由で。それで、私は不幸になるの、勝手過ぎる」

「勝手だと。当たり前やろ。ワシは神やど。勝手にして何が悪い。お前ら人間を作ったのもワシや。エエやないか別に。あんまり言うとまずいが、お前は今から一年と三ヶ月と四日後の昼の二時二十三分四十二秒に男と出会って恋に落ちて、それから半年後に結婚する運命なんよ。内緒じゃやど。プログラムが変わるからな。エエか、ワシは恋愛担当。ちゃんとその男と結婚させるから心配するな」

　そう言うと手に閻魔帳を置き、そのプログラムを見ながらワシ様は続けた。

「だけどこの男とは三年三ヶ月後に離婚するな。あかんな。お前、本当に男運悪いな」

「悪い？　私が。男運が？」

「そう、最低や。本当に今度結婚する男は最低やど。借金はあるわ、博打はするわ、おんな癖悪いわ、後は酒飲んだ時の暴力やな」

「私がその人と結婚するんですか」

「まあ、プログラムではそうなってるけどな」

「プログラムは変わらないんでしょ」

「若干の変更はあるけど、まあ絶対やな」

「じゃ、私は、好きな人に先に死なれて、それから結婚して、酷い男に引っかかって離婚するの？」

「そうやな。まあしいて言えば子供も一人いるけど。それは忘れてくれ。ちょっと、この男の飲んだワインで酔うたわい、酒の席じゃ」

　ワシ様は嬉しそうに言った。

「なんでそんなに嬉しそうに言うのよ。忘れるも何も、そんな話をされて、忘れると思っているの！　将来なんて全くないじゃないの！　それほど不幸なの」

「不幸って。まあ価値観の相違や。別にそれで幸せな者もいる。エエ子供じゃぞ、お前の子供は」

「それは嬉しいけど、そんなのじゃ嫌！」

「嫌言うてもしゃないやろ、これもお前の運命なんやから」

「それでも嫌！」

「お前と話しておったら、どっかの娘を思い出すわ。ほんま、我が儘な女やな。判った、別の男を用意する。それで手を打て。実はな、さっきも言うたが、お前を選んだのも、ちょっとワシの趣味があっての、大体美形には弱いんじゃ」

「それだけで私の人生をめちゃくちゃにするの！」

「また聞こえの悪い事を言う。だから、プログラムに影響のない程度で別の男に代える。ちゃんと男前選ぶがな、それでエエやろ？」

「嫌！」

「ほんま、変なとこに来てしもうた。おい、不動明王、どこかで控えておるであろう。何とかせい、この女を。お前が代わりに応対せよ」

ワシ様は笑いながら虚空に声をかけたが、誰も現われない。

「エエ加減にしてくれ。このままここにいると。えらい怒られる」

「怒られる、怒られるってなぜ、怒られるの！」

宥希絵は真剣に怒っている。

「当たり前や。普段はな、ワシがこれでと言うたらそれで終わりや。絶対や。それが、お前の言う事聞いてしもた。つまり、さっき別の男を用意するようにしたんじゃ。それまではまだ良い。問題は、ワシの美的感覚でプログラムをいじった事よ。それがばれる。『お父様はまた勝手な事して、綺麗な女性に甘いんだから』と言われるのは目に見えておる。エエか。ワシが直々にプログラムをいじる事なんぞ、この宇宙始まって以来一度もない事。まして神社を通さず人間の言う事を直接聞くなんぞ、ワシの沽券に関わる。故にこれ以上は無理。あと数時間楽しんでくれ。このボケのお蔭で久しぶりに酔いが回ったわ、もう去《い》ぬ」

そう言うとワシ様はいなくなった。真一の体が崩れるように落ちて、テーブルに頭をぶつけ、その音が部屋中に響いて皆がこちらを見た。

「真一さん、しっかりして！　今ワシ様と話したわよ！」

どういう訳か、さっきより怒っている。

「ワシ様から聞いたけど、どういう事！　私に興味があったのは真一さんじゃなくて、神様だったの？　それであなたを好きになった私は、不幸になるの。あなたは神様の差し金だったの？」

「どういう事か判らないけど、僕は宥希絵の事を心から愛してるから」

朦朧とした頭の中で考えて、言葉を搾り出した。

「誤魔化さないで。真一さんが先に死んだら、私は三年後に結婚してそのまま離婚するのよ。子供一人付きで。ワシ様は別の男を用意するって言ってたけど、そんなの信じられない。神様って本当に無責任だもの！」

「無責任。しょうがないよ、神様は勝手なものなんだから」

「そんなんじゃ嫌！　今日は私と一緒に居て！　深夜の十二時に何があるか、私が見届けるから。それでももし真一さんがいなくなったら、少しだけ泣いてあげるから。私があの訳の判らないワシ様から、たとえ何時間だけでも守ってあげるから」

それから宥希絵は、怒りながらワインを一気に飲み干した。僕もそれに釣られてワインを飲んだが、彼女の目尻に涙が溜まっているのが判ったから、酔えなかった。ワインが二本空になった後、僕は彼女と部屋に帰る事にした。冬の月はいつの間にか姿を消して、粉雪がちらほらと風に舞い始めた。宥希絵はそれを手の上にすくい乗せたが、体温のせいかすぐに水になって、手の上に小さな水溜りを作った。


「不思議ね」

「何が？」

「だって、三ヶ月くらい前まではお互い知らなかったのに、今はこうして一緒に歩いている」

「そうだね」

僕は笑った。

「少しだけ話ししたけど、ワシ様は良い方だったわ」

「そう？」

「そう。よっぽど娘さんと奥さんが怖いらしい」

「そうなんだよね。僕も何度か聞いた事がある。どこの世界も女性の方が怖いんだね」

僕は笑った。

「私は優しいから。全然怖くなんてないから」

宥希絵は、真剣な顔付きで僕の目を見た。

酔ってるせいか、二人とも真っすぐに歩けないでいる。

雪が本降りになって、アスファルトの地面を覆い隠すように白くして行く。

「何で？　何で真一さんは私の前に現われたの？　そのまま死んでいれば良かったのに。そうすれば、私はこれほど苦しまなくて済んだのよ」

「ワシ様が選んだから、あれが良いって。僕もひとめ惚れだったけど」

僕は苦笑いした。

「神様って勝手ね。全部自分の好き勝手にする。人間なんて所詮自分が作ったものだから、どうなってもいいのよ」

「だけど、僕はワシ様のお蔭で宥希絵に会えた。今まで通りの生活なら、絶対会えなかったよ。今は苦しいけど、それはそれできっといつか良い事があるよ。ワシ様も新しい男用意するって言われたんでしょ。僕はそれで安心しているから」

ながら歩いた。

「だけど勝手」

彼女は泣いているようだった。その姿を見たくなかったから空を見た。空からは先ほどより量を増した雪が風に舞い散って来て、目の中に入ると溶けて涙と一緒になった。拭うと涙と勘違いされると嫌だったので、僕はできるだけ上を見て手を繋ぎながら歩いた。

十分ほどうっすらと白くなった道を歩いて、マンションにたどり着いた。寒い中を歩いたせいで、宥希絵の酔いはさらにまわって、一人では歩けない。それで肩に担いで部屋に入り、ベッドに寝かした。

僕は残りの時間、風呂に入り、それから彼女の横に添い寝した。

宥希絵の寝息だけが部屋の中にかすかに響いていた。何時《いつ》の間にか雪は本降りになって、リビングの窓に下の方から吹き上げて来たが、それが別世界のように思えて綺麗だった。

「明日はクリスマスなんだ」

そう思って目を瞑った。眠りは意外と早くやって来て僕を包み込んだ。まるで雲の上のような感じがした。

注ぎ込む朝日

次の朝、朝の日差しで宥希絵は目を覚ましたが、二日酔いのせいか頭がくらくらした。宥希絵は、昨日の出来事を思い出そうとした。断片的に記憶が蘇ったが、頭痛のせいで体が前後左右に揺れた。

真一さんは？

それからふと思った。

一瞬、二十四時になる瞬間に、自分の意識がなかった事を後悔した。

〈死んだの〉

そう思った。

が、死体はベッドの上になかった。昨日の出来事がまるで夢のように思い出されたが、夢ではないのは、転んだ時の傷で判った。部屋を捜したが、真一はいなかった。呆然としながらベッドの上に座ると、リビングの入り口が開いて誰かが出て来る気配がした。

「真一さん？」

そう呼びかけたが、返事はない。

「誰？」

返事がない。

寝室のドアが開くと、真一が立っていた。

「真一さん、元気だったの、生きてたの？」


「おい、女」

ワシ様であるのは一声で判った。

「昨日考えた。お前の言うのも一理ある。ワシがお前にちょっかい出さんだら、お前もそれほどまでに不幸にはならん予定やった。昨日、社に帰ったら、うちの娘がそう言う。『お父様の責任や。私の結婚の時も反対しまくって、また一人女性を敵にする気なの』やと。そりゃ、アイツの時はした。まあその男は今では出雲の大事な跡取り息子やけど、最初はそうは思わん。スサリはワシの一人娘じゃ。それに、その男は見た目はおれより醜い奴。反対するのは当たり前やろ。まあ今では人気者になって、天空界では人気投票三位までなったけどな。ちなみにワシは二位や。まあそれはどうでもエエ。その後でまたあの娘が、『それでも婚姻の統括？』とかぬかしおる。他の神が言うなら、怒り狂うて不敬罪で首でも刎ねるか炎熱地獄に落とすが、まあ我が可愛い一人娘の言う事、黙って聞いておった。なるほどそう考えれば、ワシの落ち度もある。また、不動明王に『ワシの落ち度かの？』と確認したら、『それは、あの娘にちょっかい出した御の責任です』とワシに向かってどうどうと文句を言う。仕方がないから、こいつをもう少しだけここにおらせる事にした」

「もう少しおらせるって、どういう事なの？」

宥希絵は言葉を失った。

「おらせるはおらせるやな。判らんのか？　まあ熊野弁やからな。おらせるとは居させる意味じゃ」

「居させるって？」

「居させるって、おらせることじゃ」

「何の事か全然判らない！」

「たわけものめ。アホはこいつだけと思っておったら、お前もか。まあよい、なんでお前にこれほど気を遣わんといかんのかよう判らんが、まあ別の言葉で言うとじゃな、こいつをもう少しこの世に置いておく事にした」

「置いておくって？　もう少し彼をここに置いておいて私をもっと悲しませる気なの？　そんなに私の不幸が見たいの？　あまりにも勝手じゃない？」

「違うがな。お前もホンマに気の強い短気な女じゃの。黙って話を聞け。もう少し言うのは、後四十二年二ヶ月と二十二日四時間四十四分四秒四四やな。今の説明の時間を引けばずれが出るが、殺すのはそれまで待つ。それとその事は、口が裂けても誰にも言うなよ。またプログラムが変わる。歴史に影響が出る。まあ四十二年経てば、そん時は待ったなしじゃが」

「殺すのを待つって？」

「お前も頭が悪い女じゃな。生かす」

「絶対言いません。だけど本当にそれだけ長く一緒にいられるの」

「一緒にいるかどうかは知らんが、殺すのは止める。それより別れるか？　嫌なら別にエエで、お前の自由や。ワシは知らん。このまま予定通り殺すだけじゃ」

宥希絵は黙って首を横に振った。

「後、佗びついでじゃ。誓約《うけい》、結婚の事よ。誓約は出雲でせよ。誓約言うても、ワシは最近は頼まれても酒飲んで外にも出もせんで、いつも社の前で神主がなんやかんや外でやっておるが、お前らの時はワシが直々に出てやろう。不動明王も出るらしい。あいつ、ワシにあれだけ言えるおなごは、あの世もこの世も伊勢の姉を入れて四人目じゃと、ゆっくりお前の顔が見たいと言うからの。エエな。綺麗な格好してこいや。こいつにようけ金渡してるから、心配するな、着物の一つも買ってもらえ。ワシ自らやるなんぞ、何百年ぶりの事か。確か十一回目じゃ。子々孫々末代迄の語り草にせよ」

宥希絵は涙を流しながら黙って頷いた。

「他に何か言う事はあるか？」

そう言うと急にワシ様は穏やかな顔になった。

「ワシ様って案外優しい方なんですね」

「案外だと。たわけ、口が過ぎる。人気投票で二位と言っておるではないか。一位を狙ってはおるがな。それよりなければ帰るぞ。息災でやれ。また出雲で会おうぞ」

それから真一は、昨晩のように床に崩れ落ち、気を失った。

「真一さん、しっかりして、大丈夫！」

宥希絵は泣きながら、加藤真一の体を抱きしめ、揺り動かすと、真一はかすかに目を開けた。

「宥希絵？」

「良かったね。真一さん」

と言った。

「死ななかったの？」

真一が不思議そうに声を出した。

「うん、死ななかった。さっきワシ様が来られてたのよ。ここに」

「ワシ様が？」

「そう、良い方だった。さすがに天空界で人気投票第二位って、判るわ。凄く優しい方だった」

「何て話された？」

「この男と結婚しろって。もう暫く長生きさせるって」

宥希絵の頬を伝った涙が、真一の上にぽたぽた落ちた。

「本当に？」

「本当よ。それで結婚式は出雲に来なさいって。ワシ様と不動明王様が参列するからって」

「本当に結婚して良いの？」

「ちゃんと申し込んでよ」

僕は黙って頷いた。

「そんなんじゃ、駄目！」

僕は机の上を指差した。

「何？」

「プレゼント。開けてみて」

彼女はその包み紙を丁寧に開けて、取り出し、嬉しそうに薬指にはめた。

「それで？」

「それでって？」

「プロポーズするんでしょ」

「僕と一緒になってくれる。一緒になって死ぬまで一緒にいてくれる」

ぼけた頭の中で、思い付く言葉を並べたが言葉にならない。

「どうしようかな」

宥希絵はいたずらっぽく笑った。

「浮気はしない？　賭け事しない？　暴力も振るわない？」

僕は黙って首を縦に振った。

「ワシ様に誓える？」

僕は頷いた。

宥希絵は黙って僕に軽くキスをした。

それが嬉し過ぎて、声が出なかった。

どうしても最後にワシ様と話をしたかったので、心の中で「ワシ様、ワシ様」と心の中で何度も呼びかけたが、返事はなかった。代わりに何とも言えない嬉しさが込み上げて来て、もう一度宥希絵の目を見て、きつく抱きしめた。


「本当に生きてるんだね」

宥希絵は嬉しそうに微笑んだ。

「ところで、ワシ様は最後に何か言われなかった？」

宥希絵は考えて、意地悪そうに笑いながら真剣な顔をして言った。

「私の事を幸せにしなかったら、殺すって。すぐにでも。殺してずっと地獄から出られないようにするって。そうそう、浮気しても地獄だって。その意味では残酷よね」

「ワシ様だったら絶対言うよな。あの方って時々、自分の事は棚に上げるように思えてしょうがないんだけど。神様は残酷だから」

朝日がベッドルームに注ぎ込み、部屋の温度を幾分か上げた。風は強くなかったので窓を開けると、昨晩の冷たい北風が嘘のように消え去り、時々窓を通して入って来る風は心地好かった。水平線の向こうに、夏のような白い雲がいくつか目に入った。今日もいい天気になるかもしれない。視線を下に向けると、降り積もった雪にも日差しが照り付けてキラキラとダイヤモンドのように輝いている。それがなんとも言えず綺麗だった。汽笛を残して水平線の遠くに出かけて行く貨物船を、僕達は黙って何時《いっ》までも見ていた。

「お父様。珍しいですね。今日はお酒を召しあがらないなんて。久しぶりですわ、こんな御姿を見るのは何百年ぶりの事でしょう」

社にある縁側でスサリ姫は隣にゆったりと腰を下ろしながら、庭を眺めているワシ様を見て微笑んでそれから横に座った。

「最近は、ちとばかり酒にも飽きたからの」

「珍しい事もあるものですね。何か楽しい事でもおありになったのですか。二日前迄はあれだけ退屈、退屈とおっしゃってましたのに」

「楽しい事。まあなくはないが。それより旦那は息災か」

　ワシ様は話をそらした。

「もちろんですよ。今日は高千穂の方から帰って参ります。儀式も無事に終わられたそうで、何よりでございました」

「良い旦那を持った。さすがに我が娘、見る目がある」

　ワシ様はスサリ姫の顔をじっくりと眺めると、目を細めて少しだけ微笑んだ。嬉しそうな顔が黒く長い髭の中に姿を隠した。

「何を今さら」

「理由はない。そう思っただけじゃ。愛されておるのが、はたから見ても良く判る。愛されている女は誠に綺麗じゃ」

　恥ずかしそうにうつむき加減に、ワシ様の方を見た。

「今日はやけに可笑しいですよ。突然そんな事おっしゃるなんて。私が嫁いで以来、その事は、一度たりともお聞きした事はございませんが」

「そうだったか。言ってなかったか」

　ワシ様は苦笑いした。

「そう言えば、言うのを忘れておったのかもしれん」

　と、思い出したように付け加えた。

「お父様は、あの方の事をあまり口に出してはお褒めになりませんから。特に私の前では」

どこからかやわらかな春風が吹いて来て、スサリ姫の頬に当たって、肩まである黒い前髪を僅かに揺らした。うっすらした桃の香りが舞い散るのを、ワシ様は快く感じている。

「父と言うものはそんなもんなんじゃ。娘が限りなく可愛いものでの」

そう言うとまた一段と目を細めて、春霞でほんのりと白くなった庭の花に目をやった。

「ところでお父様。下界に下りられたんですってね」

スサリ姫が声をかけた。

「耳が早いな。どこから話を聞いた」

驚いて、スサリ姫の眼をじっと見た。

「どこからって。宝くじですよ。命令されたじゃないですか。当てるようにと。眷属に当てるようにとご指示されたでしょ。たまたま眷属がいませんでしたので、私が代わりにやらせていただきました。奏上者は誰か判りませんでしたが、命令されるのはお父様以外おりませんし、下界に下りられた事が他に知れたら少々まずいと思いましたので」

「あれはお前か」

ワシ様は少し白くなった毛を撫でながら、嬉しそうに声を出して笑った。

スサリ姫も口を押さえて小さく笑った。

「敵《かな》わぬ奴よ。なんでもお見通しじゃの。しかしそれは世話になった。お前がおらんかったら、この八十八日の間、猫マンマを食べ続ける事になっておった。猫マンマを判るか？　鰹節と醤油と飯じゃ。まあ味は悪くはなかったが、そんなもんだけで下界で生きられるか。いやあれは助かった。それよりここだけの話、下界は実に面白かったぞ。お前に似た娘に出会っての。実にエエ女じゃった。天上界であったらすぐさまここに仕えさせるものを」

「まあそれはそれは。お父様らしい。お母様が聞いたらお怒りになられますよ。ただでさえ何時《いっ》でもヤキモキされておりますのに」

「それはここだけの話じゃ、内緒じゃ。アイツもお前と同じく気が短い。一旦怒らせたら厄介よ」

と大きな節くれだった人差し指を、髭で覆われた口の上に当てた。

「まあ酷い事を言われます。私のいったいどこを指して気が短いと」

「まあまあ怒るな。もうちと気長になれ」

「気長ですか。お父様に言われるなんて、全然説得力がないと思いますが」

そうふくれ面をする娘を、優しそうな目で見つめながら、

「それもそうじゃ。ワシの唯一の娘じゃからの。短気はワシ譲りか。それよりまあ下界での話も聞け、実におもろかった。ちょうど二日前、お前と一緒にここで酒を飲んでおったじゃろ。そん時ふと退屈しのぎをしたいと思うての。それで不動明王に頼んだんじゃ。下界に遊びに行きたい。誰か適当な奴、探せ、と命じてな」

「そんな事をお話されていらしたのですか。急に中座せよ、とご命じられましたから、何事かと思っておりましたわ。まあろくでもない事は判りましたけど」

ワシ様は嬉しそうに話を続ける。

「まあ、黙って聞け。この話聞いたらお前もビックリするぞ。あるところに、まあ世の中、人のためには全く役にはたたん男がいての……」

出雲の宮殿は初春の暖かい日差しに包まれていた。庭の霞もやがて晴れるであろう。目を庭先に移すと、葉の上に露を載せた桃の花が微かに色付き始めていた。池の睡蓮も、春の到来を心待ちにしていたようである。

完

あとがき

「明日死ぬかも知れないんだから、今日生きている事に感謝しないと」

石垣島の三崎にある「栄《さかえ》」という居酒屋の大将は、大ジョッキ片手に垂れ目の目尻をさらに下げ熱く語った。

二〇〇七年初夏。ダイビングショップの打ち上げの席の事である。

僕は、日本でここにしかないという名物のイカスミの握り飯を頬張りながら、真っ黒な歯を見せ、「じゃ、明日死ぬなら何をします？」と酔いにまかせて聞いてみた。

大将はタバコの煙を空中に吐き出し、少し考える素振りを見せると、

「そうさな、素っ裸になってここら辺りでも走ろうか」

と、豪傑な笑い声がカウンター越しに飛ぶように返って来た。


人間の運命は判らない。

昨日迄ピンピンしていた人が亡くなったり、病気になったり、時には自殺をしたりもする。

一方で子供が生まれたり、昇進したり、昇給したり、あるいは宝くじが当たってみたり、と。

あとがき

昨日は考えられなかった事が突然、それも当たり前の顔をしてやって来る。運命という言葉で置き換えるなら簡単だが、そんな事が毎日でさえも繰り返される。良い事があれば悪い事があり、悪い事があれば良い事がやって来る。数えた事はないが、統計的に二つの数を比較したら、同じぐらいの可能性であると思うが、どちらかというと良い事の方が少しだけ多いような気がするのは僕だけだろうか。

今回の出版に当たり、いろいろな人のお世話になった。文芸社の編集の方々。また出版を後押ししていただいた、石津玉仙氏、東海林千栄美氏、川原美佐江氏、中尾文子氏、尾崎洋子氏、またここでは書ききれない位、多くの人達に勇気を与えて頂いた点で感謝している。

川村　誠一

二〇〇七年八月吉日

著者プロフィール

川村 誠一（かわむら せいいち）

奈良県五條市出身。智辯学園高等学校卒業後、大阪外国語大学卒業。その後、ハノイ大学ベトナム語科1年終了。ファイナンシャルプランナー

http://kawamuraseiichi.jp/

お前、おもろい芸をする 出雲の神と僕の八十八日

2007年9月15日 初版第1刷発行
2007年10月31日 初版第6刷発行

著 者 川村 誠一
発行者 瓜谷 綱延
発行所 株式会社文芸社
〒160-0022 東京都新宿区新宿1－10－1
電話 03-5369-3060（編集）
03-5369-2299（販売）

印刷所 株式会社エーヴィスシステムズ

© Seiichi Kawamura 2007 Printed in Japan
乱丁本・落丁本はお手数ですが小社販売部宛にお送りください。
送料小社負担にてお取り替えいたします。

ISBN978-4-286-03405-8